QUAND LE MERLE CHANTERA

De la même autrice

Le Cigogneau, Flammarion, 1999
La Voix de son maître, La Martinière, 2006
La Mémoire du lièvre, Pygmalion, 2007
Les Larmes et l'espoir, coécrit avec Élise Fischer, Presses de la Cité, 2011
Un cœur entre deux rives, Presses de la Cité, 2012
La Maison Vogel, Calmann-Lévy, 2013
L'Enfant de la cerisaie, Calmann-Lévy, 2014
La Dynastie des Weber, Calmann-Lévy, 2015
Les Jumeaux du Val d'Amour, Calmann-Lévy, 2016
Le Roman d'Elsa, Presses de la Cité, 2017
La Promesse de Rose, Calmann-Lévy, 2017
Les Bellanger, Calmann-Lévy, 2018 ; J'ai Lu, 2020
La Dame des Genêts, Calmann-Lévy, 2018 ; J'ai Lu, 2021
L'Air de l'espoir, Presses de la Cité, 2019
L'Or de Salomé, Calmann-Lévy, 2019
La Première amie, Presses de la Cité, 2020
La Terre originelle, Calmann-Lévy, 2020
Le premier amour est-il éternel ?, Presses de la Cité, 2021
Le bonheur est au fond des vallées, Calmann-Lévy, 2022
La Fille d'Omaha Beach, Presses de la Cité, 2023
La terre était si bleue, Calmann-Lévy, 2024
Une maison à elles, Calmann-Lévy, 2025

Geneviève Senger

Pour Anne Michelet,

QUAND LE MERLE CHANTERA

de Deauville à Berlin,
l'itinéraire d'une femme
libre,
en quête de vérité...
Bon voyage avec Merlin,
l'enchanteur ailé !

CALMANN LÉVY
territoires

Couverture
Maquette : Le Petit Atelier
Adaptation : Raphaëlle Faguer
Photographie : © Shelley Richmond/Trevillion Images

ISBN 978-2-7021-9343-3

Chapitre 1

Nous étions ces enfants qui courions entre les tombes.

Pourquoi cette petite phrase me traverse-t-elle ? Pourquoi s'incruste-t-elle en moi, comme un mantra ? « Nous étions ces enfants qui courions entre les tombes, j'étais cette fille qui courait entre les tombes, nous étions… »

Pendant que je regarde mes fils barboter dans la baignoire. Mes deux amours, Camille et Samuel, venus en paire. Deux garçons, moi qui n'osais pas même en espérer un seul… Un double cadeau du ciel. Ou de la vie, tout simplement.

Ils ont deux ans et six mois, déjà. Les minuscules nourrissons ont bien grandi. Ce ne sont plus des poussins maigrichons, mais deux solides petits garçons.

Ma fierté, mon orgueil.

Alors pourquoi cette vision de la fillette jouant dans ce petit cimetière ?

La Toussaint approche. Une épreuve pour moi. Mon père est mort il y a trois ans, j'étais alors enceinte des jumeaux. Il n'a pas eu le bonheur de les connaître.

La plus grande douleur de ma vie.

Je m'appelle Jeanne Levy. Comme mon père adoptif, Samuel Levy, que je pleure toujours. Il ne se passe pas un jour sans que je pense à lui, que mon cœur se serre, m'oppresse. Parfois, je manque m'écrouler de chagrin. Le sang me monte à la tête, j'ai l'impression d'exploser.

Le syndrome du cœur brisé.

« Ton deuil est anormalement long », m'a déclaré récemment Éric Muller, un collègue qui me veut du bien. M'aider à faire mon deuil, comme il dit. Comme si je pouvais faire mon deuil ! Cette idée me répugne. « Tu veux souffrir, alors, a-t-il conclu. Passer ta vie à regretter ton paradis perdu. »

Camille et Samuel chahutent dans la baignoire, s'amusent à s'asperger d'eau. Ils rient, crient, et l'eau gicle sur le carrelage. Je laisse faire. Ils sont si heureux, insouciants, si semblables et si joyeux que je n'ai pas le cœur de les rabrouer.

Ils se ressemblent tant que moi-même, parfois, je peine à les différencier. Lorsqu'on m'a mis dans les bras Camille, né une demi-heure après Samuel, j'ai poussé un petit cri : c'était exactement le même ! Même taille, même cheveux clairs plaqués sur le front, même nez retroussé, et même cris !

La sage-femme s'était mise à rire : « Va falloir leur trouver un signe qui les différencie l'un de l'autre, mais une mère trouve toujours et ne se trompe jamais. » Elle a ajouté : « Pour les autres, ce sera plus compliqué ! »

Elle ne s'est pas trompée. Et les garçons s'amusent déjà à se faire passer l'un pour l'autre. À la crèche, on ne trouve pas ça drôle tous les jours… mais ils sont si mignons, si adorables, qu'on préfère en rire, jaune parfois.

Bien sûr, j'ai donné à mon fils aîné le prénom de son grand-père, Samuel. Sam. Le bon docteur, comme on l'appelait. Un prénom qui sonne comme une bénédiction. Les derniers mots de mon père n'ont-ils pas été pour les enfants que je portais ? Et je sais que là où il se trouve, il pose sur eux son regard qui a fait tant de bien à tant de monde.

— Vous n'avez pas froid, mes chéris ?

Ils ne répondent pas, trop occupés à faire couiner les canards en caoutchouc. Ils adorent ces petites bêtes qui font du bruit. Ils adorent tout ce qui fait du bruit.

— Il faut sortir, c'est l'heure d'aller au lit…

Étrangement, ils entendent ces mots qui résonnent comme une menace.

— Faim, dit Samuel, le plus gourmand des deux.

— Après avoir mangé, je rectifie. Ce soir, petites pâtes et sauce tomate, compote et biscuit, ça vous va ?

Ils s'écrient d'une seule voix :

— Ouiiii !

Et mon cœur se desserre, gonfle, se remplit de joie. Mes fils sont toute ma vie. Ils ne t'appartiennent pas, me dis-je parfois, lorsque le sentiment de cet amour fusionnel se fait trop insistant. Ce sont des individus nés de toi, envers qui tu as des devoirs mais aucun droit.

Autre mantra.

Je suis bourrée de mantras.

Ils m'aident à vivre. Car ma vie n'est pas simple.

Comme pour me le rappeler, Camille lève la tête vers moi et demande, de sa petite voix douce :

— Papa ?

— Papa viendra vous chercher demain soir à la crèche.

Il sourit. Camille adore son père.

Ils sont encore trop petits pour connaître l'entière vérité. Mais, un jour, je leur expliquerai tout.

Jo Lenôtre est le père des jumeaux. Mais il n'a jamais été mon mari ni même mon compagnon. Seulement un ami. Nous avons convenu, ensemble, de faire un enfant. Et les garçons sont nés. Ils portent le nom de leur père, comme le veut la tradition ; d'ailleurs, Jo y tenait, et ce détail faisait partie, également, de notre arrangement.

— Papa vous emmènera au square, il me l'a promis. Il viendra avec son ami, que vous connaissez bien. Son ami Matthieu…

Les yeux de Samuel et Camille brillent comme des étoiles. Des yeux clairs. Ils ont hérité de cette couleur bleu ciel. Ma grand-mère, Jeanne Bellanger, nous l'a transmise, à moi, puis à mes fils.

Bien que nous ne vivions pas ensemble, comme les familles dites normales, Jo s'investit totalement dans l'éducation de ses fils. Et nous partageons tout. Les dimanches en famille sont toujours très agréables et joyeux, avec promenade et glaces en été, marrons chauds et gâteaux en hiver.

Tout se passe bien.

En fait, nous sommes toujours cinq : Jo, Matthieu, Samuel et Camille, et moi.

Le téléphone sonne, interrompant ma réflexion.

Après quarante-trois jours, nous avons mis fin à l'existence misérable et corrompue de Hanns Martin Schleyer. Schmidt qui, dans son calcul, a depuis le début spéculé avec la mort de Schleyer, peut en prendre livraison rue Charles-Péguy à Mulhouse. Sa mort est sans commune mesure avec notre douleur après le massacre de Mogadiscio. Nous ne sommes pas étonnés par la dramaturgie fasciste des impérialistes pour détruire les mouvements de libération. Le combat ne fait que commencer[1].

Ce message funeste tinte dans ma tête bien après que j'ai raccroché. Et les jumeaux me dévisagent, un peu inquiets.

Je dois faire une sale tête.

Une tête d'enterrement.

Et ce fou rire qui me gagne. Me plie en deux. Cette fois, les petits sont vraiment effrayés.

Je leur fais peur. Il y a de quoi. Moi-même je ne m'explique pas ce rire, complètement dément. Suis-je en train de devenir folle ?

Mais comment leur expliquer ce que mon boss, en l'occurrence le rédacteur en chef du journal, vient de me révéler, quand il m'a lu le communiqué venu d'Allemagne ?

Et qui dit, clairement, que la Fraction armée rouge qui sévit actuellement en République fédérale d'Allemagne a assassiné le patron des patrons allemand, Hanns Martin Schleyer, ce 18 octobre 1977.

Rien de drôle, et pourtant ce fou rire n'en finit pas de grelotter dans ma poitrine. Comme si cette annonce me faisait plaisir… Ce Herr Schleyer ne représente rien pour moi. Un inconnu dont je n'avais jamais entendu parler jusqu'à

1. Message reçu par le journal *Libération*, émanant de Silke Maier Witt, activiste de la Fraction armée rouge. Il scelle officiellement la mort de Schleyer. On ignore qui est l'auteur de l'assassinat, et où il a été perpétré.

son enlèvement le 5 septembre dernier et qui a provoqué la stupéfaction dans le monde entier. Un ancien nazi. Mattie avait dit, à son propos : « J'espère qu'ils vont le zigouiller, ça fera un salopard de moins. »

Elle sera ravie de ce dénouement. Elle applaudira, même.

— On veut sortir, maman. On a froid.

Reprendre mes esprits. Appeler l'ange gardien, qui porte le nom de Ava. Elle me remplacera. Je dois me rendre au plus vite à Mulhouse, où le corps de Hanns Martin Schleyer va être retrouvé sous peu, si ce n'est déjà fait. La police et les journalistes locaux sont sur place. La ville est sans doute quadrillée par les forces de l'ordre. Mais les membres de la Fraction armée rouge doivent être hors d'atteinte.

— Je vous envoie Éric Muller, il prendra la direction des opérations, m'a dit le boss.

Nous serons trois, dont un photographe de presse, un Franco-Allemand spécialiste de l'Allemagne. Et moi, la petite nouvelle, nouvellement débarquée au journal grâce à Éric Muller, et qui doit faire ses preuves.

— J'attends de vous des éléments nouveaux, que la presse régionale n'aura pas su trouver. Muller est un pro et vous vous êtes une femme. Ça sera parfait. Rapportez-moi un papier qui mérite de faire la une !

C'était un ordre.

Dans une heure, mes collègues sonneront à la porte de l'immeuble. Et Éric ne comprendrait pas que je puisse ne pas être prête.

Appeler Ava.

Déjà elle monte l'escalier, joyeuse, elle s'occupera des jumeaux, les fera manger, les mettra au lit, leur lira une histoire, puis dépliera le canapé du salon, pendant que moi, leur mère, je roulerai en direction de l'est.

Un cadavre m'y attend.

Une heure pour préparer mon sac : une trousse de toilette, des vêtements de rechange, mon calepin, mon petit magnétophone. L'outillage de base, en quelque sorte. Mon attirail personnel, aussi utile que ma carte professionnelle. La carte de presse, sésame qui ouvre bien des portes, et déverrouille beaucoup de bouches closes. Ne pas oublier que les gens, en général, aiment parler, aiment qu'on leur accorde de l'attention.

Et moi j'aime écouter. « Vous êtes douée pour leur tirer les vers du nez », prétendait mon rédacteur en chef de *La Dépêche du Nord*, où j'ai occupé mon premier poste, juste après l'obtention de mon diplôme de journaliste.

— Coucou, je suis là !

Les visages des jumeaux s'illuminent.

— Vava, Vava !

Ils se précipitent dans les bras ouverts.

Comme d'habitude, sa beauté me bouleverse.

Cheveux noirs, genre aile de corbeau, peau claire, yeux verts. Une vision digne d'un conte, et Samuel ne s'y est pas trompé. Il m'a dit dernièrement, pendant que je lisais *Blanche Neige et les sept nains*, « C'est Ava », et il a posé son doigt sur l'image.

Sauf qu'Ava est bien plus belle que Blanche Neige.

Elle est vivante.

— Merci d'être venue aussi vite. Je me demande ce que je ferais sans toi.

— Oh, personne n'est irremplaçable. Vous trouveriez quelqu'un d'autre, c'est tout !

Et elle ajoute en riant, dévoilant ainsi une denture éblouissante :

— Les cimetières sont pleins de gens irremplaçables !

Elle ne me demande pas la raison de ce départ précipité. Un journaliste, c'est quelqu'un qui voyage. Qui parcourt le monde pour rendre compte de son état.

Ava ne pose pas de questions, au contraire de sa mère. Mercedes, madame Mercé comme on l'appelle, la concierge de l'immeuble. Bavarde, évidemment. Ça doit faire partie de sa fonction.

Sa fille, elle, est une maman dans l'âme. Sa mère m'a raconté, qu'enfant, elle passait des journées entières à s'occuper de ses poupées. Des baigneurs qu'elle lavait, nourrissait, promenait, sans jamais se lasser. Rien d'autre ne l'intéressait. « Elle cachait un de ses bébés, comme elle disait, dans son cartable, et pendant les récréations, elle s'en occupait, dans un coin, loin des autres. »

Maintenant, ses bébés se nomment Samuel et Camille. Elle les aime tant que je pourrais en être jalouse. Mais comment être jalouse d'une femme qu'on aime ? Qu'on n'a pas le droit d'aimer ? Je sais très bien que tout nous sépare, et surtout son âge.

— Mon collègue ne va pas tarder. Je t'appellerai demain matin pour dire bonjour aux enfants avant qu'ils ne partent pour la crèche.

— Mais oui, ne vous en faites pas, madame Jeanne, tout ira bien. Camille et Samuel sont si adorables ! C'est un plaisir de m'occuper d'eux ! Parfois même je me dis : « Pourvu que Mme Jeanne parte au bout du monde, comme ça, ils ne seront qu'à moi pendant des jours ou des semaines ou des mois ! »

Elle sourit avec tant d'innocence que je n'ose pas répondre. Je suis impressionnée par une gamine qui pourrait quasiment être ma fille.

Éperdue d'amour.

Mais nous ne sommes pas dans un roman-feuilleton. Dans la vraie vie, les gens sensés remballent leurs sentiments et arborent une persona, un masque parfait. Qui permet de vivre en société.

Comme la journée n'a pas été assez riche en émotions, le téléphone sonne à nouveau.

Cette fois, c'est ma mère. Mathilde. Ma Mattie.

Elle appelle rarement, et surtout pas à l'heure du bain et du coucher des enfants. En général, c'est le dimanche matin, vers dix heures, quand elle rentre de sa longue promenade à travers la campagne, et que ses enfants lui manquent.

Un pressentiment m'étreint. Il a dû se passer quelque chose de grave pour qu'elle rompt ainsi ses habitudes.

Elle parle. Je l'écoute.

Et quand je raccroche, j'ai compris que ma vie va basculer.

Ma mère a tué un homme.

Chapitre 2

Mulhouse est une ville sinistre, du moins est-ce l'impression qu'elle me donne. En pleine nuit, sous la lumière glauque des réverbères, elle présente une allure fantomatique. Nous traversons la ville basse, puis grimpons sur la colline. Rue Charles-Péguy. C'est l'adresse indiquée dans le communiqué.

Qu'allons-nous trouver à trois heures du matin ?

Des policiers. En grand nombre. Ils sillonnent les rues alentour, longent les propriétés closes sur de hauts murs et des grilles en fer forgé. Tout paraît silencieux, endormi. Sans doute que le citoyen lambda ne se doute aucunement de ce qui se passe à quelques mètres de lui.

Pas même de curieux, le nez en l'air. Il est possible qu'on les ait refoulés, leur demandant de regagner leurs pénates, mais il est plus que probable que dans ce genre de quartier, on préfère ne pas savoir ce qui se passe à l'extérieur. Intérieurs feutrés, familles je vous hais, comme disait Gide qu'adolescente, j'adorais.

Évidemment, notre arrivée ne passe pas inaperçue.

Nous devons montrer patte blanche. Les flics ont le visage tendu, pénétré par leur mission. La situation est grave.

Ils sont aussi passablement nerveux. Sans doute n'ont-ils pas l'habitude, dans ce bout de province, de trouver des cadavres en pleine nuit dans des voitures abandonnées… et surtout pas ceux de patrons d'industrie assassinés par la Fraction armée rouge.

— Il n'y a plus rien à voir, nous dit-on. L'Audi où a été retrouvé le corps a été emportée pour les vérifications d'usage. On craignait qu'elle ne soit minée mais elle ne l'est pas…

— Et le corps ?

Le policier grimace :

— Transporté à la morgue de l'hôpital. Là-haut !

Il désigne un point vague au-dessus de la colline.

— En vue de l'autopsie. Je ne peux pas vous en dire davantage. Faudra vous adresser à vos collègues du journal *L'Alsace* pour le rapport… Que voulez-vous, les locaux ont eu la primeur de l'événement !

Il prononce ces derniers mots avec jubilation. Un cadavre trouvé à Mulhouse appartient aux Alsaciens, semble-t-il dire. Et la PQR, c'est leur pain habituel. Ils entretiennent des relations quasi intimes. Alors que nous autres, venant de Paris… L'éternelle rivalité entre Paris et province ne joue pas en notre faveur.

— Il a fait fissa, le journaliste de *L'Alsace* ! Faut avouer que de réceptionner un tel cadeau n'arrive pas tous les jours ! Les Allemands nous l'ont expédié, comme une lettre à la poste ! Tout juste s'ils n'ont pas épinglé une carte de vœux sur la chemise !

Il a l'air d'un type qui aurait préféré son lit à ce trottoir, sa femme à ce cadavre. Mais la Fraction armée rouge n'en a rien à faire des désirs d'un flic de province. D'un flic en général.

— Font chier, ces connards, marmonne son collègue. On n'avait pas besoin de ça.

— Je crois que personne n'en a besoin, répond Éric Muller. S'ils l'ont abandonné là, c'est qu'il y a forcément une raison…

— Je suis alsacien ! s'écrie le flic. Et j'ai peur qu'on n'en finisse jamais avec les boches, c'est comme ça que ma mère les appelait quand j'étais petit.

Il s'éloigne, maintenant qu'il a déversé sa rancœur. Légitime sans doute. Il y a comme un relent de haine dans l'air. Est-ce uniquement la faute de cet Andreas Baader[1] ? Depuis la fin de la guerre, l'Allemagne et la France semblent vouloir une paix commune. Et voici qu'une bande de trublions menace cette belle entente !

— Schleyer est un pur produit de l'Allemagne d'aujourd'hui, nous a dit Éric dans la voiture, pour nous résumer la situation. Un ancien nazi qui a réussi à devenir un grand patron, et a gagné l'estime de tous. Triste fin pour un homme présenté comme bien sous tous rapports. Baader, lui, s'est suicidé dans sa prison, selon la version officielle. Mais beaucoup insinuent qu'il aurait peut-être été suicidé.

---

1. Andreas Baader est le membre fondateur de la Fraction armée rouge, une organisation terroriste, appelée en France « la bande à Baader », décédé le 18 octobre 1977 dans la prison de Stammheim en Allemagne et impliqué dans plusieurs attentats à la bombe.

Baader et Schleyer, les deux faces d'une Allemagne moins soudée qu'on ne l'imagine. Avec un mur qui, de plus, partage en deux un Berlin qui n'est même plus une capitale, juste un enjeu entre grandes puissances.

— Le ver est dans le fruit, a encore dit Éric en fixant la route, blême sous l'éclat de la lune. Ce Baader est un symptôme, même mort. Le symptôme du mal qui nous ronge tous. Car, ne nous leurrons pas, ce mal frappera aussi en France, Baader a des émules. De sales connards, des bourgeoises coincées qui veulent s'émanciper de leurs parents, autant dire beaucoup de monde qui peut causer beaucoup de mal. Je sais qu'ils ont de nombreux sympathisants, ils ont réussi à charmer… mais ce ne sont que des assassins.

Éric Muller a l'habitude de ces propos abrupts, qui souvent hérissent le directeur du journal. Les incidents ne sont pas rares, chacun restant campé sur ses positions. Mais Éric est un spécialiste de l'histoire allemande, il est devenu incontournable. Une statue indéboulonnable. Alors souvent, c'est le boss qui cède. Et, miracle, Éric m'a prise sous son aile depuis le jour où je lui ai envoyé, un peu par hasard, un article qu'il a trouvé prometteur, surtout de la part d'une femme. Macho, évidemment, mais j'étais si ahurie d'avoir été « sélectionnée » que je me suis contentée de dire merci.

C'est ainsi que j'ai été embauchée à *Liberté*, le journal que je convoitais depuis longtemps. En envoyant simplement un papier, dont le titre était, je m'en souviens bien, « Revenez vivants ! ».

Les statistiques sont les oracles du monde actuel. Aussi savons-nous avec une quasi-certitude que huit mille Français ne reviendront pas. Ils resteront en somme, pour l'éternité, en vacances...

Et qui sont les tueurs de ce massacre annoncé ? La route, ce long ruban sinueux, la montagne et ses orages meurtriers, la mer et ses bras de mort, le sable et tant de périls que les prévoir relève de l'impossible. Ainsi partent les gens, et ne reviennent pas. Huit mille... Le chiffre laisse rêveur... Serons-nous parmi eux ?

— J'ai besoin de me dégourdir les jambes... Je vais faire un tour dans le quartier.

— Qu'espères-tu trouver ? On est dans un quartier résidentiel, rupin, où tout le monde dort du sommeil du juste. Personne n'a rien vu, rien entendu, selon la formule consacrée. Tiens, à propos de quartier bourgeois, ça me rappelle une autre histoire qui a eu lieu, tout près de Mulhouse, dans la banlieue petite-bourgeoise où vivent les gens honnêtes.

Arthur – le photographe – raconte ce fait divers perpétré il y a quelques années.

— Une jeune femme accouche en pleine nuit, appelle à l'aide, et personne n'ouvre sa porte pour la secourir. Pire qu'un chien. Volets clos, portes fermées. Elle a accouché sur le trottoir... Ensuite, désespérée, elle a jeté le nouveau-né dans une chaudière d'immeuble... Elle a été lourdement condamnée, si je me souviens bien. Tous ces braves gens l'ont accablée, la salope qui a tué son enfant. Personne ne s'est interrogé sur sa propre responsabilité.

Mais le journal local a tout de même titré « La rue de la honte »[1].

Un bébé jeté vivant dans une chaudière. Faire disparaître le corps. Celui de Schleyer, en revanche, a été restitué entier.

— Moi, ajoute-t-il, je vais en profiter pour dormir une paire d'heures. Toutes ces émotions m'ont fatigué.

— Je vais faire pareil, décrète Éric, si je n'ai pas mes six heures de sommeil je suis une loque. Et autant vous dire que je les ai rarement. Bonne balade, ma petite Jeanne, ne te fais pas croquer par le loup ! Si tu en rencontres un, crie très fort, on t'entendra ! Et on viendra te sauver !

« Ma petite Jeanne ». Je déteste ce ton condescendant de mâle. Son sexe lui donne toujours une longueur d'avance sur moi, pauvre petite femme au ventre déchiré par une ouverture béante. Tous les grands reporters ne sont-ils pas des hommes, des représentants de ce sexe viril qui gouverne le monde ?

Nous, pauvres femmes, sommes condamnées aux seconds rôles. Condamnées aussi à travailler davantage, pour montrer qu'on peut « y arriver », faire aussi bien qu'eux, les hommes qui détiennent le pouvoir. Alors que souvent, on fait bien mieux qu'eux, mais qui s'en rend compte ?

J'en ai beaucoup souffert, à mon premier poste, à Lille. Tant de réflexions macho et phallo que j'en avais la nausée. Nous n'étions que deux femmes, face à six hommes. Sans compter le rédacteur en chef qui, dans son bureau, comptait

1. Fait divers tragiquement réel. A eu lieu dans la banlieue proche de Mulhouse.

les points. Nos coups de bec l'amusaient beaucoup, mais jamais il n'intervenait. Les coqs et les poules devaient s'arranger seuls, trouver, disait-il, un *modus vivendi.* Il le fallait bien, maintenant que les femmes relevaient la tête, revendiquaient leur indépendance, s'obstinaient à occuper la place, au lieu de rester dans leur cuisine.

Ces chamailleries incessantes ont été une des raisons pour que je remonte à Paris. Et puis, la capitale me manquait. J'y avais passé mes meilleures années, à la Sorbonne. Des années de liberté totale, dans mon petit studio. Lille est une ville magnifique, mais je m'y sentais à l'étroit avec l'impression qu'on m'empêchait de déployer mes ailes. Mes collègues masculins n'étaient pas étrangers à ce sentiment. Et puis, il y a eu, disons, cet incident, qui m'a poussée à fuir...

Les deux mecs s'installent dans la voiture pour dormir quelques heures. Et je me retrouve seule sur cette colline. Les rues grimpent vers un sommet où se trouve cet hôpital évoqué par le policier. Je me dirige vers lui, instinctivement. Vers le cadavre de ce Herr Schleyer.

Le médecin légiste est en train d'autopsier un symbole, celui du capitalisme triomphant, mais son scalpel ne découpera qu'un homme comme les autres, muscles, viscères, organes, exactement les mêmes que n'importe lequel de ses semblables.

Les morts se ressemblent tous. Coupables ou innocents. Qui, dans trente ans, se souviendra encore de Herr Schleyer ? Il sombrera dans l'oubli, comme tout le monde. L'ombre et le néant finissent toujours par recouvrir les morts.

Ne jamais oublier, ne jamais pardonner, c'est le mantra de Mattie.

Mathilde Bellanger est une survivante de l'apocalypse. Elle est revenue de Ravensbrück. Tout ce que j'en sais c'est que ce camp abritait, si on peut dire, jusqu'à 150 000 prisonnières, des femmes mais aussi des enfants, et qu'environ 90 000 personnes y sont mortes, de faim, de maladie, de mauvais traitements, ou d'exécutions sommaires. Le crématorium a été opérationnel jusqu'à l'arrivée de l'Armée rouge qui a libéré le camp, en avril 1945.

Faire disparaître les corps, l'obsession des bourreaux.

Schleyer, lui, est étendu sur la table de dissection. On prélève, on analyse, on scrute, on suppute. Comment a-t-il été tué ? Quels sévices a-t-il endurés avant de mourir ? Le légiste note, précise, émet des conclusions. Les corps parlent, disait le légiste de Lille, qui était un de mes interlocuteurs. (J'étais affectée à la rubrique police justice.) Il avait un don certain pour faire parler les cadavres. J'en apprenais beaucoup. Mais le légiste restait un homme, capable de me jeter à la face : « Que faites-vous ici, ma petite demoiselle ? La morgue, ce n'est pas un endroit pour une jeune fille de bonne famille. »

Et il riait. De moi, de mon indignation. Les jeunes filles, ces corps de bonne famille qui doivent remplir leur rôle, procréer, assurer la descendance de leur époux et maître, faire régner l'ordre et l'harmonie, et les autres femmes, toutes des salopes.

Dans le regard du légiste, à quelle catégorie appartenais-je ? Il ne savait où me placer, ce qui l'agaçait. Et sans doute lui faisait peur. Nous faisons peur aux hommes.

S'angoissent-ils pour leur virilité ? Que nous voulons, nous les salopes, leur supprimer ?

Quand je rentrais chez moi, tard le soir, dans mon petit deux-pièces du centre de Lille, je me précipitais sur Henri Tachan. Je passais en boucle ses chansons. *Les z'hommes.*

Un homme qui parle des autres hommes.

Jouissif. Rassurant. Consolant.

Z'aiment les femmes sans espoir,
Les z'hommes,
Prostituées ou Pénélopes,
Apprivoisées ou antilopes,
« Toutes les femm' sont des salopes »
Pour les z'hommes…

Les rues sont vides. Pas même un chat errant ou un chien en goguette. Ces demeures imposantes proclament que Mulhouse est, ou était – la crise est en train de passer par là –, le fief des grandes fortunes du textile qui ont fait de la ville depuis la révolution industrielle, la Manchester de l'Est. Les ouvriers en bas, dans les cités dédiées au peuple, et les bourgeois en haut, sur la colline qui surplombe les miasmes des manufactures. On ne mélange pas les torchons et les serviettes, dit l'adage. Les usines tournent au ralenti, voire ferment, mais les manoirs arborent toujours ostensiblement la fortune de leurs propriétaires. En bas, le chômage menace. Mais les patrons auront pris soin de préparer leurs arrières, sous forme de patrimoine immobilier, de bijoux et de lingots. La Suisse et ses banques sont toutes proches… Pour les ouvriers, dans les cités, l'avenir sera moins rose.

Mulhouse, malgré elle, est devenue le dernier domicile de ce Hanns Martin Schleyer, un homme riche et puissant, orgueil d'une nation allemande qui revient sur les devants de la scène économique. Pourquoi Mulhouse a-t-elle été choisie pour ce rôle ?

— Proche de la frontière allemande, nous avait expliqué Éric Muller. Et puis l'Alsace a toujours été considérée par les Allemands comme une de ses provinces, elle est devenue deux fois allemande, d'ailleurs, la première fois après la guerre de 1870 et la seconde annexée d'office par le Troisième Reich. Ce cadavre, c'est un peu comme une réminiscence du passé… un dernier nazi sur le sol alsacien !

Il avait ricané, de fascination et de dégoût mêlés. Éric a un père allemand et une mère française. Il est né à Paris mais a passé ses vacances d'enfant à Heidelberg où vivaient ses grands-parents paternels. Son père n'a pas été affilié au parti nazi. Simple soldat durant la guerre, il est revenu du front russe. Et a aidé ses parents à reconstruire leur maison soufflée par une bombe américaine.

— Je n'ai jamais réussi à lui extorquer la moindre confidence, avait dit Éric. Bouche cousue sur son passé de soldat au service du Troisième Reich. Comme si ça n'avait pas eu lieu. Jamais la moindre allusion, à ce point c'est comme s'il était devenu amnésique. Et moi, ça me met en rage de le voir aussi… muet. Je ne sais même pas ce qu'il pense de tout ça !

Et c'est à nous, à présent, d'essayer de rafistoler les fils de l'écheveau. De démêler le vrai du faux. Les survivants se taisent. Et nous, nous avons envie et besoin de parler, d'en parler. C'est un dilemme affreux, respecter leur silence et en même temps exhiber leurs turpitudes au grand jour. Les turpitudes de tout un peuple qui a marché, pratiquement comme un seul homme, derrière son chef adoré.

Et puis la fatigue, tout à coup, s'abat sur moi. Je m'adosse à une de ces grilles en fer forgé qui longent les trottoirs proprets. Mais déjà un chien se met à aboyer, en courant vers moi.

C'est un berger allemand de grande taille, vigoureux, à l'allure féroce, arrêté net par la grille qui nous sépare. Les propriétaires de cette magnifique propriété rococo, éclairée par le clair de lune et des réverbères, ont choisi un spécimen de bonne lignée, de pure race, aux ascendances irréprochables, dressé au mordant.

Un chien comme ceux qui accueillaient les déportés à leur descente des trains.

Il s'est tu. J'entends son souffle rauque. Il me surveille, prêt à l'attaque. C'est sa mission, son devoir ; défendre sa maison, ses maîtres. Me tuer si on lui en donne l'ordre.

Comme là-bas.

Images qui se superposent, le camp, les barbelés, les miradors, et cette colline qui semble si idyllique, peuplée de demeures de rêve.

Et l'idée, étrange, que tout est mêlé.

Je marche le long des grilles fermées. Des arbres sans doute centenaires étendent leurs bras sur les pelouses ratissées. Aucun volet ne bat. Quand les habitants de ces superbes villas ouvriront les yeux, le jour sera levé, et ils apprendront qu'à quelques pas de chez eux un cadavre reposait dans un coffre de voiture.

Ils pousseront des cris d'effroi. Ils s'indigneront. N'est-ce pas un des leurs qu'on a tué, presque sous leurs yeux ? Un de leurs complices en capitalisme ? Car c'est bien de cela qu'il s'agit, aussi. Éric lui-même en convient, et nous en avons longuement discuté pendant le trajet, ces sept heures interminables qui nous ont amenés à Mulhouse.

— Ce qu'ils veulent c'est foutre le bordel. Saper les bases du système capitaliste en décapitant, symboliquement, ses têtes. Encore des sauveurs de l'humanité, comme Hitler en son temps qui a été érigé en sauveur de l'Allemagne ! Il faut toujours se méfier des sauveurs, ils sont capables de tout et surtout du pire. En ce qui concerne Baader et sa bande, ce sont des assassins. De la même espèce que les bourreaux nazis qu'ils dénoncent. Mais les Allemands ne laisseront pas leur démocratie chanceler à cause d'un groupuscule de fous furieux. Quand je pense que cet Andreas Baader a réussi à séduire quelques nanas sans cervelle, avec des propos fumeux et une allure de playboy ! Il veut détruire le capitalisme pour le remplacer par quoi, et par qui ? Par lui-même ! Ah je sens que je t'agace, ma petite Jeanne !

— Oui, tu m'agaces. Ces nanas sans cervelle, comme tu dis, croient en une cause qu'elles estiment juste et elles se battent pour elle ! Je trouve cette attitude plutôt courageuse. Elles résistent à un système qui, je ne t'apprends rien, n'est pas tendre pour les femmes !

Éric a ricané. En bon macho. Il a beau être intelligent, voire brillant, il reste un homme dans toute sa splendeur. Un mâle. Célibataire. « Et ravi de l'être, proclame-t-il. Aimer quelqu'un, c'est perdre son temps. Et comme le temps nous est compté, je n'ai pas envie de le perdre. »

— Justement, les femmes devraient être plus intelligentes, et ne pas se laisser manipuler par cet imbécile ! Il paraît que Sartre lui-même, en sortant de sa rencontre avec Baader, en prison, a dit « mais quel con ce Baader » ! Il faudrait se demander pourquoi des femmes qui ont l'air cultivées, éduquées, se laissent embobiner par ce con !

Éric et moi sommes arrivés à une conclusion au terme du voyage et après une âpre discussion : cette Fraction armée rouge se situe dans la continuité de l'Histoire, et s'explique par l'acharnement des Allemands à ne pas vouloir se pencher sur leur passé nazi. Comme si ces hommes et ces femmes qui se sont lancés dans une action terroriste exhumaient, à leur manière, brute et brutale, un pan honteux de leur histoire. Ils se réclament de l'extrême gauche, et n'hésitent pas à user de la violence pour parvenir à leurs fins.

Je marche sans savoir où mes pas me mènent. Une lune ronde s'épanouit dans le ciel sombre. L'aube va se lever, les volets se rouvrir, la journée va commencer. Et un homme est mort. Mais ne sommes-nous pas tous mortels ? Pourquoi s'appesantir sur le sort de ce Herr Schleyer qui n'en mérite pas tant ?

Seulement, de quel droit supprimer une vie quelle qu'elle soit ?

Et c'est là, dans la rue, sous le halo de la lune et la lumière des réverbères, que me revient cette conversation.

Ma dernière conversation avec Mattie, hier soir.

Je voudrais tant pouvoir l'annuler.

Soudain, la demeure surgit dans la nuit. Ses toits démesurés, sa façade monumentale qu'une vigne vierge tente d'engloutir, ses massifs de rosiers qui délimitent l'allée centrale. Les gravillons blancs et les pelouses soigneusement ratissées. De hauts arbres semblent veiller sur l'ensemble.

Une plaque est apposée à la grille : *L'Ermitage, pouponnière*[1].

Une pouponnière en plein quartier résidentiel. Une réplique presque exacte, du moins en apparence, de la Maison des femmes, aux Genêts, créée par mes parents, et où j'ai grandi.

Je suis obligée d'agripper les barreaux de la grille pour ne pas chanceler.

Une main se pose sur mon épaule.

— Je m'inquiétais… alors je t'ai cherchée…

Éric murmure :

— Tu es livide ! À croire que tu as croisé un revenant ! Herr Schleyer se serait-il enfui de sa table de dissection pour venir te faire coucou ?

Devant mon silence, il reprend d'un ton moins ironique :

— Tu as besoin d'un bon café. Le jour se lève dans une heure, avec un peu de chance on va trouver un troquet… Pour l'instant, je ne peux que te proposer un petit remontant de mon cru…

Il me tend une fiasque :

— Du rhum, mais pas n'importe lequel, celui-ci vient de Martinique, grâce à un ami qui y possède une plantation,

1. Cette pouponnière existe toujours, au 51, boulevard Léon-Gambetta, à Mulhouse.

alors je peux te certifier que c'est du bon ! Et qu'il va te requinquer en une gorgée ! Bois !

Il reprend sa fiole qu'il enfouit dans sa poche et me prend par la main.

— En route ! On redescend. Cette colline ne te vaut rien. Faut dire qu'elle est particulièrement sinistre. Je n'ai pas vu une seule boulangerie, pas le moindre resto et encore moins un café ! Moi j'ai besoin de la rumeur de la ville, de mon café au comptoir, le matin, à écouter distraitement parler de tout et de rien. Ensuite, je peux commencer ma journée.

Il m'entraîne. Et je le suis, obéissante. Aurais-je besoin d'une main secourable qui sache me guider ? Je suis une femme libre. Indépendante. Je n'ai jamais vécu avec personne. Les soirées en duo, je ne connais pas. Les dîners aux chandelles, encore moins. Les escapades d'un week-end non plus. Mais je me souviens du couple que formaient mes parents. Un couple exemplaire. Jamais je ne les ai entendus se disputer, ou même seulement hausser la voix. Ils s'aimaient, d'un amour puissant et indestructible que rien n'a pu atténuer au fil des années de leur longue vie commune.

Et c'est pour sa bien-aimée épouse que mon père, ce docteur bon et compatissant, a consenti à dissimuler un meurtre. Un meurtre perpétré par celle qu'il aimait et qu'il voulait protéger, à tout prix.

Mattie, ma mère, maman, a tué un homme.

C'est du moins ce qu'elle m'a dit, au téléphone. Simplement, avec ces mots : « J'ai tué un homme, Jeanne. Un nazi. Mais il faut que je retrouve le corps avant qu'on le découvre, quand les nouveaux propriétaires raseront tout. Et fouilleront partout. »

Et je ne peux m'empêcher de comparer ces deux morts, tous deux nés allemands, tous deux ayant participé activement aux exactions du régime nazi, Hanns Martin Schleyer, et cet homme dont je ne connais pas le nom. Mattie l'a surnommé « l'ogre ».

« Je te raconterai tout, ma chérie. Tu as le droit de savoir. C'est le bon moment. Ça s'est passé il y a quinze ans, mais je m'en souviens comme si c'était hier. Tu sais, ma chérie, ton père a fait ce qu'il a cru bon de faire. Ne le juge pas, et ne me juge pas ! Nous ne sommes pas des monstres. Je t'expliquerai tout. »

Elle a raccroché sur cette promesse.

Chapitre 3

— Maman, maman !

On dirait une seule voix émanant de deux bouches différentes mais si semblables.

Mes deux amours se précipitent dans mes bras, sous l'œil attendri de la puéricultrice qui dirige cette crèche de quartier. Mère célibataire avec deux enfants en bas âge, voilà comment elle me voit.

Je suis un cas.

J'en déduis que peu de femmes convoitent mon statut de femme libre. Et surtout pas elle, mariée, petite maison à Montreuil avec jardinet attenant, un enfant au collège. Une famille normale.

Je dois être d'avant-garde, sans doute. Un jour, beaucoup de femmes me ressembleront…

— Vous leur avez manqué, a-t-elle déclaré. Samuel a parlé de vous… Quand vous vous éloignez ils sont toujours un peu tristes, et on le remarque…

Il y a comme un ton de reproche dans sa voix. Évidemment, une mère n'a pas à quitter ses enfants, ne serait-ce que pour deux jours. Elle doit rester fidèle à son poste, élever sa marmaille en souriant, confectionner des gâteaux pour les goûters, et se satisfaire de son sort d'épouse et de mère. Dans mon immeuble, il y a des femmes dites au foyer, c'est-à-dire sans revenus personnels et dépendant financièrement de leur compagnon. Ma voisine est très fière d'appartenir à cette catégorie sociale, elle le clame haut et fort : « J'élève moi-même mes enfants, je ne laisserais à personne ce soin. Quand ils seront suffisamment grands – elle n'a pas précisé quand –, je reprendrai un petit job à mi-temps afin d'être toujours disponible pour eux. »

— On rentre à la maison, maman ?

C'est Samuel qui a parlé. Celui qui porte le prénom de mon père adoré. Mattie a été ravie de ce choix. Et je crois bien qu'entre les deux garçons Samuel est son préféré. Évidemment, elle ne l'avouerait jamais. « Il sera médecin lui aussi », avait-elle prophétisé, en posant ses lèvres sur sa petite tête sans cheveux. « Il sera ce qu'il voudra », avais-je rétorqué, un peu agacée.

Elle n'avait pas répondu, résolue sans doute à guider son petit-fils vers ce choix. Avec moi, sa fille, elle a échoué. À dix-huit ans, mon bac en poche, j'ai annoncé que je m'inscrivais à la Sorbonne, et qu'une fois ma licence obtenue, j'opterais sans doute pour le journalisme. Ça ne s'est pas précisément déroulé ainsi, mais cela est une autre histoire…

— Je t'aime, maman.

C'est Camille, à présent, qui me souffle ces mots sucrés à l'oreille.

Camille, qui porte le prénom de l'homme rencontré cet été-là, et qui m'a emmenée sur son île, l'île de Patmos (et voilà une partie de cette autre histoire dont je parlais ci-dessus).

— Mes bébés d'amour…

Après un gros câlin, nous rentrons. Chez nous. *Home sweet home*, comme disent nos amis britanniques. La nôtre, je l'ai choisie et décorée, objet après objet, jusqu'à en faire un logis qui donne envie d'y vivre. Un abri. Un cocon doux et agréable. Une sorte de berceau qui nous protège du monde extérieur. Mon métier m'oblige à me coltiner la violence de ce monde extérieur. Et je viens encore d'y être confrontée, à Mulhouse, au cœur de la colline du Rebberg.

Nous marchons, moi au milieu de mes deux garçons qui s'agrippent à mes mains. Les passants nous sourient, le marchand de primeurs nous interpelle :

— Y a du soleil aujourd'hui, comme toujours quand vous êtes là, ma petite dame !

Ahmed nous arrête, saisit deux mandarines sur son étal :

— Pour vous, dit-il cérémonieusement en s'adressant à Camille et Samuel.

Et il glisse une mandarine dans les mains tendues.

— Et une pour la maman, en prime, sinon elle va être jalouse !

Nous rions. Et une fois encore je savoure ma chance d'habiter ce quartier de Montmartre bruissant de vie, avec ses commerces ouverts sur la rue Lepic, ses terrasses, son théâtre, son square, et l'ombre blanche de la basilique, tout en haut.

Nous vivons dans une sorte d'enclave encore paisible, mais pour combien de temps ? La rue Constance est un havre de sérénité mais la spéculation immobilière n'épargnera pas ce quartier. Où irais-je si ma propriétaire résiliait mon bail sous un prétexte quelconque ? Il n'existe pas un endroit comme celui-ci dans tout Paris !

D'abord, parce qu'il est au dernier étage, mais avec ascenseur ! Un ascenseur qui date du début du siècle, avec sa porte en bois et ses boutons d'autrefois. Son miroir dans lequel les garçons se contemplent, côte à côte ; leurs doigts posés sur la surface dépolie par les ans. Et ça les amuse de se voir. Si beaux en ce miroir.

— On rentre ? réclame Samuel, toujours pressé de retrouver ses jouets.

Camille, lui, préfère l'extérieur et souvent demande à aller au square, le soir, quand, rarement, je vais les chercher à la crèche. C'est presque toujours Ava qui s'en charge, ou leur père, quand mon travail m'oblige à m'éloigner de Paris. Heureusement, il habite à quelques pas, sur le boulevard de Clichy.

L'ascenseur est en panne. Nous grimpons les six étages jusqu'à nos combles sous les toits. Les jumeaux ne se plaignent pas. Tout est jeu pour eux !

Avant de m'engager dans l'escalier soigneusement ciré, je n'ai pu m'empêcher de lorgner vers la loge de notre concierge. Où habite ma précieuse Ava, l'unique fille du couple de Portugais venu s'installer à Paris il y a une dizaine d'années. Mercedes, la mère, s'occupe de l'immeuble – une bonne fée toujours disponible et qui prête une oreille attentive aux doléances de chacun –, et le père est plombier chez un artisan du quartier. Il répare à l'occasion nos canalisations et autres éviers bouchés, ce qui ravit locataires et propriétaires.

Nous atteignons le dernier palier, et je pousse la porte légèrement entrouverte.

— Ava ? crie Samuel en se précipitant dans le salon.

Mais ce n'est pas Ava qui nous accueille.

— Mattie ! s'exclame Camille en se jetant dans les bras de sa grand-mère.

Sa présence est si étrange, une étrangeté vaguement inquiétante, que je m'affale dans mon fauteuil. Fatiguée tout à coup. Épuisée, même. Combien d'heures de sommeil me faudra-t-il pour compenser cette nuit blanche et me permettre d'affronter ce qui va se passer ? Dormir... Mais Mattie n'a pas l'intention de me laisser me glisser sous mon édredon. Elle n'est pas venue pour me voir dormir.

Si elle est là, à Paris, elle qui ne vient que rarement et jamais sans me prévenir, c'est que l'heure est grave. Et elle ne va pas me ménager. Mattie ne ménage personne, d'ailleurs, et surtout pas moi, sa fille.

— Ne parle pas ! Je t'en prie... Il faut d'abord que je prépare le dîner des petits, que j'avale un morceau, que je prenne une douche, ou encore mieux, un bain... et que je dorme quelques heures. Je suis *out*. Tu peux comprendre ça ? Je te promets que demain matin, je serai prête à t'écouter, et à tout entendre.

Mattie secoue la tête avec un air farouche. Elle ne me lâchera pas avant de m'avoir dit ce qu'elle a à me dire. Même si je n'ai pas du tout envie de l'entendre ; que je pressens que son histoire ne me fera pas plaisir. J'en connais déjà la conclusion puisqu'elle me l'a dite au téléphone sans me donner le temps de souffler : « J'ai tué un homme, et il a été enterré dans le cimetière des Genêts. »

Mattie a grimpé dans le train à Deauville pour venir m'en raconter les tenants et les aboutissants. Une histoire, disons, particulière qui va comme un gant au personnage de Mathilde, résistante, rescapée de Ravensbrück. Une héroïne pour la petite fille que j'ai été. Adolescente, je n'ai pas compris qu'elle ait refusé la Légion d'honneur que lui offrait le gouvernement français. Mon père, que j'ai pressé de questions, a simplement dit : « Ta mère a ses raisons, nous devons les respecter. »

Et maintenant il y a un cadavre dans ce beau jardin où nous nous amusions à nous cacher, mes camarades et moi ; enfants insouciants, nous courions entre les tombes. Sans nous poser de questions, heureux de vivre dans l'instant présent.

— Le merle…

Je peine à articuler. Brisée par la fatigue. Mais j'articule, péniblement.

— Tu te souviens du merle qui chantait ?

Mattie a les larmes aux yeux. Elle se souvient. Elle n'a pas oublié le merle. Notre merle, celui que j'avais apprivoisé. Et qui nous regardait jouer entre les tombes, qui suivait nos parties de cache-cache.

Je l'avais appelé Merlin. Et je l'aurais reconnu entre tous les merles du monde.

Le petit compagnon ailé de mon enfance dorée.

C'est à lui que je pense, ce soir, avec mes jambes lourdes, mon dos rompu, ma tête lourde.

Merlin.

J'ai eu une enfance de rêve.

Ensuite, ça s'est gâté.

De mon fait, principalement. Notamment dans l'histoire Camille.

Chapitre 4

Mattie m'aide à coucher les garçons, et leur lit une histoire pendant que je débarrasse la table du dîner. Mes mains tremblent en rinçant les assiettes sous l'eau tiède.

Tout à l'heure, ma mère me racontera son histoire. J'y figure puisque j'ai grandi aux Genêts dans cette grande propriété normande que son mari et elle ont transformée en pouponnière après la Seconde Guerre. Ils y ont accueilli celles qu'on appelait alors des filles mères, des pauvres gamines perdues, abandonnées. Violées, parfois. Rejetées par leurs familles, à cause de la honte qu'impliquait leur statut de mère sans mari. « Cette maison est à elles, disait Mattie, elles y ont droit. »

J'ai grandi à l'ombre de cette pouponnière, au milieu des femmes et des enfants. Ce cadre enchanteur dissimulait beaucoup de souffrances, de mal et de malheur. Mais, chez nous, les femmes réapprenaient à sourire, à rire, à poursuivre leur vie. Certaines confiaient leur enfant à l'adoption. D'autres repartaient avec le bébé sous le bras, résolues à affronter le regard des autres. De ceux qui jugent sans savoir, qui ricanent sans pitié. Ceux dont le cœur est aussi dur que les rochers de nos côtes.

Pour mes parents, ces départs étaient toujours des moments de grâce, la preuve qu'ils avaient réussi à insuffler espoir et courage, à donner un nouvel élan à ces femmes brisées.

À la mort de mon père, il y a trois ans, Mattie a décidé de fermer la pouponnière. Poursuivre seule l'œuvre initiée avec mon père lui semblait impossible, elle a préféré tout arrêter.

— J'ai fait ma part d'humanité, a-t-elle décrété.

J'ai accepté ce choix. Mattie avait l'air si résolue qu'aucun de mes arguments n'aurait pu la convaincre de renoncer à ce projet. Pour ma part, il m'a semblé funeste, mais je me suis tue. La liberté m'a toujours paru fondamentale. Moi-même, n'ai-je pas imposé mon choix de vie à mes parents qui espéraient pour moi une autre voie ?

— On se sert un verre ? propose Mattie en pénétrant dans ma minuscule cuisine. Je crois que nous en aurons besoin ! On finira de ranger plus tard ! Si on en a encore la force, soupire-t-elle bruyamment.

Voilà qui ne présage rien de bon. Alors, oui, pourquoi pas, un peu d'alcool fort m'aidera à encaisser. Si je le pouvais, je fuirais. Loin de cette histoire.

Mais où fuir ? On ne peut pas fuir sa vie.

Et puis, je dois reconnaître que la curiosité se mêle à l'angoisse.

Deux whiskies, avec glace pour moi, sec pour Mattie qui a déjà avalé la moitié de son verre. Elle baisse les yeux, soupire, et brusquement jette :

— Inutile de tourner autour du pot. Je vais te donner la vérité toute crue, toute dure. Tu y as droit et à moi aussi ça me fera du bien, même si j'ai essayé depuis si longtemps d'oublier. Voilà. J'ai eu un enfant, un fils. Que je ne connais pas. Et j'ai tué de mes propres mains le père de ce fils. Celui que j'ai appelé « l'ogre ».

Sa voix se cisaille, s'éparpille en mille gouttelettes. Je me sens transpercée. Les mots me pénètrent, mais je ne sais pas encore quoi en faire. Ils sont si étranges, si inattendus, si... impossibles. De quoi parle Mattie ? A-t-elle perdu la raison ? La perte brutale de son mari a pu la perturber au point de la faire sombrer dans la folie.

Je fixe la manche de son pull. Devine ce qui se cache sous la laine fine. Un numéro. Son matricule, gravé dans la peau, indélébile. Signe de son passage en enfer. Car je sais depuis toujours que l'enfer existe, sur Terre.

— Je comprends ton étonnement. Tu me crois folle. Je dois commencer par le début. Mais sers-moi d'abord un autre verre, sinon je crains de ne pas arriver jusqu'au bout. Et il faut que j'y arrive.

Je m'exécute, machinalement. De la chambre des enfants parviennent des ronflements. Camille a le nez bouché, un rhume automnal, il est sensible à ces germes qui pullulent dans les crèches.

Mes fils dorment, ma mère boit, et moi j'attends.

La vérité.

Mon ventre, comme toujours quand je suis stressée, se met à gonfler, mes intestins vont éclater et se répandre sur le parquet, en un tas sanguinolent et puant.

Mattie avale son deuxième verre de whisky, cul sec. Ses yeux brillent exagérément. Elle s'apprête à me dévoiler sa vie, toute nue, et elle se donne du courage.

J'ai toujours pensé que ma mère avait des secrets. Qui n'en a pas ? Moi aussi, et je ne suis pas prête à les exhiber. Rien que d'y penser, j'en tremble d'effroi. Mais pour Mattie l'heure est venue. Elle ne reculera pas.

Elle lève les yeux sur moi, son verre à la main. Un étrange sourire apparaît sur ses lèvres. Le sourire d'une femme prête à affronter ses démons.

Et elle parle. Lentement, d'une voix un peu sèche, comme si elle n'était pas réellement concernée par cette histoire. Comme s'il s'agissait de celle d'une autre. Sans doute une manière de prendre des distances, de supporter l'insupportable.

Car ce qu'elle raconte est insupportable.

Son regard est posé sur moi. Toujours brillant mais aucune larme ne coule. Mattie ne pleure plus depuis longtemps. Même à l'enterrement de son mari bien-aimé, ses yeux sont restés secs. Mais la nuit, j'entendais ses sanglots, des pleurs de petite fille abandonnée, apeurée, désespérée.

Cette histoire est si incroyable que j'ai du mal à l'absorber. Je devrais être blindée ; dans mon métier, je côtoie beaucoup de drames, je suis confrontée à des actes abominables, et obligée de rendre compte des pires horreurs. Mais ce que j'entends de la bouche de ma mère dépasse tout ce que j'ai entendu jusqu'à ce jour.

— Oui, poursuit-elle de sa voix égale, presque indifférente, où ne perce aucune émotion, j'ai été cette femme prisonnière, captive, condamnée à un rôle que jamais, même dans mes pires cauchemars, je n'aurais pu imaginer.

Elle reprend son souffle :

— Dans l'enfer du camp, pourtant, j'ai été protégée. Par mon ventre, par l'enfant qui y poussait, par l'espoir de cet homme qui voulait être père et m'avait choisie entre toutes les déportées pour devenir la femme qui porterait cet enfant jusqu'à la naissance.

« Je ne savais rien de ce qui se passait dehors. J'étais enfermée entre quatre murs, avec une seule fenêtre, minuscule, qui donnait sur une sorte de cour close. Elle était fermée, impossible de l'ouvrir. La nuit, je rabattais les rideaux. Je me souviens très bien de ce geste, puis je me couchais, d'ailleurs je passais la grande partie de mes journées allongée sur le lit. C'était plus confortable que la chaise en bois qui meublait la pièce. Il y avait aussi une petite armoire, et derrière un autre rideau, un lavabo et un W-C. Le luxe, quoi, quand on sait dans quelles conditions vivaient les autres déportées.

« Le plus dur, c'était ce silence. Ma gardienne ne parlait pas, elle émettait, rarement, quelques borborygmes, ou des insultes, brèves, *Hure*, putain. Car c'est ce que j'étais, la putain d'un officier SS qui m'avait prise sous sa protection. Et j'attendais la délivrance en me demandant ce qu'il adviendrait de moi. La mort, sans aucun doute, dès que je ne servirais plus à rien. Je n'étais qu'un matricule parmi des milliers d'autres. Sans identité. Presque sans réalité.

« De mon arrière-cour, pourtant, parfois je voyais les fumées... épaisses, noires, parsemées de cendres. Il me semblait qu'elles retombaient sur moi pour m'ensevelir vivante. Je serrais les poings de rage, je devenais une boule dure qui hurlait en silence. Je n'avais aucun moyen de m'échapper, et pour aller où ? J'ignorais même où je me trouvais. Quelque part en Pologne, ou en Allemagne ?

« Cependant j'avais compris que je me trouvais dans un endroit dédié à la souffrance et à la mort. Où l'on tuait les êtres vivants. Où on les laissait mourir de faim, de fatigue, de maladie, de désespoir. Où on les transformait en cendres pour nier jusqu'à leur existence.

« Et j'ai survécu.

Mattie se tait. Contemple son verre vide. Mais ne dit rien, ne réclame rien. Yeux toujours brillants. Lèvres sèches. Mains qui tremblent légèrement. Presque une vieille femme. En tout cas, une femme qui a traversé des épreuves terribles. Qui a voulu les oublier, tirer un trait. Mais que son passé rattrape.

Mes fils dorment dans la chambre d'à côté. Innocents et fragiles. Pourrais-je un jour leur raconter ce que je suis en train de comprendre ? Que leur Mattie a eu un fils, né à Ravensbrück juste avant la libération du camp. Que son géniteur est un officier SS qui voulait un enfant à offrir à sa femme, qu'il adorait et qui était incapable de concevoir. Et comme Mattie ressemblait à cette femme, il l'a désignée à sa sortie du train.

L'a sauvée, en quelque sorte.

— Il m'a mise à l'abri, m'a nourrie, m'a soignée, et m'a engrossée. Je suis tombée enceinte tout de suite. Je ne l'avais jamais été jusqu'alors.

Elle boit. Reprend :

— À peine avais-je accouché que la sage-femme lui a remis le petit paquet. Je n'ai pas vu le bébé. Je l'ai juste entendu crier, brièvement.

Ses yeux restent secs.

— Une heure plus tard, j'ai eu une poussée de fièvre, une fièvre de cheval. J'étais inconsciente. On m'a transférée à l'infirmerie du camp. Ce sinistre *Revier*. Je me suis réveillée sur une paillasse et j'ai avalé les médicaments qu'on me glissait sur la langue. Des sulfamides. Que mon violeur avait donné, pour moi, au docteur. Samuel me l'a dit, plus tard. Il se souvenait très bien de la scène, ce tête-à-tête avec l'officier. Il lui avait glissé dans la main les précieux comprimés en disant : « Sauvez-la. Elle s'appelle Mathilde Bellanger. Elle est française, comme vous. »

« Et le docteur Samuel Levy m'a sauvée. Je suis rentrée en Normandie, aux Genêts, pour y retrouver mon mari, Aurélien Bellanger, et la vie a repris son cours. Je n'ai jamais parlé de cette naissance à personne. La suite, tu la connais en partie. Samuel et moi nous nous sommes mariés après la mort d'Aurélien à New York. Et nous t'avons adoptée. Tu es devenue notre fille, notre fille unique. Nous t'avons beaucoup aimée, tu sais…

Un silence. Je sens cet amour que je porte en moi, que rien ne peut détruire. L'amour de mes parents. La protection des Genêts. Merlin, mon ami ailé. Les étés si tendres, les bébés qui naissaient, les femmes au gros ventre qui s'installaient sous le ginkgo, d'autres qui allaitaient…

— Ensuite, Samuel et moi avons créé cette pouponnière où tu as grandi. Nous avons tout fait pour te donner une enfance la plus légère possible. La vie n'est pas un long fleuve tranquille, ma chérie, mais ça, tu le sais déjà.

— Et puis ?

— Je croyais que le pire était derrière nous, soupire Mattie, que le mal ne nous rattraperait jamais. Mais j'ai eu tort. Le mal est revenu.

Elle triture son verre vide pour se donner une contenance. Fouille dans sa poche, se rappelle qu'elle ne fume plus depuis des décennies. Extirpe un mouchoir qu'elle triture.

— Il est revenu. Tel un fantôme. En pleine nuit. Tu peux imaginer ma stupeur quand je l'ai vu, debout devant moi. J'ai cru que c'était un spectre.

Elle frissonne, s'enveloppe dans le plaid que j'ai posé sur l'accoudoir du fauteuil. Elle voudrait disparaître dans le tissu moelleux. Mais c'est une femme courageuse, alors elle continue :

— J'étais en train de me promener dans le parc. Et il est apparu, au clair de lune. Il avait à peine changé, en dépit des années. En une fraction de seconde je suis redevenue la femme de Ravensbrück, la déportée, la prisonnière. Et j'ai porté ma main sur mon ventre, comme je le faisais là-bas, sur mon lit, comme si j'étais enceinte à nouveau.

« Mon geste ne lui a pas échappé. Il a souri. Et ce sourire était comme un affront de plus, il a rouvert toutes mes blessures. Alors, j'ai hurlé. Seulement j'étais trop loin pour que l'on puisse m'entendre. Paralysée de terreur. Il s'est approché, et d'un geste m'a prise dans ses bras. Deux amoureux qui se retrouvaient après une longue séparation.

« J'étais une loque. Une poupée de chiffon, semblable à celle qui gisait sur le lit où il me rejoignait, pendant ma grossesse, quand il venait vérifier que tout se passait bien, que je me portais bien, que son enfant poussait dans mon ventre. En attendant que je lui livre sa marchandise. Le cadeau sans prix qu'il comptait faire à sa femme. L'Armée rouge se dirigeait inexorablement vers l'Allemagne et lui, il préparait l'avenir. Un avenir avec épouse et enfant, dans un pays étranger, sur un continent lointain où vivre en paix, incognito. Il créerait une famille idéale, exemplaire, un modèle de bonheur et d'harmonie. Et de moi, l'esclave, rien ne filtrerait, jamais. D'ailleurs, avais-je seulement existé ?

Elle tremble à présent, le plaid tressaille. Et soudain, l'avalanche. Un vrai tsunami. Des pleurs qui déchirent l'air. Mattie est une mère qui a perdu son enfant.

— Je le déteste…

Elle hurle mais sa voix se brise. De qui parle-t-elle ? De son violeur, ou de son fils ? Mais comment pourrait-elle détester son enfant ?

— Il m'a tout pris, m'a tout volé, et il a eu le culot de revenir me narguer. Comme si de rien n'était. Comme si j'étais encore sa chose. Parce qu'il avait refait sa vie en Allemagne, qui, comme tu le sais, n'a pas été très regardante sur son passé… Les pires crapules peuvent obtenir des postes à responsabilité.

« Je ne sais pas où j'ai pris ce courage-là, mais je me suis débattue. Et il est mort.

« Voilà où l'on en est, ma chérie. Avec un cadavre sur les bras, et le pire, c'est que je ne sais pas où il est enterré.

Et elle conclut, comme une prière, en joignant les mains :

— Il faut que tu m'aides, Jeanne. Il faut le retrouver avant que les fossoyeurs ne mettent la main sur ses restes, et se demandent ce que fait ce squelette de trop dans notre petit cimetière. Ou ailleurs dans le parc. Mais ça suffit pour ce soir ; je suis épuisée, et toi aussi. On en reparlera demain, à tête reposée.

Chapitre 5

Dix jours sont passés depuis la révélation faite par ma mère.

— Prends des congés, m'avait demandé Mattie, et viens aux Genêts, pour m'aider à régler l'affaire.

Autrement dit le meurtre de celui qu'elle ne nomme jamais autrement que par le mot « ogre ». Son ogre. Mais il me semble que le mot n'est pas juste. Un ogre dévore ses proies. Celui-là l'a protégée, lui a permis de survivre. Et est revenu… il avait besoin d'elle. L'aimait-il ? À supposer que l'on puisse aimer une femme dont on a fait sa chose…

— Je te raconterai sur place, ce sera plus facile… Il faut que tu me croies, Jeanne, ce n'était qu'un accident, stupide comme tous les accidents. Je n'ai jamais eu l'intention de le tuer, même si j'en avais rêvé pendant des années… Il est mort malgré moi et je n'y suis pour rien.

— Tous les assassins plaident l'accident, avais-je murmuré en haussant les épaules. Tu pourrais trouver autre chose pour me convaincre.

Mattie n'avait pas répondu, elle m'avait seulement lancé un regard si désolé que j'avais détourné le mien.

Elle croit à sa version et s'y agrippera coûte que coûte. Une manière de se dédouaner de son acte. Mais Mattie est-elle capable de tuer ? Elle a consacré son existence à seconder son mari pendant les accouchements, elle a été témoin du premier cri des nouveau-nés, elle leur a donné leur premier bain. Comment une femme vouée à la vie peut-elle soudain donner la mort ?

Aujourd'hui, 1er novembre, me voici dans le petit cimetière que le docteur Samuel Levy avait voulu installer tout au bout du domaine, à l'abri des regards, pour ne pas affoler les pensionnaires que le spectacle des tombes aurait pu impressionner.

Camille et Samuel sont restés à Paris, sous la garde de leur père qui a concocté un joli programme à leur intention. Ils ne s'ennuieront pas et auront la joie de passer du temps avec leurs grands-parents paternels qui vivent dans une grande maison à Fontainebleau. Ils apprécient le jardin et son toboggan, la double balançoire spécialement installée pour eux, le bac à sable et surtout Marin, le chien de la maison, un mélange assez original de golden retriever et de berger allemand. Ils iront se promener en forêt, feront des câlins aux arbres, comme je le leur ai appris, et écouteront les oiseaux.

Des enfants insouciants. C'est du moins ce que je souhaite pour eux.

Leur donner une enfance aussi légère que la mienne.

Et maintenant, je contemple ces trois tombes du petit cimetière créé par mon père. Je crois entendre les mots qu'il prononçait au moment où le cercueil descendait sous terre. Il parlait de paix profonde. De silence et d'amour éternel.

Pourtant, il n'était pas croyant et ne pratiquait aucune religion, pas même la sienne. Mais à ce moment-là, il devenait mystique. Je l'écoutais, bouche bée, tout en regardant le cercueil posé dans la fosse.

C'est lors d'un enterrement que j'ai rencontré Merlin. Mon merle ; mon meilleur ami. Un ami ailé. J'aurais tant voulu le rejoindre sur sa branche et l'accompagner dans ses vols ! Nous aurions parcouru les airs, l'un à côté de l'autre, survolant les prés, jusqu'à la mer.

Mais je restais clouée sur terre. Avec des rêves plein les yeux.

Trois tombes.

Dans la première repose ce bébé né sans vie, le cordon ombilical enroulé autour du cou. « Ton père n'a rien pu faire, m'avait raconté Mattie, bouleversée. Il était impossible de le réanimer. Ça a été un grand choc pour lui. Et nous avons pleuré ensemble, tous les trois. Finalement, des trois, c'est la mère qui était la moins triste. Elle avait affirmé pendant toute sa grossesse qu'elle n'en voulait pas, et qu'elle l'abandonnerait à la naissance. Le bébé lui a évité de faire ce choix… »

Je me souviens de tout, chaque détail. C'était en juillet, un an après l'inauguration de la Maison des femmes. Je me souviens du petit cercueil en bois blanc, de la mère qu'encadraient Mattie et mon père. D'autres pensionnaires, au ventre rond, nous suivaient, le regard grave comme l'exigeaient les circonstances.

La cérémonie a été brève et sobre. Sans curé. L'enfant n'avait pas reçu le sacrement du baptême, il ne comptait pas parmi les chrétiens. « C'est un pauvre petit, il errera dans les limbes pendant l'éternité, sans jamais trouver le repos », avait dit une femme. Mais ses compagnes avaient ricané : « Tais-toi, tu dis n'importe quoi, tu crois toutes les bêtises que ces imbéciles de curés nous racontent. »

Il s'appelait Marcel, le prénom que lui avait choisi sa jeune mère. Elle n'avait pas même quinze ans à sa naissance. J'ai appris, plus tard, que Marcel était né d'un viol, perpétré par le grand frère qui rejoignait la petite dans son lit, la nuit. La famille est tombée des nues en apprenant la vérité. Le fils était l'héritier de l'exploitation familiale. Ses parents avaient besoin de ses bras et de sa force de travail. Sans lui, la ferme aurait été condamnée. Alors c'est la victime qui a été contrainte au départ. Sa mère l'a mise à la porte en la traitant de traînée et la famille a enseveli l'affaire. Le frère s'est marié avec une voisine qui a apporté des terres en dot, et a eu des enfants. Légitimes, cette fois. Et il a eu le droit de violer légitimement sa femme, chaque nuit.

Marcel repose à quelques pas d'une jeune maman de vingt ans, qui, elle, a accouché d'un bébé vivant, mais qui a succombé à une crise d'éclampsie. La stèle mentionne sa courte existence : *11 juin 1930 – 14 juillet 1950*. Le nourrisson, une petite fille, a été confié à l'adoption et a quitté la pouponnière quinze jours plus tard dans les bras de sa nouvelle mère. Elle ignore peut-être tout de ses origines, et de cette tombe.

La troisième tombe abrite un enfant, mort à l'âge de deux ans, de convulsions consécutives à une coqueluche. Il s'appelait Léon.

— Il était si mignon, soupire Mattie. Si gai, si vivant. Et sa mère l'adorait, elle avait de grands projets pour eux deux. Elle venait de trouver du travail, et un petit logement à Deauville. Ils devaient s'y installer quand Léon est tombé malade. Ton père a cru pouvoir le guérir mais une nuit il a eu des convulsions, et c'était trop tard… Pour ton père, ça a été un énorme échec, le plus grand de toute sa carrière.

Nous nous taisons, les yeux baissés sur la petite plaque et son médaillon où un petit garçon sourit à la vie.

Il fait beau, en ce premier jour de novembre, un temps doux et clair qui fait penser au printemps. Et soudain le chant.

Ce n'est pas celui de Merlin, que je reconnaîtrais entre mille. Mais c'est comme si mon oiseau, mon merle adoré, me faisait signe, à travers l'un de ses descendants ailés.

Merlin ne m'a pas oubliée.

C'est là, exactement à cet endroit, que notre rencontre a eu lieu. Au moment précis où le cercueil du petit Léon a été descendu au bout des cordes, le chant a retenti. Personne n'a sourcillé. Et l'espace de quelques secondes je me suis demandé si j'avais rêvé ; mais j'ai levé les yeux vers le pommier et je l'ai vu.

Un merle noir.

J'avais dix ans. J'aimais les oiseaux, tous les oiseaux. Je les englobais tous dans une même tendresse, mais avec lui tout a changé. J'ai su que c'était MON merle.

Tandis que les pelletées de terre recouvraient le petit cercueil blanc, mon merle chantait le printemps qui finirait par arriver, la vie et l'avenir. Les fleurs et les fruits qui allaient éclore, les enfants qui naîtraient, et le grand bonheur de l'été.

Il me parlait. Comme s'il avait été perché sur mon épaule. Aujourd'hui encore, je l'entends m'insuffler le courage et l'espoir sans lesquels aucune vie n'est possible.

C'était un oiseau qui n'ignorait rien de la vie et de ses douleurs. Et il était venu, ce jour-là, pour moi. Pour rendre hommage à Léon. Pour me consoler de cette mort bouleversante. Pour me voir grandir. Pour m'accompagner au long des années.

Merlin a continué à chanter jusqu'à ce que la petite troupe s'ébranle en direction de la maison. Moi, je suis restée encore un moment pour l'admirer, perché sur sa branche.

Nous nous sommes regardés, et nous nous sommes reconnus. C'était un merle d'une grande beauté, d'un noir luisant et séducteur.

J'ai été séduite, immédiatement, je suis tombée en amour.

Cet amour a duré huit ans. Il a attendu que je quitte les Genêts pour disparaître. Comme pour me dire : « Tu n'as plus besoin de moi, à présent, tu es une grande fille, tu sauras te débrouiller sans moi. Et puis tu me garderas dans ta mémoire, vivant comme au jour de notre rencontre. »

— Tu vas bien, Jeanne ?

— Oui, ne t'en fais pas !

Mais ma voix est si faible que Mattie me prend la main.

— Il faut que je termine mon histoire. C'est ici que ça s'est passé, cette nuit-là, il y a quinze ans. Tu étais à Paris, tu n'as jamais rien soupçonné… Comment aurais-tu pu imaginer une histoire pareille !

Sa voix ne tremble pas, elle se concentre, essaie de revenir en arrière, à ce moment précis où le passé lui a sauté au visage.

— C'était un dimanche soir, au mois de mai, le 6 mai très précisément. Il y avait eu deux accouchements ce jour-là. Après le dîner qu'on a pris tard, j'ai eu besoin de m'aérer. De trouver un peu de solitude. Chaque naissance me ramenait cruellement à mes mois de solitude à Ravensbrück, dans cette chambre, et à mon attente de la délivrance.

Elle se tait, avale sa salive.

Le merle continue à chanter. Est-ce un descendant de Merlin ? Ou Merlin l'a-t-il désigné entre tous pour venir me soutenir ?

— Je ne l'ai pas tué, répète Mattie, comme un mantra. Il a surgi devant moi, il m'a dit : « Je n'ai pas eu de mal à te trouver. Mathilde Bellanger devenue Mme Samuel Levy, quelle ironie du sort. La mère de mon fils a épousé un Juif. »

« Il a émis un petit ricanement qui m'a glacée. J'étais de marbre, une statue immobile, en pierre gelée. Incapable de faire le moindre pas, et même de crier. Corps figé, lèvres closes. Tétanisée. Il m'a dit que sa femme était morte, qu'il était venu me chercher pour notre fils, qu'il avait besoin de moi. Qu'il voulait tout recommencer avec moi. Je ressemblais tellement à sa chère Gertrude. Il voulait qu'on forme une famille.

« J'ai compris qu'il ne plaisantait pas. C'était un homme dénué d'humour. Froid et sec comme une branche morte. Il allait réellement m'emporter, comme une marchandise, exactement comme autrefois. Rien n'avait changé pour lui.

Dans sa tête, il était resté dans ce Troisième Reich qu'il avait si bien servi.

« Un instinct de survie m'a alors saisie. Tout s'est passé en une fraction de seconde. Je l'ai repoussé, violemment, avec toute l'énergie du désespoir, et il a chancelé. Je l'ai vu chuter, lourdement, en arrière. Sa tête a heurté la pierre tombale, ici même. La pierre sous laquelle repose notre petit Léon. Après ça, c'est le trou noir. Quand j'ai repris mes esprits, j'ai entendu un chant, venu de très loin. Un chant d'oiseau. Alors j'ai hurlé, et j'ai couru vers la maison. J'ai tout avoué à ton père. Il est venu avec moi constater le décès. L'ogre était bel et bien mort, sans l'ombre d'un doute. Je l'avais tué. J'avais tué l'ogre.

Elle se tait encore. Elle se tient droite, elle a beaucoup maigri depuis qu'elle vit seule. Depuis que son mari l'a quittée définitivement. Elle a l'air si fragile dans son manteau noir que mon cœur se serre de compassion. La vie n'a pas été tendre avec elle, même si elle lui a donné beaucoup de joies. Elle a perdu son premier mari, son amour de jeunesse, Aurélien Bellanger, puis son second mari, l'amour de sa vie : elle a donné naissance à un enfant que l'ogre lui a volé. Et n'a jamais pu en concevoir d'autres.

— Qu'en avez-vous fait ? De son corps, je veux dire.

— Nous avons décidé de nous taire. À quoi bon réveiller le passé ? Je me suis dit que sa présence aux Genêts ne devait être connue de personne, que nul ne l'avait vu. Et puis l'aura de ton père, le bon docteur, nous protégeait de tout soupçon. L'ogre, sans aucun doute, n'avait parlé de cette visite à quiconque. Pas même à son fils, je le parierais. C'était un homme de peu de mots.

Sa voix se brise. Son fils. Leur fils.

— Où l'avez-vous mis ?

Elle secoue la tête, agite les mains, désemparée tout à coup.

— Je ne sais pas. Ton père m'a ramenée dans notre chambre et m'a donné un calmant. Il m'a promis de se charger du corps, que personne ne le retrouverait jamais. Il est forcément là, quelque part, et quand les fossoyeurs creuseront pour déplacer les trois tombes, ils tomberont sur un quatrième corps, et alors… Comment je vais justifier la présence d'un squelette appartenant à un homme d'âge mûr, décédé d'une fracture du crâne ?

Elle se tord les mains. Elle a l'air si perdue que je l'entoure de mes bras, et déclare :

— Il faut gagner du temps… De toute façon, tu ne signeras la vente qu'au printemps. Donc, nous avons quelques mois pour régler le problème.

— Régler le problème ! Et que vas-tu faire du squelette, ma petite Jeanne ?

— Je t'aiderai, Mattie, nous trouverons une solution.

Elle sourit et ses yeux brillants se posent sur moi, paisibles, confiants.

— J'ai toujours su que tu me comprendrais… Merci, ma chérie.

Que répondre à ce remerciement prononcé d'une voix tremblante par la femme qui a remplacé votre mère, qui vous a aimée tendrement, qui vous a donné un père aussi admirable que l'était Samuel Levy ?

Je dois être à la hauteur. Pour elle, pour eux.

Alors, j'embrasse du regard ce domaine enchanté, le royaume dont j'ai été la princesse, entourée d'amour, grandissant sous le regard des oiseaux et des arbres. Les pelouses jonchées de feuilles rousses en cet automne, les érables, les liquidambars venus d'Amérique, selon la volonté du premier propriétaire des lieux, Hector Bellanger. Et plus loin, le verger planté de pommiers et de poiriers, les cognassiers et le vieux noyer aux branches tordues. Et l'allée centrale qui mène au manoir que jouxte la Maison des femmes, où tant d'entre elles sont venues chercher refuge.

Mon domaine enchanté va disparaître. Un promoteur immobilier a jeté le dévolu sur lui. Une aubaine. L'espace, le calme, la proximité de Deauville. Et le refuge des femmes sera détruit. On transformera le manoir en résidence de luxe pour quelques nantis à la recherche de sérénité, loin du bruit et de la fureur des grandes villes. C'est ainsi que Mathilde l'a voulu. Une manière sans doute de tourner la page. Faire table rase.

— Rentrons, Mattie ! Il nous faut une boisson réconfortante ! Je commence à geler… et toi aussi. Je ne voudrais pas que tu tombes malade, en plus !

— Oui, soupire-t-elle, il ne manquerait plus que ça pour parfaire le tableau !

Elle rit, et je retrouve la Mattie de mon enfance, solide, déterminée, confiante en l'avenir. Celle qui trouvait les mots pour me réconforter quand j'étais triste. Comme le jour où j'ai réalisé que Merlin n'était plus là pour m'accueillir. Que je ne le verrais plus jamais. Je me souviens de ses paroles, si tendres, pour décrire la mort. Et le souvenir. Le bonheur d'avoir des souvenirs.

Je ne savais pas, à ce moment-là, combien ses souvenirs à elle étaient douloureux.

Un fils. Mattie a un fils. Mon frère.

Tout ce que je sais de lui, c'est qu'il n'a plus de père. Comme moi. Quelque part, nous nous ressemblons.

Sans doute ignore-t-il qu'il a une autre mère, quelque part… une femme qui lui a donné la vie, et qui a été obligée de vivre sans lui.

Chapitre 6

— Je crois qu'il me faudrait un whisky bien tassé !

Mattie me dévisage, gênée, et murmure :

— Je n'ai plus d'alcool chez moi... ça fait des années... Quand ton père vivait encore, il rangeait les bouteilles dans le petit meuble qui fermait à clé... Quand tu venais, il l'ouvrait pour que tu ne remarques rien d'étrange.

Elle hésite, se lance :

— Puisqu'on en est au grand déballage, autant te l'avouer : il avait peur que je ne devienne alcoolique. J'avais des prédispositions... Boire des alcools forts me requinquait. Alors, il y a une dizaine d'années, il a opté pour une solution radicale : tout mettre sous clé. Depuis sa mort, j'ai jeté toutes les bouteilles et je n'en ai plus racheté, pour ne pas céder à la tentation. Car je suis aussi une faible femme, sous mes dehors solides et rassurants.

Que connaît-on des gens qu'on aime, même les plus proches ? Jamais je n'ai soupçonné chez elle un quelconque penchant pour l'alcool ! Sans doute buvait-elle, comme beaucoup, en solitaire.

Combien de secrets vais-je encore découvrir ?

— Tant pis ! Je vais nous faire du thé. Ça nous réchauffera bien mieux !

Mère et fille assises dans le petit salon qui jouxte une minuscule cuisine.

C'est une maison toute simple, qui a servi de loge de gardien durant des décennies. Au premier étage, deux chambres. Une pour elle, l'autre pour moi.

Gaspard a vécu ici, occupant le poste de concierge et de jardinier des Genêts, un poste dont il était très fier. Il adorait le bon docteur, et madame Mathilde. C'était un homme dévoué, travailleur, et content d'avoir trouvé ce lieu qu'il aimait par-dessus tout. Souvent, je l'aidais à jardiner, il m'expliquait comment semer les radis, éclaircir les carottes, planter les pommes de terre, les buter, surveiller les feuilles pour vérifier l'absence de doryphores. Il avait une voix douce, qui ne s'impatientait jamais. Pour moi, il avait semé des marguerites, que j'avais le droit de cueillir. J'en remplissais les vases de la maison. Et un carré de fraises que je surveillais attentivement dès le mois de mai. J'étais toujours celle qui avait droit à la première… rouge, sucrée. Elle glissait dans ma gorge, et je fondais de plaisir.

Gaspard aussi aimait les oiseaux. Tous. Ses jours de congé, il enfourchait son vieux vélo pour aller saluer les mouettes, goélands et cormorans, ses oiseaux de mer, qu'il préférait entre tous. Il passait de longues heures à les observer. Il me racontait leurs faits et gestes, et combien ils étaient intelligents. Et si beaux, surtout le cormoran en train de prendre son envol vers le large, quand il déploie ses ailes pour se frayer un passage dans l'air.

De ses escapades en bord de mer, il revenait les yeux pleins d'horizons. Je l'écoutais, fascinée, en déterrant les vers de terre que j'allais jeter aux poules, à l'époque où le poulailler fournissait en œufs et en poulets rôtis la Maison des femmes et les Genêts.

Les temps heureux.

Une nostalgie sourde m'étreint. Mais je fais mine de rien tout en buvant à petites gorgées le thé brûlant à la bergamote. Me maîtriser.

— J'ai appris certaines choses, commence Mattie en reposant sa tasse sur la petite table. Elles me viennent du promoteur qui veut racheter le domaine. Je croyais qu'il voulait juste rénover, et revendre en appartements comme résidences secondaires. Mais c'est encore pire ! Il veut en faire un hôtel cinq étoiles, grand luxe, avec piscine, terrain de tennis, et peut-être même un golf ! Pour ça il est prêt à arracher la forêt tout autour, celle dont ton père avait pris si grand soin. Où il allait se ressourcer quand la lassitude le prenait. Ça va être un chantier gigantesque ! Je ne pourrai pas rester ici… même si le contrat de vente stipule que je reste propriétaire de la maison de gardien. Je ne pense pas que je supporterais un tel massacre. Mais ai-je un autre choix ?

Je suis en quelque sorte responsable de cet état de fait. J'ai dit non à mes parents qui voulaient me voir entrer en faculté de médecine afin de pouvoir prendre la succession de mon père, continuer à faire vivre la Maison des femmes, et par extension le domaine tout entier.

— Je ne te reproche rien, ma chérie, s'empresse de dire, un peu trop vite, Mattie qui, bien sûr, a beaucoup regretté de me voir m'éloigner de la vie qu'elle avait tracée pour moi.

— Je sais, maman…

Elle tressaille. Je l'appelle rarement maman. C'est plutôt Mattie, voire Mathilde.

— Nous devons parler du corps… de l'endroit où papa aurait pu l'enterrer… As-tu une idée ? T'en a-t-il parlé ?

— Jamais. Je sais seulement que ça ne doit pas être très loin. Il a tout réglé en une nuit. Au petit matin, quand je me suis réveillée, il m'a embrassée comme chaque jour, et il a simplement dit que je n'avais à m'inquiéter de rien.

— Et papa a enterré le corps tout seul ? Creusé la terre ? Ça ne lui ressemble pas. Il n'a jamais tenu une pelle de sa vie. Je ne crois pas qu'il aurait pu faire ça sans aide.

Mattie réfléchit, essaie de creuser sa mémoire à la recherche du moindre indice. Elle fronce les sourcils, plisse les yeux, se concentre.

— Tu as raison, ce n'est pas lui qui a creusé la tombe… C'est forcément Gaspard ! Malheureusement, il est à la maison de retraite, reprend Mattie, et il n'a plus toute sa tête. La mort de son cher docteur lui a été fatale. Il ne s'en est jamais remis.

— On peut tout de même aller le voir, lui parler… on ne sait jamais. Il peut avoir des éclairs de lucidité, ça arrive.

— Si tu y tiens, mais je n'y crois pas trop. À ma dernière visite, il ne m'a pas reconnue. Ça m'a fait tellement de peine que j'ai failli m'arrêter pour acheter une bouteille de whisky !

— Il faut y aller, Mattie, et tout de suite. Il n'est pas trop tard. On va manger et ensuite on file jusqu'à Deauville. Il faut qu'on règle ce problème rapidement. Gaspard est notre dernier espoir. Il nous indiquera peut-être l'endroit de la sépulture.

— Et tu feras quoi, ensuite ?

Mattie me fixe, intriguée. Je n'ai pas vraiment songé à la question. Que faire d'un cadavre vieux de quinze ans ? Le mettre en lieu sûr, où personne ne risque de le découvrir ? Le brûler ? Le jeter dans des sacs-poubelle ? Vomir ?

Quand je reviens de la salle de bains, Mattie a dressé la table. On déjeunera léger. Pour ma part, j'ai l'estomac noué, mais Mattie insiste pour que j'avale un bol de soupe. Elle a toujours pensé que la nourriture est un remède contre tout. La fatigue, l'angoisse, le désespoir. Elle cuisinait toujours le dimanche, jour de repos de la petite bonne.

— Je suis désolée de t'imposer tout ça, dit-elle entre deux bouchées.

Elle laisse tomber sa fourchette, son regard erre, lointain soudain. Où est-elle ? Dans un de ces lieux où je ne figure pas ? Sur ce châlit de l'infirmerie du camp où un jeune docteur essaie de la tirer des griffes de la mort ?

— Moi aussi je suis un monstre, comme les nazis, murmure Mattie, j'ai tué un être humain.

— Tu ne l'as pas tué, Mattie. C'était un accident. Et, de toute façon, tu étais en état de légitime défense.

Elle me scrute comme si elle essayait de sonder mon cœur. Suis-je sincère ?

— Je ne te juge pas, maman. Tu n'es coupable de rien. Et personne ne pourrait critiquer ce que tu as fait, cette nuit-là.

— Tu crois ?

— Oui, j'en suis même certaine. Et je suis certaine aussi que cet homme aurait dû passer devant une cour de justice pour répondre de ses crimes, mais il a préféré se dérober, en lâche qu'il était. Comme beaucoup de nazis ! Je crois me souvenir qu'il y a eu des procès, en 1947, à Hambourg, où ont été jugés les gardiens, les infirmières et les médecins de Ravensbrück, et où des peines de mort ont été prononcées. Mais lui, de toute évidence, est passé entre les mailles du filet.

Elle articule, le regard dans le vague :

— Il m'importe peu, de toute façon il est mort maintenant. C'est à l'enfant que je pense.

Elle tourne vers moi un regard si plein de douleur que mon cœur se déchire.

Nous nous taisons. Mattie pense à son fils. Le rencontrera-t-elle un jour ? Mais par quel miracle pourrait-elle le retrouver ? Fouiller l'Allemagne de l'Ouest de fond en comble à la recherche d'un enfant de sexe masculin né en avril 1945. Autant chercher une aiguille dans une botte de foin… Cet enfant n'est sans doute inscrit sur aucun registre d'état civil. Ses parents l'ont emmené dans leur fuite en avant, quelque part en Amérique du Sud.

— Et tu ne sais pas comment s'appelait cet… homme ? L'ogre ?

Elle secoue la tête

— Il ne me l'a jamais dit. Samuel aussi l'ignorait. Après guerre, il a essayé de le retrouver, par l'intermédiaire de l'agence juive. Sans résultat. On nous a dit qu'il s'était sans aucun doute réfugié en Argentine, comme beaucoup de nazis. Le Vatican les aidait à se procurer des papiers, passeports, tout le nécessaire pour une vie nouvelle. Et, intelligent comme il l'était, je parie qu'il avait bien préparé sa fuite.

— Mais il t'a dit qu'il vivait en Allemagne… et que sa femme s'appelait Gertrude. Donc ils sont revenus en Europe… Seulement, c'est mince, comme indices.

— Il faudra pourtant s'en contenter, murmure Mattie. Et continuer à chercher.

Se lever, enfiler son manteau, monter dans la petite Fiat de Mattie. C'est elle qui conduit, de sa main sûre, de son regard vigilant. Elle a retrouvé tout son calme, tendue vers un but : la vérité.

Au bout de cette route, se trouve la maison de retraite où Gaspard n'imagine pas que le passé va ressurgir, et qu'il va devoir s'expliquer. Car il est évident qu'au cours de cette funeste nuit il a aidé son cher docteur, sans poser de questions. Il l'aurait suivi, aveuglément, jusqu'au bout de l'enfer, s'il le lui avait demandé.

Et cette question, obsédante : que faire du cadavre ? Pour le transférer au cimetière, il faut obtenir des autorisations, et Mattie est trop fragile à présent pour se soumettre à un interrogatoire. La suite est inenvisageable, la justice, Mattie à la barre, le juge voire le jury en train d'écouter ses explications. Elle devra tout raconter depuis son arrestation, déballer sa vie, qui sera décortiquée, que l'on souillera. Elle ne s'en relèverait pas. De plus, qui peut affirmer qu'elle ne sera pas condamnée, au moins à une peine avec sursis, sur le principe que nulle victime ne peut faire justice elle-même ?

Lui épargner un procès, l'aider à mettre ce cadavre en lieu sûr, voilà où est mon devoir. Je lui dois bien ça. Que serais-je devenue, sans elle ? C'est elle qui m'a recueillie aux

Genêts à la mort de ma mère, c'est elle qui m'a élevée, avec tendresse. Une tendresse qui n'a jamais failli.

Devant nous, tout autour, la campagne normande, prés verts sous un soleil timide. Ce vert incomparable. Je crois sentir l'odeur de l'herbe humide, malgré les vitres baissées. Cette lumière tamisée par les nuages. Le ciel changeant des marées. Mon pays de cocagne, mon vert paradis des amours enfantines. Que j'ai quitté, à dix-huit ans, pour ne revenir qu'épisodiquement.

Mais mon cœur est resté ici, en enfance.

Chapitre 7

La maison de retraite est nichée dans un parc parsemé de bancs vides. Les premières gouttes de pluie se sont mises à tomber, et tout le monde s'est replié à l'intérieur, à l'abri.

1er novembre. Pour les pensionnaires dont les années sont comptées, ce jour doit leur rappeler leur fin prochaine et tous les absents, enfouis dans les caveaux du cimetière voisin, qui les attendent. Enfin réunis. La vie, la mort, ce cycle qui n'oublie personne.

— Il faudrait ramasser les feuilles mortes, c'est dangereux de les laisser pourrir par terre. On risque de tomber, et une fracture du col du fémur est vite arrivée, surtout à un certain âge !

Mattie, toujours pragmatique. Si elle dirigeait cette maison de retraite, les allées seraient ratissées au petit matin, aucun pensionnaire ne glisserait sur une feuille oubliée. Mais Mattie ne dirige plus rien. Hors jeu, comme elle dit avec un petit sourire désolé. Ou pire encore : « J'ai fait mon temps. » À la retraite. Un mot qu'elle déteste.

Dans le hall, des fauteuils sont disposés le long des murs. Des têtes se redressent à notre approche. Des regards se posent sur nous. Puis les têtes retombent sur le menton.

Des odeurs de Javel et d'urine imprègnent l'air. Dans un coin, une petite télé que personne ne regarde, mais le son meuble l'espace. Écoutent-ils seulement ? Ou sont-ils en train de bavarder, silencieusement, avec ceux qui leur manquent ?

Moi aussi j'ai des absents. Deux absents, qui pèsent lourd. Mon père qui me manque chaque jour davantage. Et lui, Camille. Dont je ne peux parler à personne. Qui pourrait comprendre ? Le premier est mort, le second, j'ignore s'il est vivant. Je suppose que oui. Vivant mais loin de moi. Présent en moi, pourtant. Il ne se passe pas une journée sans que je ne m'en souvienne…

Une blouse rose nous arrête, reconnaît Mattie et s'exclame :

— Ah, vous venez rendre visite à notre Gaspard ! Aujourd'hui il est en forme ! Nous avons même fait une petite promenade dans le parc, et il a beaucoup apprécié.

Nous pénétrons dans la chambre, rangée, impeccable, presque impersonnelle, n'étaient les quelques photos et gravures épinglées au mur et qui procurent une touche de gaieté à l'ensemble.

Gaspard est assis dans son fauteuil, devant la fenêtre qui donne sur le parc. Il ne nous a pas entendus, plongé dans une sorte de méditation, à moins qu'il ne se soit tout simplement endormi, fatigué par sa sortie.

Soudain il ouvre un œil, et je reconnais son regard, bleu, vif, acéré. Il nous sonde, nous reconnaît et sourit.

— Je suis tellement content de vous voir, madame Mathilde, et toi, ma petite Jeanne… Comment vont les petits ?

Un bon jour, à n'en pas douter. Il se souvient même des jumeaux !

— Ils vont bien, ils sont restés à Paris...

— Dommage, murmure-t-il, j'aurais bien aimé les revoir... Mais vous êtes là, toutes les deux, je suis content. Je serais encore plus content si je n'avais pas ces satanés problèmes de mémoire.

Il se penche en avant, et chuchote, comme s'il s'agissait d'un secret :

— Il y a des jours où tout est bloqué dans ma tête, je ne me souviens de rien, pas même de ma femme, et Dieu sait pourtant combien je l'ai aimée, ma chère épouse !

Son visage se rembrunit, et Mattie se hâte de dire :

— Aujourd'hui, Gaspard, vous allez bien, et votre mémoire aussi. Vous nous avez reconnues sans peine, et je parie que vous vous souvenez de tout ce qui concerne les Genêts que vous aimiez tant !

Ses traits s'éclairent, s'animent. Et il déclare :

— Vous avez raison, madame Mathilde, je me souviens du manoir, de la pouponnière, de toutes les belles choses...

Les belles choses... Ce que nous venons lui demander ne concerne pas ces « belles choses » dont il parle avec une voix vibrante d'émotion, le parc bruissant de rires d'enfants, les jeunes mères allaitant leur nourrisson, confortablement installées dans les fauteuils, sous les arbres, la présence si rassurante du bon docteur en blouse blanche, au sourire qui illuminait son teint mat. Un bel homme. Mais qui n'a jamais profité de la séduction qu'il dégageait malgré lui. Il a toujours été fidèle à sa femme.

Enfin, qu'en sais-je, finalement ? N'a-t-il pas eu, lui aussi, une vie secrète ?

Mattie se dandine, hésite, tergiverse. Elle ne sait comment poser la question pour laquelle elle est venue. C'est moi qui lance :

— Gaspard, nous avons besoin de vous...

Il lève vers moi son œil bleu.

— Moi ? Le pauvre vieux que je suis ne peut plus grand-chose ni pour vous ni pour personne ! Mais je t'écoute, ma petite Jeanne.

— Mon père vous appréciait beaucoup... Vous étiez proches... Il vous confiait beaucoup de choses...

Son regard ne reflète rien, et puis tout à coup l'émotion. Gaspard est submergé par les images, submergé par les souvenirs heureux, par tout ce qui appartient à son passé. Ces histoires flambent dans ses yeux, qui semblent danser. Lui-même en tressaille. Ses bras et ses jambes s'agitent, et enfin il dit :

— Le cher docteur... Oui, nous avions confiance l'un dans l'autre. C'était un homme bon, le meilleur qu'il m'ait été donné de connaître. Parfois il venait boire une goutte de gnole chez moi, comme si nous étions deux vieux camarades. Et nous parlions de nos guerres... C'était triste et joyeux en même temps. Mais nous parlions aussi des arbres, il les aimait autant que moi. C'était une passion commune. Mais tout ça est fini. Le docteur n'est plus là, et moi je vais bientôt le rejoindre.

Je l'interromps, avant qu'il ne se noie dans cette tristesse qui monte. Mattie aussi renifle, comme une enfant.

— Gaspard, souvenez-vous... Une nuit, le docteur est venu chez vous, et vous a demandé de le suivre... Il avait besoin de vous... pour un travail totalement inhabituel...

vous vous souvenez de l'homme qui était étendu par terre ? Le docteur vous a conduit à lui. Il était allongé sur la tombe du petit Léon... Il était mort.

Gaspard me contemple d'un air interloqué. Il ne se souvient pas. Et nous allons devoir repartir bredouilles.

— Je me souviens. C'était au printemps, il y a longtemps, au moins dix ans.

Et il lance, comme un cri :

— Mais le type par terre n'était pas mort du tout. Il avait seulement une blessure à la tête. Même qu'on l'a ramené chez moi. Ma femme a été chercher les bandes Velpeau pour le panser, et le docteur l'a soigné. Il avait l'air bouleversé, ce pauvre homme.

— C'est impossible, vous vous trompez, Gaspard. L'homme était mort. Sa tête avait heurté la pierre tombale, et il ne s'est pas relevé. Il ne bougeait plus quand je l'ai laissé...

— Pas mort, seulement blessé ! s'obstine Gaspard en fixant Mattie.

— Et ensuite ?

— Le docteur a sorti sa voiture, j'ai ouvert la grille, on a aidé le blessé à s'asseoir sur la banquette arrière, et le docteur l'a emmené... Je ne sais pas où. Il est revenu une heure plus tard, tout seul. C'est comme ça que ça s'est passé.

Il nous dévisage avec un air farouche. Le doute s'instille en moi. Dit-il la vérité ou raconte-t-il une histoire qu'il a apprise par cœur ? Mais pourquoi mentirait-il ? Parce que le docteur lui a fait promettre le secret ?

— Et vous en avez reparlé, plus tard, le docteur et vous ?

— Jamais. L'histoire était classée. Un homme s'était aventuré dans le parc, était tombé, et le docteur l'a soigné, voilà tout. Ensuite, le type a continué sa vie. En tout cas, il n'est jamais revenu aux Genêts. Et je ne sais pas ce qu'il était venu chercher cette nuit-là, je n'ai rien demandé. Ce n'étaient pas mes oignons. Mais j'ai toujours pensé qu'il venait chercher quelqu'un ou quelque chose. Un voleur, quoi. En général, c'étaient des petits voyous qui venaient chaparder des fruits, ou du linge qui séchait, mais lui était bien trop vieux pour ça. Et ce n'était pas un vagabond, il était propre et bien mis.

Gaspard se tait, avale sa salive. Il ferme les yeux comme pour nous dire que l'entretien est terminé. Il a l'air si fatigué, tout à coup, comme après une longue randonnée. Sa respiration est devenue haletante.

Puis, tout à coup :

— Faut me laisser tranquille. Je sais rien, je sais rien, rien du tout. Le docteur veut pas que je sache. Le docteur a dit : « Gaspard, tais-toi. Ne dis jamais rien à quiconque, de ce qui s'est passé cette nuit. C'est inutile. Cet homme a seulement voulu se recueillir sur une tombe et il est tombé… »

Il cache son visage entre ses mains comme un petit garçon qui craint d'être puni. Il n'en dira pas davantage.

Mattie me fait signe qu'il est temps de prendre congé.

— Donc, récapitule Mattie en scrutant la route qui serpente entre les prés, l'ogre était seulement blessé. Je ne l'ai pas tué.

Aucun soulagement dans sa voix.

— S'il était vivant, il serait revenu…

— Pas forcément. Ton père était persuasif, il aurait aussi pu lui faire entendre raison. L'ogre aurait pu réaliser qu'il n'avait aucune chance de me récupérer. Ou ton père l'a menacé de porter plainte contre lui. À mon avis il n'avait pas du tout envie de ressusciter son passé de nazi zélé. Ça aurait pu lui coûter un procès et quelques années de prison. Alors, il s'est calmé et il a continué sa vie tranquillement quelque part en Allemagne. Avec sa seconde épouse, car il n'est pas du genre à pouvoir se passer d'une femme.

Elle grimace. Elle aussi a été, un peu, sa femme, durant ces longs mois, enfermée dans sa geôle. Une femme qui attendait son époux. Sauf que ce n'était pas un époux ordinaire qui rentrait d'une journée de travail ordinaire.

— Si seulement il était mort ! J'aurais préféré l'avoir tué, finalement. Le savoir vivant… c'est tellement injuste ! Il méritait la mort, mille fois, et pourtant tu sais, ma Jeanne, que je suis opposée à la peine capitale.

Contradictions de l'âme humaine.

— Je ne lui pardonnerai jamais. Et je ne remettrai jamais les pieds en Allemagne. Pour moi, c'est le pays de la mort programmée.

Mattie fixe la route, mais elle est ailleurs. Elle n'y est jamais retournée, et pourtant elle ne l'a jamais quittée. Ravensbrück. Un endroit qui aurait pu être charmant. La campagne, un lac, des sentiers de promenade, des prés. Des fermes, des vaches et des chevaux qui paissent. Des enfants qui jouent à jeter des cailloux dans le lac. Et l'odeur de l'herbe coupée.

Mattie est là-bas, dans cette chambre presque aveugle. À attendre. Elle a peur. Elle est seule.

Je pose doucement ma main sur son bras. Elle tressaille, mais ne dit rien.

— Mattie, c'est fini. Je suis là. Je t'aime.

Mais je sais bien que ce qui a eu lieu ne peut pas finir.

Les Genêts. La grille, la maison de gardien, le manoir au bout de l'allée. Et soudain la constatation :

— Nous avons oublié d'aller au cimetière !

— Alors, allons-y, répond Mattie en enclenchant la marche arrière dans un grand crissement de boîte à vitesses souffreteuse. Je me sens tellement démunie... Ah, si seulement ton père était là, lui, il saurait quoi faire ! Décidément, nous ne sommes que de faibles femmes !

— Pas si faibles que ça !

Le ton irrité de ma voix la fait sourire.

— C'est vrai, j'avais oublié combien nous sommes fortes ! Comme ta grand-mère Jeanne l'a été, toute sa vie, jusqu'au bout. Un exemple de courage. Je pense souvent à elle, le soir surtout. Elle me manque. Et je suis tellement désolée de ne jamais lui avoir dit que je l'aimais. Elle est morte en croyant que je la haïssais.

— Tu vas le lui dire aujourd'hui, que tu l'as aimée. Il n'est jamais trop tard. Elle t'entendra.

Mattie ne répond pas. Elle ne croit à aucun au-delà. Selon elle, le paradis et l'enfer se réalisent sur terre. L'enfer, elle y a vécu. Elle sait qu'il existe. Le paradis aussi, elle l'a connu, longuement, ici même aux Genêts, avec l'homme qu'elle aimait. Avec moi aussi.

— Oui, je vais le lui dire. Tu as raison, il n'est jamais trop tard.

Nos tombes. Celle de mon père, celle de Jeanne Bellanger l'aïeule, celle de mon oncle Aurélien, revenu chez lui en

Normandie, celle de mes parents aussi. Nous allons de l'une à l'autre, portant nos pots de fleurs. Et je me dis que je suis la descendante, l'unique descendante de tous ces gens. Leur héritière.

Devant la tombe de Jeanne, une idée jaillit, si prégnante que je ne peux m'empêcher de murmurer :

— Mattie, je crois que nous devons garder les Genêts.

Elle ne répond pas. M'a-t-elle seulement entendue ? Rien sur son visage ne le montre. Impassible. Raidie. Et puis soudain les larmes.

Nous pleurons. Ensemble. Elle me prend la main et nous pleurons.

Et je l'entends chuchoter : « Je t'aime, Jeanne. »

Est-ce à Jeanne Bellanger, ou à moi qu'elle s'adresse ? Qu'importe. Nous sommes unies à travers la mort, nous ne faisons qu'une, à travers le temps.

Chapitre 8

— Maman, maman…

Camille court vers moi, les bras tendus. Et s'arrête net devant mes jambes, pointe son petit doigt sur Samuel en train de jouer sur le tapis, et dit :

— C'est mon frère.

Ava se met à rire :

— Petit perroquet ! C'est exactement ce que je viens de lui dire. Ils se disputaient, alors j'ai dit, Samuel est ton frère, on ne se dispute pas avec son frère.

Je serre Camille contre moi, en essayant de cacher mon trouble.

Frère.

Moi aussi, j'ai un frère, hurle mon corps.

Je le sens jusque dans mes entrailles. Quelque part, dans le monde, vit le fils de Mattie. Celui dont nous ne savons rien mais qui est de son sang, et mon frère par amour, puisque j'aime Mattie et que j'aime donc son fils.

Samuel observe la scène mais ne bouge pas. Il réfléchit. Et soudain, il dit :

— Moi aussi j'ai un frère.

Et il tape dans ses petites mains, son frère l'imite, et ça donne un spectacle très joli, ces deux petits garçons si semblables, et qui applaudissent, tout contents d'être frères.

Ils ont découvert que jamais ils ne seraient seuls. Qu'ils sont deux, irrémédiablement. Une paire. Comme on a une paire d'yeux, de mains, de pieds.

Jamais seuls.

Au contraire de moi, l'enfant unique. J'ai pourtant grandi entourée d'autres enfants, ceux qui naissaient dans la Maison des femmes ; seulement, ils partaient tous, au plus tard à l'âge de trois ans.

— J'ai préparé un petit dîner de mon cru, annonce Ava. Des croquettes de morue, comme ma mère m'a appris à les cuisiner, accompagnées d'une salade de mâche. C'est la saison. Ça vous va ? Pour les enfants, j'ai aussi fait une soupe aux légumes. Au potimarron, comme ils l'aiment. Avec de la crème.

— Tu es une perle, Ava. Que ferais-je sans toi ?

Elle rougit, ce qui la rend encore plus adorable. Et désirable. Mais comment la prendre dans mes bras sans me trahir ?

— Vous trouveriez quelqu'un d'autre ! Il y a beaucoup de filles qui ne demanderaient pas mieux que de s'occuper des jumeaux, et puis vous êtes une bonne patronne, comme dit ma mère.

Une bonne patronne. Ce n'est pas exactement ainsi que je me vois. Dans mes rêves les plus fous, je m'imagine plutôt en amante. Nous deux enlacées, nues, dans le silence de la chambre.

Rêves interdits.

— J'espère que toi, tu ne me vois pas en patronne ! Cette idée m'est pénible. Je n'aime pas les rapports de maître à esclave…

— Pas comme ma mère, alors, soupire-t-elle. Elle, elle se mettrait à genoux devant ces dames qui habitent dans l'immeuble. Elle se torture à l'idée de ne pas bien faire son travail. Alors qu'elle est la meilleure concierge de tout Paris, j'en suis sûre ! Mais dites-moi, ça s'est bien passé en Normandie ? Je rêve d'y aller, un jour, dans vos Genêts !

Bien passé ? Ce n'est pas ainsi que je qualifierais mon bref séjour. Plutôt l'impression d'un ratage, voire d'un échec. Et d'avoir été manipulée, aussi. Par ce cher Gaspard. Car, plus j'y pense, plus je me dis qu'il a débité une petite histoire apprise par cœur, bien inscrite dans sa mémoire. Une histoire à laquelle je ne crois pas. Gaspard ment. Pour la bonne cause, du moins le croit-il, et jamais il ne trahira la confiance de son cher docteur. Il emportera la vérité dans la tombe. Et plus personne ne peut me donner une autre version des faits.

— Je n'ai pas trouvé ce que je cherchais…

— Tu cherchais un trésor, maman ?

Les jumeaux attendent ma réponse.

— Dans le grenier ? demande Ava qui se prête au jeu.

Non, ce n'est pas exactement ce que je cherche. Quoique… cette question mérite que je l'approfondisse. La vérité sort de la bouche des enfants, dit-on. L'enquête ne fait que commencer. Je dois aller jusqu'au bout, quelle qu'en soit l'issue.

« Les journalistes ne font pas toujours leur travail, et ce n'est pas toujours la quête de la vérité qui les guide, m'a dit Mattie, un jour. Pendant la montée du nazisme, quand Hitler a été nommé chancelier, il y avait des journalistes occidentaux en poste à Berlin. Ils n'ont pas raconté ce qu'ils voyaient, de peur d'être expulsés. Il faut dire que la vérité n'était pas bonne à dire. Valait mieux la garder pour soi. »

La vérité pue. Elle dégage une odeur nauséabonde, l'odeur du renfermé. Du mensonge. De la trahison. De la mort. Une odeur de corps qui se décompose.

Quel rôle a tenu mon père dans la disparition de l'ogre ? Si l'ogre n'est pas mort de sa blessure, mon père l'a-t-il achevé, loin des regards ? Aurait-il été capable de tuer de sang-froid ?

À Lille, quand je travaillais à la rubrique police justice, et que je traitais des affaires criminelles, j'ai constaté que les violeurs et autres meurtriers sont souvent de bons pères de famille, intégrés dans la société, et parfaitement insoupçonnables. Le bon docteur cachait-il, lui aussi, des secrets inavouables ?

J'aimerais refermer ce dossier, laisser close la boîte de Pandore, mais la vérité, cette foutue vérité, me hante. Je dois la trouver. La serrer contre moi. Quelle qu'elle soit.

Ava dresse la table pendant que je donne le bain aux garçons.

Je les regarde barboter. Si innocents. Et je me dis que jamais je n'aurais imaginé devoir un jour fouiller dans l'histoire de mes parents. Je la croyais limpide, bien que complexe, Mattie et ses années de Résistance en Normandie, sa déportation après dénonciation, Ravensbrück et son retour. Pour mon père, un scénario un peu semblable, résistant lui aussi, mais juif, la double peine. Seule sa profession de médecin l'a sauvé d'une mort certaine. Survivants tous les deux. Et ensemble pour la vie.

J'ai toujours eu conscience de la spécificité de leurs destins, mais jamais je n'ai conçu le moindre soupçon d'éventuels mensonges ou omissions. Mattie, malgré son passé tourmenté, semblait heureuse, épanouie dans son rôle d'épouse, de mère. Et d'auxiliaire indispensable du bon docteur. Ensemble, ils faisaient tourner la pouponnière. Et moi, j'étais leur fille très chérie, destinée à continuer l'œuvre de leur vie. Seulement, j'en ai décidé autrement. Et maintenant, je suis là, à essayer de démêler le vrai du faux, confrontée à leur part d'ombre, moi qui n'ai jamais vu que leur lumière. Au point d'en être éblouie, parfois.

Le téléphone sonne.

Sa voix toujours teintée d'ironie.

Éric Muller est un journaliste d'investigation, un reporter expérimenté qui a parcouru le monde pour en rapporter des histoires singulières. Un baroudeur capable de prendre des risques. Un traqueur de vérité. Éric Muller est aussi un spécialiste de l'histoire allemande, qui a occupé pendant cinq ans le poste de correspondant de presse à Berlin. C'est lui que j'ai eu au bout du fil.

Notre conversation a été brève ; les jumeaux se disputant le canard dans le bain, j'ai été obligée de raccrocher après lui avoir proposé de venir dîner à la maison.

Les jumeaux sont en pyjama, les cheveux brossés, le sourire aux lèvres. Deux frères qui après chaque dispute se prennent par la main pour se réconcilier. Menottes jointes, ils s'installent à table pendant que je pose une quatrième assiette sur la nappe.

— Nous avons un invité, dis-je à Ava qui me fixe d'un air interrogateur. Un invité surprise !

Les garçons se trémoussent sur leurs chaises. Ils aiment les surprises.

— Il s'appelle Éric, et il est journaliste. Il vient parce qu'il a besoin de parler travail.

Que comprennent-ils des histoires des grandes personnes ? Camille demande tout en émiettant un bout de pain sur la nappe :

— Tu vas partir, maman ?

— Je veux pas que tu partes, maman, intervient son frère.

Ligués contre moi. Je suppose qu'ils rêvent d'avoir une maman disponible, dévouée à leurs besoins et à leurs désirs. Alors que je ne suis qu'une femme écartelée entre mon boulot et mes enfants, essayant désespérément de concilier les deux, tout en sachant que c'est mission impossible.

— Je dois travailler pour gagner ma vie. Il faut de l'argent pour payer la nourriture, la crèche, le loyer de notre appartement… et puis, j'aime mon travail, aussi, et j'ai envie de le faire bien.

Ils écoutent, le nez en l'air. Les petits visages se plissent, ils sont prêts à pleurer. Ils ne comprennent qu'une chose, que je risque de partir.

— Je suis là, prononce la précieuse Ava. Si votre maman s'en va pour quelques jours, je la remplacerai. On ira au square, on jouera aux Lego, on lira de jolis albums, et je dormirai ici, sur le canapé. Tout à côté de vous.

Les petits visages se déplissent. Ava, précieuse Ava.

Éric dévore les beignets de morue avec appétit sous les yeux impressionnés des jumeaux. Même assis, il paraît grand, et si maigre, en dépit de la quantité incroyable de nourriture qu'il engloutit.

Il est un peu plus âgé que moi, quarante ans. Mais avec une carrière déjà bien remplie et des reportages qui lui ont permis de conquérir le cœur d'un vaste public, aussi masculin que féminin. Au journal, il reçoit des lettres d'admiratrices lui proposant un rendez-vous qu'il décline, selon son credo : ne jamais mélanger travail et vie privée.

Ses détracteurs le surnomment « le boche ». Ce qui est très injuste. Un de nos collègues a, un jour, insinué que son père avait commis des exactions en Russie, au sein de la Wehrmacht. La rumeur est arrivée aux oreilles d'Éric qui y a répondu par le mépris. Mais le surnom est resté. Les plus sympas se contentent de dire « l'Allemand ».

Éric, tout en mastiquant, contemple les jumeaux. Il semble fasciné. Par leur gémellité ? Ou simplement parce qu'il n'a pas d'enfants, et qu'à son âge il se dit qu'il est temps de songer à la paternité ?

L'idée que j'aurais pu lui proposer de devenir père, il y a trois ans, me traverse l'esprit. Seulement il est plus que probable qu'Éric aurait refusé. Mais, au fond, je n'en sais rien. Et il est trop tard. Samuel et Camille ont un père qui les a reconnus à leur naissance, dont ils portent le nom. Et qui les aime. Pourtant, malgré moi, j'imagine Éric dans ce rôle, et je souris.

— Tu penses à quoi ?

Éric m'interroge. Évidemment, je louvoie, je pense à… Merlin. Je souris toujours quand je pense à mon merle.

— Merlin, Merlin ! s'écrient les jumeaux en chœur. Raconte une histoire de Merlin !

Éric n'insiste pas, mais je sens sur moi son regard vif, pénétrant, qui essaie de me traquer dans mes secrets les plus intimes. En attendant que je craque, et que je lui livre ma vie.

Qu'en ferait-il ? Serait-il capable de l'étaler sur la voie publique, en l'occurrence entre les lignes d'un journal ? N'importe quel journal publierait son article, croustillant, « Comment faire un bébé en solo ».

Il pourrait aussi s'attaquer à l'histoire de Mattie, encore plus attractive, le bébé de Ravensbrück.

J'en tremble.

Les enfants sont couchés. Nous sommes seuls, Éric et moi.

— Je suis venu te proposer un job. Je n'ai pas le temps de m'y coller, mais je sais que tu feras des merveilles. Je t'ai vue à l'œuvre à Mulhouse, quand tu as interviewé les bourgeois du Rebberg ! Pour une première, c'était pas mal du tout !

Il boit une gorgée de tisane, fait la grimace. Il aurait préféré un whisky mais la bouteille est vide. Nous nous sommes rabattus sur la verveine.

— « Tout ce que nous entendons est une opinion et pas un fait. Tout ce que nous voyons est une perspective et non la vérité. » Ce n'est pas de moi, mais de Marc Aurèle, qui était un sage, pas une tête brûlée de mon genre. Je te propose de te pencher sur l'histoire allemande récente. Plus exactement sur la présence, voire l'omniprésence, des anciens nazis dans la République fédérale d'Allemagne. Ils occupent les postes clés, dans l'industrie mais aussi dans la fonction publique. Et on fait semblant de trouver cela normal. Mais est-ce que ça l'est ? Est-ce juste ? N'est-ce pas notre rôle de dénoncer cet état de fait ?

— Et pourquoi le ferions-nous ?

Ma question le trouble. Ses longues jambes s'agitent.

— Par souci de vérité. La vérité, c'est notre but, je te le rappelle. Notre devoir, aussi.

— D'après Marc Aurèle il n'y aurait pas de vérité, seulement des perspectives.

— Justement, mises bout à bout, les perspectives deviennent la vérité. Ne crois-tu pas que tous ces anciens nazis infestent l'Allemagne d'aujourd'hui ? Baader et sa bande de cocos ne sont pas issus de nulle part. Ce sont de purs produits nés de la volonté des Allemands de recouvrir leur passé. Une sorte de réaction au silence mortifère dans laquel se complaît la société allemande. Elle n'a pas fait son mea-culpa, loin de là. Elle a honte. Elle se recroqueville dans le non-dit. En espérant que tout cela n'ait pas existé. Et pour certains avec la nostalgie d'un passé glorieux mais hélas révolu.

— Et que veux-tu que je fasse, exactement ?

Il sourit. Avale une nouvelle gorgée de tisane, assortie de la même grimace.

— Je te propose d'aller voir ça de plus près. D'aller interroger les gens, ceux qui ont vécu dans le Troisième Reich et les plus jeunes, ceux qui sont nés après la défaite. Car pour certains, la capitulation a été une défaite. Aussi honteuse voire davantage que celle de la Première Guerre mondiale. Ce mouvement terroriste qui gangrène la société allemande en est la preuve. Mais ils ne veulent rien voir, rien entendre, murés dans leur déni.

— Il y a eu la gifle de Beate Klarsfeld au chancelier, pourtant ! Les journaux du monde entier ont relaté l'événement.

— Disons que cette gifle constitue un début de prise de conscience, mais combien d'Allemands l'ont comprise comme telle ? Pour beaucoup, elle a juste été une injure injustifiée !

— Quelle légitimité aurais-je en tant que Française ? Beate est allemande, elle. Ce n'est pas mon histoire, Éric. Je suis française, née en Normandie. OK pour Herr Schleyer, je me suis prise au jeu. Mais c'est tout. Trouve-toi quelqu'un d'autre pour ce travail ! Je ne suis pas qualifiée.

(Et ça m'obligerait à quitter Paris, les garçons…)

— Ah bon ?

Un silence s'installe. Lourd, poisseux.

— Je crois que si, tu es qualifiée. L'histoire de l'Allemagne, c'est aussi ton histoire. Je sais que ta mère adoptive a été déportée dans un camp de concentration nazi. Ainsi que ton père. Et qu'ils se sont toujours tus. Comme beaucoup. Parce que pour eux c'est trop dur. C'est donc à nous de prendre le flambeau, et de continuer dans la quête de la vérité. De ces entretiens, nous ferons une trame qui émaillera le journal. « Scènes de la vie allemande », le titre générique. Tu pourras commencer après les fêtes. Janvier, c'est un bon mois, un mois creux, les gens s'emmerdent, ils ont envie de distractions. Tu vas leur en offrir une, et une puissante ! J'imagine la tête des anciens nazis en te voyant débarquer, petite Française jolie comme un cœur ! Ils déballeront leur petite histoire sans se faire prier, trop contents de parler. Car, au fond, Jeanne, crois-moi, les gens aiment parler. Ça les soulage. Et ils se sentent exister, devenir importants.

Les héros de leur propre vie. Tu leur feras tenir ce rôle et ils t'en remercieront.

Il se lève, enfile sa veste de mouton retourné qui le rend encore plus imposant. Un géant. Peut-on dire non à un géant ?

— Tu vas te mettre au chevet de l'Allemagne malade de son passé. Et dis-toi bien que tu n'es pas seule ! Beate Klarsfeld t'a ouvert le chemin. Ce sont souvent les femmes qui ouvrent les chemins. C'est aussi ta mère, Mathilde, qui a créé cette Maison des femmes, non ?

— Oui, mais elle était épaulée par son mari. Sans lui, elle n'aurait rien pu faire.

— Je serai avec toi, Jeanne. Cet ouvrage, car à terme ça deviendra un livre, nous l'écrirons ensemble, à quatre mains. Un peu comme un couple. Ce sera notre bébé. Et qui fera du bruit, je te le promets. Il va faire hurler les uns et les autres !

Il a un sourire étrange. Ce livre serait-il un exutoire pour lui ? Mentionnera-t-il son père, le soldat mutique revenu du front de l'Est ?

Il me tend la main, s'en va, il est déjà dehors, et je ferme la porte.

« Nous avons tous une part d'ombre », disait mon père.

— Maman, maman…

C'est la voix de Camille. Il s'est réveillé, et réclame une petite histoire. Une toute petite, supplie-t-il en me tendant un album.

Il ferme les yeux, satisfait. Je lui ai lu quelques lignes, un lutin qui se promène en forêt et rencontre un autre petit lutin ; ils sont deux à présent. Camille adore cette histoire. Une histoire qui fait la part belle au rêve et à l'amitié.

— Tu crois qu'il y a des lutins chez Mattie ? demande-t-il. Dans la forêt ? Ici, y en a pas, j'en ai jamais vu.

— C'est toi le petit lutin ! Et Samuel aussi. Vous êtes mes deux petits lutins…

— On y va quand, chez Mattie ? Dans la forêt ? insiste-t-il.

Il ne cédera pas avant que je lui promette qu'à notre prochain séjour nous irons vérifier si les lutins habitent dans le parc… Il sourit et ferme les yeux, rassuré. Il rêvera de petits bonshommes hauts comme trois pommes, de baguette magique et de forêt enchantée. D'arbres et d'animaux qui parlent.

Merlin me parlait. Du moins je l'entendais. Nous avions de longues discussions, lui sur sa branche, moi adossée contre le tronc de l'arbre. C'était un oiseau plein de joie. Il me faisait rire. Je partageais mon goûter avec lui. Il ne se faisait pas prier pour picorer les miettes de mon gâteau. Avec des manières élégantes. C'était un oiseau poli, soucieux de ne pas me heurter, moi la petite fille du château, à qui sa mère avait inculqué des règles de savoir-vivre, ne pas parler en mangeant, ne pas mettre les coudes sur la table, ne pas postillonner, ne pas cracher par terre, mettre sa main devant la bouche pour tousser. Nous nous aimions. Merlin a été le premier homme de ma vie.

Merlin me disait, par exemple : « Écoute les bruits de la nature, respire les parfums, et laisse ton corps savourer chaque miette de soleil. C'est le secret de la vie. Ne pas se faire mal, et ne pas faire de mal. Seulement vivre. »

Un merle philosophe. Je lui racontais mes lectures, et mes aventures de cour de récréation, mes désirs et mes rêves. Il comprenait tout. Il était d'une grande sagesse. « Va jusqu'au bout de tes rêves. Mais dis-toi aussi que certains rêves doivent rester à l'état de rêves, et qu'il vaut mieux les garder ainsi, bien au chaud dans son cœur. La réalité est cruelle, et pourrait les détruire. Et puis consacre-toi à quelque chose d'important. Qui mérite qu'on lui donne son temps et sa force. »

Cette chose importante, ne serait-ce pas la proposition que vient de me faire Éric ?

— Je t'aime, maman.

Et, brusquement, il s'endort. Mon petit Camille. Mon amour.

À la lumière tendre de la petite lampe, je le contemple. Il ne lui ressemble pas, puisqu'il n'est pas son fils. L'autre Camille était un homme quand je l'ai rencontré. J'avais dix-huit ans, le bac en poche, et la furieuse envie de me débarrasser de cette virginité qui commençait à me peser.

Et je l'ai vu. Dans ce bar. Lui aussi m'a vue. Deux verres plus tard, j'étais dans son lit. Il habitait un petit appartement vieillot près de Beaubourg, qui appartenait à sa tante. Il n'était à Paris que de passage. J'étais la petite Normande vierge montée à Paris pour le 14 Juillet, où je devais rejoindre ma tante Africa qui séjournait au Ritz.

Je n'y suis jamais allée, au Ritz.

Camille m'a emmenée sur son île grecque, Patmos. Bleu et blanc. Quinze jours.

Et puis…

Les larmes, encore. Je suis pleine de regrets, de remords aussi.

Camille.

Chapitre 9

Africa.

Ma tante d'Amérique.

J'en reste plantée sur le pas de la porte, muette.

— Aurais-tu oublié que je débarque à Paris chaque année aux alentours de la Toussaint ?

Elle rit. Elle n'a pas changé, ne changera jamais. Fine, élégante, avec ses cheveux de jais à peine parsemés de fils blancs. De l'allure dans son tailleur bleu ciel Chanel, si facilement reconnaissable. Africa adore les vêtements de Coco. Et à chacune de ses visites à Paris elle se hâte vers la boutique avenue Montaigne où elle achète deux ou trois tenues selon la saison.

Elle m'attire vers elle, mais je m'esquive en expliquant :

— J'ai une bronchite carabinée, je suis obligée de prendre des antibiotiques, alors je ne voudrais pas te contaminer avec mes germes…

— Oh, j'ai résisté à la tuberculose, autrefois ! Une vulgaire bronchite ne me fait pas peur ! Mais tu es seule ? Et les enfants ? Je pensais les trouver ici…

— Ils sont chez leur père. J'avais tellement de fièvre qu'il est venu les chercher…

— C'est bien ! Il fait son boulot de père. C'est normal, mais pas si fréquent que ça. Je peux m'asseoir ?

— Bien sûr ! Pardonne-moi, mais je me sens un peu patraque… Ces antibiotiques me fatiguent. Ça fait deux jours que je croupis au fond de mon lit.

— Et personne pour veiller sur toi, te faire de la tisane, un grog ? Changer les draps de ton lit quand ils sont pleins de sueur ?

— Si. Ava, la baby-sitter des garçons. Elle monte plusieurs fois par jour pour s'assurer que je n'ai besoin de rien.

— Ah oui, je me souviens d'elle, une fille adorable, dit Africa en étirant ses longues jambes devant elle.

Elle est toujours aussi divine. L'âge n'a aucun impact sur sa beauté. Au contraire. Comme si les ans l'affinaient pour en faire un diamant inaltérable.

— Je me suis arrêtée chez le traiteur et j'ai pris de quoi nous faire une dînette ce soir. Ensuite, je réintégrerai mon hôtel, rue Lepic. Je ne veux pas te déranger dans ton petit logis, et puis tu sais combien je suis jalouse de mon indépendance.

Une femme libre. Qui mène depuis des décennies sa barque en solo. Et qui porte sa liberté sur sa peau noire. Une liberté conquise de haute lutte.

— Tu as créé combien de Lavomatic depuis notre dernière rencontre ?

Elle émet un petit rire de gorge et s'écrie :

— Oh, quelques-uns ! Je ne les compte plus, quand on aime on ne compte pas ! Mais elles n'ont pas toutes le même fonctionnement. À Harlem, où tout a commencé, j'ai gardé les tarifications solidaires. Ailleurs, j'applique le prix du marché. Ce sont deux modes très différents... Tous les bénéfices que je fais sont réinvestis dans les laveries solidaires. Et dans des associations diverses...

Africa n'a pas d'enfants. Elle s'investit dans le solidaire, comme elle dit. Et ça a l'air de lui réussir. Elle travaille beaucoup, mais voyage également. Elle vient deux fois par an en France, où elle a vécu, autrefois. Quelques jours chez Mattie, quelques jours à Paris, et ensuite en Suisse où, dit-elle, elle va se ressourcer dans les montagnes des Grisons. Peut-être y fait-elle une cure anti-âge qui expliquerait son éternelle jeunesse ? Il est plus facile de rester belle quand on a les moyens de s'occuper de soi, de son bien-être, de sa santé. Et Africa est riche, très riche, bien qu'elle ne parle jamais d'argent. Cet argent qu'elle considère avec dédain. Riche mais généreuse.

— On ira acheter des jouets pour Samuel et Camille quand tu seras capable de mettre le pied dehors, me dit-elle en déballant les victuailles dans ma minuscule cuisine. Je vais faire réchauffer le gratin dauphinois... J'ai aussi pris des salades, chou et carottes. Et un dessert, bien sûr, une de ces magnifiques tartes aux fruits caramélisés qu'on ne trouve que dans la pâtisserie au coin de ta rue.

Elle pose deux assiettes sur la table et nous dînons. Africa mange de bon appétit, je grignote du bout des lèvres. Et la toux me reprend, me déchire la poitrine. Je repousse l'assiette, me lève.

— Je n'ai pas faim...

— Tu as besoin de repos. Va t'installer dans le fauteuil, je débarrasse. Et je nous prépare une tisane. Avec du miel si j'en trouve dans ton placard.

J'obéis, et plus encore je suis ravie d'obéir. Africa a toujours été bienveillante avec moi. Petite fille, elle m'emmenait au Guignol du Luxembourg, montait avec moi au sommet de la tour Eiffel pour me faire admirer Paris. Son amour pour Paris est resté inchangé depuis qu'elle y a habité durant les années de l'Occupation. Des années sombres, où elle chantait dans un cabaret de Montmartre fréquenté par les officiers et soldats allemands. Protégée par son mari, commissaire de police, qui collaborait avec les nazis. Il s'est suicidé à la Libération, sans doute pour éviter de rendre des comptes. Sa part d'ombre...

— Tu reviens de Normandie ?

— Non, j'irai la semaine prochaine. J'ai prévenu Mattie. Elle n'a pas eu l'air enchantée... elle était bizarre. Avec une voix pâteuse, comme si elle avait bu. Mais elle ne boit plus, n'est-ce pas ?

— Je crois que non. En tout cas, c'est ce qu'elle m'a dit. Elle n'a plus d'alcool chez elle, pour éviter la tentation.

Africa coupe la tarte, me tend une part.

— Le sucré, ça passe mieux... Tu as toujours préféré le sucré au salé.

La tarte est délicieuse. Aux fruits rouges caramélisés, le triomphe de Rémi, le pâtissier de la Butte. Ma toux s'est calmée. Le docteur m'a prescrit quinze jours d'arrêt maladie ; la prise de sang indique que je fais de l'anémie, et ma tension est trop basse. Il craint un épuisement total. « Qui ne serait pas si étonnant, vu votre vie, a-t-il conclu d'une voix sévère. Vous en faites trop. Deux enfants en bas âge, un métier accaparant, ça fait trop pour une seule personne. » Et il a osé ajouter : « Il vous faudrait un compagnon, un homme avec une épaule solide où reposer votre tête. »

Que répondre à quelqu'un qui sait ce qui est bon pour vous ?

— Et tu iras en Suisse, comme d'habitude ?

— Non, pas cette fois. J'ai décidé d'aller à Berlin…

Berlin… Mattie m'a brièvement raconté l'histoire si particulière d'Africa qui a vécu à Berlin pendant la montée du nazisme, sous l'emprise d'un certain Kurt qui la contraignait à s'exhiber sur scène dans des cabarets glauques.

— Oui, reprend Africa en versant une cuillerée de miel dans ma tisane, je n'ai plus peur de mes fantômes. Et j'ai envie de revoir le Landwehrkanal, Unter der Linden, et de manger des saucisses au curry sur un banc ! Jamais je n'aurais cru y retourner un jour, mais là quelque chose de puissant me pousse à faire le voyage. Comme si on m'attendait là-bas… Je n'y ai pourtant laissé personne, à part les filles du cabaret où je bossais et que je ne reconnaîtrais pas sans doute. D'ailleurs, elles n'ont peut-être pas survécu à la guerre… Les soldats russes n'ont pas été tendres avec les Allemandes et se sont vengés sur elles de toutes les souffrances endurées pendant la guerre. Beaucoup en sont mortes. Le viol, comme arme de guerre.

Elle soupire. Croise les jambes. Avale une gorgée de tisane. Magnifique, comme son destin. Elle n'a pas été épargnée par les aléas de la vie, mais a toujours réussi à déjouer le sort. Forte, inébranlable, un vrai petit soldat armé de sa beauté, son intelligence, et il faut bien le dire, son sens des affaires. Elle a réussi à créer un empire voué au lavage du linge. On l'estime, on la respecte, on l'admire. Elle, la femme noire, descendante d'esclaves, qui a survécu à la guerre et qui a conquis le Nouveau Monde, en y implantant ces machines à laver qui facilitent tant la vie des gens. Des femmes, surtout, puisque ce sont elles les gardiennes du linge de la famille. Celles qui lavent, suspendent, repassent, rangent.

— Fais attention à toi, en Allemagne !

— C'est la journaliste qui parle ?

— Un peu, mais aussi la nièce qui n'aimerait pas que tu te prennes une balle perdue…

Africa hausse les épaules.

— Oh, j'habite à New York, où je risque bien plus ! À Harlem, les affrontements entre bandes rivales sont monnaie courante, et les meurtres en plein jour ne sont pas rares. La violence, hélas, est partout. J'ai toujours vécu avec elle, et j'ai appris à maîtriser la peur…

Africa, l'admirable Africa. Mattie elle-même l'admire. L'indomptable Africa. Elle vit seule, dans une ville de tous les dangers. Et elle va se jeter dans la gueule de son passé, sans une hésitation. Mais Kurt, son ogre à elle, est mort. Le plus grand danger, c'était lui. Elle a dû se sentir délivrée par cette disparition.

Une question me taraude : pourquoi n'a-t-elle pas voulu se marier avec ce journaliste français avec qui elle a eu une liaison qui a duré quelques années ? Il a même quitté la France pour la rejoindre. Mais il est revenu, célibataire, et, selon Mattie, le cœur brisé. Elle lui avait opposé un non catégorique. Elle ne se remarierait jamais.

Africa m'écoute penser. Elle boit sa tisane à petites gorgées, en silence. Il fait un peu froid dans cet appartement où les radiateurs électriques peinent à chauffer. Il faudrait isoler les murs, mais la propriétaire n'a pas envie d'investir dans des travaux. Alors nous superposons les pulls.

Africa frissonne. Mon logis doit lui sembler bien pauvre. Elle pense sans doute à son splendide appartement de Harlem, sur les bords de l'East River. Une vue plongeante sur la rivière depuis le loft aménagé sur trois niveaux. Et tout le confort moderne. Mattie en avait été éblouie, la seule fois où elle a accepté de prendre l'avion pour New York.

Un appartement pour elle seule. Mais elle accueille volontiers les amis de passage et les chats errants du quartier qui viennent se retaper chez leur bonne fée avant de retourner dans la rue.

— Tu parles toujours la langue ? Remarque, à Berlin, l'anglais est sans doute pratiqué couramment !

— Oui, j'ai repris des cours d'allemand pour être plus à l'aise. Et je crois que je me débrouille bien. Suffisamment pour comprendre ce qui se dit dans la rue et dans les cafés ! J'ai tellement envie de voir ce qu'est devenu ce cabaret où je chantais à l'époque… Mais il a sans doute disparu, je verrai bien. Et puis, ne t'en fais pas, je n'ai pas peur de ce groupuscule d'exaltés qui a pour ambition de semer la pagaille dans la République fédérale ! J'ai croisé bien pire…

— La bande à Baader n'est pas une simple bande d'exaltés romantiques. Ils sont prêts à tuer, et ils l'ont prouvé. Je suis allée à Mulhouse quand Hanns Schleyer a été retrouvé mort dans le coffre d'une voiture. Les Allemands les prennent au sérieux. Ils en ont peur. Les médias jouent sur cette peur pour affoler le peuple.

— Je sais, j'ai lu un reportage dans le *New York Times.*

— Et qu'en pensent les Américains ?

— Qu'il s'agit d'un feu de paille qui sera vite réprimé. Que ce Baader n'avait aucune envergure politique. Et que sa mort, son suicide paraît-il, sonne le glas du groupuscule.

— Ce n'est pas encore fini, loin de là. Baader n'est plus, c'est vrai, mais il a des émules très résolus.

— Ce ne sont pas des révolutionnaires, même s'ils ont pour ambition de renverser l'ordre établi. Ce sont de simples trublions qui veulent montrer qu'ils existent et se faire remarquer ! Ce n'est pas pour eux que je vais à Berlin, évidemment. Mais si j'en croise un, je lui parlerai volontiers, je suis curieuse d'entendre comment il peut justifier ces crimes. Non, reprend-elle, ces gens m'importent peu, ce sont mes absents qui me manquent. Ma jeunesse. Je l'ai passée en partie à Berlin dans de mauvaises conditions, mais j'en ai malgré tout la nostalgie.

Elle se raidit, pour ne pas se laisser submerger par l'émotion.

— Mattie aussi est en train de se confronter à son passé, je murmure.

Et, instinctivement, je lui raconte l'ogre, le retour, la disparition, la mort sans doute de ce dernier. L'ogre allemand. Qui, chaussé de ses bottes de sept lieues, a voulu venir s'emparer de celle qu'il avait soumise autrefois, à l'époque de sa toute-puissance.

— Mattie m'en voudra peut-être de t'avoir tout raconté... mais je n'ai pas pu m'en empêcher... Tu es la seule à qui je peux me confier. Personne d'autre ne comprendrait. C'est tellement fou !

— Le monde est fou, déclare Africa. J'ai toujours imaginé le retour de ce type… pas du genre à s'avouer vaincu. Nazi un jour, nazi toujours ? Je me pose la question. Il paraît qu'il y a encore beaucoup de nostalgiques du Reich millénaire. Et il est vrai que l'Allemagne rechigne à faire son mea-culpa, sous prétexte de reconstruction et de réconciliation. Mais le pardon est-il possible ? Je sais que je ne pardonnerai jamais à Kurt ce qu'il m'a fait. Jusqu'au bout, il a voulu me blesser, voire me tuer. Et à cause de lui, de son obsession pour moi, ton oncle Aurélien est mort. Il n'y a pas un jour sans que je ne pense à lui. Nous aurions pu être heureux ensemble. Nous nous aimions.

Elle soupire, un sourire triste glisse sur ses traits. C'est la première fois qu'elle se livre ainsi. Africa est pudique, réservée, et déteste parler de sa petite personne. Mais aujourd'hui, elle a envie de dire, et je l'écoute, fascinée.

— Nous n'avons pas eu le temps de vivre cet amour. D'une certaine manière, Kurt a réussi à me détruire. Chaque jour Aurélien me manque davantage. Il fait partie de ma vie, ses toiles sont partout sur mes murs. Quand je les regarde, c'est comme si je le voyais. Comme s'il était devant moi, avec son beau sourire chaleureux, ses yeux si bleus, les yeux des Bellanger qui vous viennent de Jeanne.

Ses yeux brillent. De vraies flammes, en noir et rouge.

— Je hais la violence sous toutes ses formes, et ta bande d'exaltés utilise la violence au nom de son idéologie. Alors, je les hais, eux aussi. Que ce soit le Ku Klux Klan ou la bande à Baader, c'est du pareil au même, en définitive. Des tueurs bouffis de certitudes. Et de l'autre côté, des innocents, souvent, ou des gens qui ont failli mais n'ont pas eu droit à un procès équitable, comme ce Schleyer dont tu m'as parlé. Dans une démocratie, n'importe qui, même le plus vil des assassins, a le droit de s'expliquer et d'être jugé devant une cour de justice.

— Que tu es sage et raisonnable, ma tante !

Elle perçoit l'ironie qui pointe. Elle reprend de sa voix calme et posée :

— Je crois ne pas me tromper quand je sens, chez toi, une certaine sympathie, voire une sympathie certaine pour ces exaltés. C'est toi qui devrais prendre garde, Jeanne, de ne pas te laisser embrigader ou simplement influencer par tes émotions. Je conçois que cette idéologie peut être séduisante. Mais c'est un combat perdu d'avance, et Baader le savait, ce qui explique son suicide. Tout puissant qu'il voulait être, il n'a pas supporté de se confronter à sa déchéance. À l'aune de l'humanité, c'est un pet dans l'eau.

— Mais pour l'instant, ce n'est pas qu'un pet. Et ce pet peut avoir des répercussions. Ça se met à bouger de toutes parts. En Italie aussi, et la France ne sera pas épargnée.

— Oui, on trouvera toujours des gens qui ont envie de tout casser. De renverser l'ordre établi. Mais pour le remplacer par quoi ? Le chaos à la place de la démocratie ? La loi de la terreur ? Les exécutions sommaires ? Rappelle-toi le groupe Septembre noir, lors des Jeux olympiques de Munich, et le massacre des athlètes israéliens ! Comment cautionner une telle barbarie ?

— C'est plus complexe que ça ! Moi, je comprends la colère de ceux qui s'élèvent contre l'injustice. Ce Schleyer, finalement, a mérité la mort. Et puisque la démocratie lui a accordé l'impunité, il est logique que de simples particuliers décident de remédier à ses insuffisances ! (Mon père, le bon docteur, n'a-t-il pas lui aussi fait justice, cette nuit-là ? Achevé l'ogre, pour que sa bien-aimée Mathilde soit enfin libérée.)

Africa ne répond pas. Son regard erre de mur en mur, s'attarde sur un cadre où nous posons toutes les deux, lors d'un de ses séjours aux Genêts. C'est l'été, et nous sommes assises dans l'herbe, sous un pommier. La photo ne montre pas Merlin, mais je le devine, blotti sur une branche, attentif, un sourire dans ses petits yeux noirs. Car mon merle souriait.

Il y a aussi cette aquarelle accrochée au mur, réalisée par une pensionnaire de la Maison des femmes, et que j'ai emmenée dans mes bagages, à mon départ. Un ciel doux sur une maison enveloppée d'un sommeil tamisé par les arbres, et des taches claires, silhouettes de femmes portant des bébés dans leurs bras. Un univers que les couleurs figent, mais que la réalité va détruire.

Chapitre 10

C'est le bruit, pourtant léger, des pas d'Africa qui me tire de mon rêve.

J'ai dormi d'une traite, comme allégée. La présence de ma tante sans doute. Africa répand autour d'elle une aura protectrice.

Et l'odeur, à présent. Celle de mon enfance, quand Mattie faisait couler l'eau bouillonnante sur le café, et que le parfum montait jusqu'à moi, en train d'ouvrir un œil sur le jour qui se levait. Je savais que mon chocolat chaud m'attendait, lui aussi, avec les tartines beurrées et le pot de confiture faite maison, avec les fruits du verger que nous cueillions tous ensemble. Un monde si douillet mais que la cruauté du dehors venait éclabousser, une cruauté que mes parents s'efforçaient de réparer. Toute petite, je comprenais qu'ils étaient les bons anges, et que grâce à eux ces filles parfois si jeunes, ces femmes, avaient droit à un refuge, loin de la violence des hommes, de leurs hommes, de ceux qui les avaient engrossées puis abandonnées. Il y avait aussi des femmes qui avaient fui leur amant violent et qui redoutaient des représailles. Mais le bon docteur veillait. Gaspard aussi, qui surveillait les allées et venue depuis sa loge, ne laissait entrer que les visiteurs autorisés.

Africa dépose le plateau à côté de moi, sur ce lit étroit qui remplit presque toute la chambrette aux murs inclinés. Une mansarde, avait dit Mattie en faisant la moue.

Comme seule vue, les toits de Paris. Les moineaux. Aucun merle ne s'aventure jusque-là. Parfois une mésange bleue, à l'air égaré.

— Je ne t'ai pas entendue tousser cette nuit. Tu vas mieux, décrète-t-elle.

Elle touille deux sucres dans ma tasse avant de me la tendre.

— Tu as fait de beaux rêves ?

Elle me parle comme si j'avais dix ans. Comme si j'étais toujours la fillette un peu sauvage, capable d'apprivoiser un merle.

Merlin... Merlin est revenu, cette nuit, peupler mon rêve.

— Je ne m'en souviens plus... mais j'ai bien dormi, la première fois depuis longtemps. Tu as une influence bénéfique sur la petite Jeanne...

Elle sourit. Elle m'aime. Je suis la fille que la vie ne lui a pas donnée.

— Demain, je pars pour la Normandie.

— Déjà ? Tu n'as pas même vu les garçons...

— Je reviendrai... Je suis pressée de voir Mathilde. Je dois l'empêcher de faire cette connerie, cette monumentale connerie...

— Que veux-tu dire ?

— Tu sais bien de quoi je parle ! La vente des Genêts ! Elle va regretter gravement cette erreur. Car c'est une erreur, j'en suis convaincue.

— Mais… c'est acté devant notaire ! Il est trop tard.

— Non, justement. J'ai négocié avec les acheteurs par l'intermédiaire de mes conseils. Et en échange de quelques compensations financières, ils sont prêts à revenir sur leur décision. Ce n'est pas encore totalement irrémédiable. Mathilde n'a pas signé l'acte de vente officiel.

Est-ce ce que Merlin est venu m'annoncer cette nuit, dans mon rêve ? Il chantait, si divinement, et je l'écoutais, sous le charme.

— Mais Mattie veut vendre ! Elle n'a pas les moyens d'entretenir la propriété. Qui est vide, je te rappelle. Et qui risque de se dégrader.

— Je l'aiderai. Il faut bien que mon argent serve à quelque chose. En attendant que la Maison des femmes trouve une autre identité. Elle a été pensionnat, puis pouponnière, elle peut encore se transformer… C'est aussi pour cette raison que je ne veux pas de cette vente. Et puis ta grand-mère se retournerait dans sa tombe !

— Mattie a d'autres projets, dont celui de s'installer à Paris, pour être plus proche des jumeaux et de moi. C'est une bonne idée, non ?

— Je ne crois pas. Elle ne supporterait pas la vie parisienne. Elle a vécu toute sa vie en Normandie, elle y est née, son cœur est là-bas. La transplanter la tuerait. J'en suis sûre.

Sa voix est si ferme, si catégorique, que je me mets à douter. Mattie à Paris. Cette vision me semble tout à coup incongrue. Les rares fois où elle est venue, elle semblait perdue, était incapable de prendre le métro toute seule, se heurtait aux passants. Mais elle aimait les musées, elle passait de longues heures au Louvre ou au musée Jacquemart, ou encore au musée d'Orsay, le paradis des impressionnistes, comme elle l'appelle.

— Elle s'habituera... elle est capable de s'adapter. Et avec l'argent des Genêts, elle pourra s'offrir une petite maison à Montmartre, elle aura un jardinet, et elle sera loin du tumulte.

Africa fait la grimace.

— Un jardinet ! Et tu t'imagines qu'un jardinet pourra compenser le parc, les forêts, la campagne ?

— On ne peut pas tout avoir, et Mattie a fait un choix. Je ne vois pas pourquoi tu veux revenir sur cette décision ! Non, franchement, je ne vois pas.

Africa hésite.

— Elle pourra s'occuper de ses petits-fils qu'elle ne voit guère. Et les garçons seront ravis d'avoir leur Mattie à disposition !

— Baby-sitter, quoi, ricane Africa. Engoncée dans son rôle de mamie. Un rôle qui ne lui va pas, même si elle adore ses petits-fils. Elle a besoin d'avoir une vie à elle, une vie personnelle, avec des objectifs, une vie qui a du sens...

— Du sens ! Eh bien, justement, à Paris elle aura du sens ! Samuel et Camille ont besoin d'elle ! Les garçons réclament leur grand-mère et seraient très heureux de l'avoir près d'eux, mais en même temps je sais combien Mattie aime ses Genêts...

— Oui, Jeanne Bellanger, elle aussi, ne voudrait pas que les Genêts soient transformés en hôtellerie de luxe ! Ça lui répugnerait. C'est comme si on détruisait ce qu'elle a consacré sa vie à construire. Un état d'esprit. Une maison ouverte sur les autres, les plus démunis, les moins chanceux, ceux que la vie n'a pas gâtés. Et puis, pense à tes fils ! C'est aussi leur maison, la maison de leur famille ! C'est important d'en avoir une. La maison vers laquelle on revient quand la vie se fait dure. Celle qui accueille et panse les plaies. Et les arbres… Ils vont être coupés pour faire place à une piscine, à un terrain de tennis, à un golf… L'horreur.

Je crois entendre la petite voix flûtée de Merlin : « Ta tante a raison, Jeanne. Écoute-la ! Il faut que tu assures la relève, Jeanne. Que tu prennes soin de ton héritage. C'est ton devoir. »

Mon devoir… mais de quoi parle-t-il ? J'ai quitté les Genêts à dix-huit ans pour suivre mon propre chemin. Je suis devenue journaliste. Je gagne ma vie, et celle de mes enfants. Voilà mon devoir.

« Ton devoir, Jeanne, ton héritage, Jeanne, ta croix, Jeanne. »

Cette douleur dans ma tête. Qui la remplit tout entière. Une douleur aiguë, puissante, insupportable.

Et ce voile soudain devant mes yeux.

Chapitre 11

Un monde blanc. On m'a plongée dans un monde blanc.

— Oh, ma chérie, tu nous as fait tellement peur !

Vivante, puisque j'entends une voix. Celle de ma mère, de Mattie. Je la vois, penchée au-dessus de moi allongée sur ce lit.

— Mais tu vas mieux, et le docteur dit que tu es tirée d'affaire. Ce n'était qu'un tout petit incident. Il ne laissera pas de traces, ne t'inquiète pas. Heureusement, Africa était avec toi quand tu as eu ce malaise, et elle a appelé tout de suite les secours.

J'essaie de reprendre mes esprits mais mon cerveau semble nager dans une sorte de brume étrange, où les détails se noient dans une masse laiteuse. Mon bras gauche est relié à une bouteille qui diffuse un liquide transparent.

— Tu dois reprendre des forces, reprend Mattie. Disons que ce petit AVC a été un avertissement. Tu en as fait beaucoup trop, ma chérie ; depuis la naissance des jumeaux, tu n'as pas arrêté. Ton corps n'en peut plus, c'est ce qu'a dit le docteur.

— Un accident vasculaire cérébral ? Je pensais que ce genre de choses était réservé aux personnes d'un certain âge.

— Ça peut arriver à tout âge. On en parlera plus tard, pour l'instant il faut que tu te reposes.

— Les garçons ?

— Ils vont bien. Leur père s'en occupe. Ava va les chercher le soir à la crèche pour les ramener boulevard de Clichy. Heureusement, vous logez tous dans le même quartier ! Tu dois faire quelques examens complémentaires… mais dans quelques jours, tu pourras rentrer.

— À la maison, complète Africa qui vient de pénétrer dans la chambre.

— La maison ? Quelle maison ?

Elles échangent un regard et d'une seule voix répondent :

— Tu n'as qu'une maison !

Les Genêts…

— Tu y seras bien, affirme Africa d'un ton qu'elle veut joyeux. Tu respireras un air pur. Paris pue. Tu mangeras sainement, des légumes et des fruits de saison. Et tu pourras marcher, longuement, dans la campagne. Ce programme te fera plus de bien que n'importe quel médicament. Tu auras aussi le temps de lire… Enfant, tu aimais tant t'asseoir sous un pommier, et passer des après-midi entières à dévorer des romans. Tu grimpais aussi dans les arbres…

Programme alléchant. Mais suis-je malade à ce point ? Je me sens faible, très faible, les membres engourdis, mais…

— Alors, comment va notre malade ?

Le toubib se penche sur moi. Et ajoute, sans me laisser le temps de répondre :

— Petite alerte qu'il faut prendre au sérieux. C'est un épisode ischémique transitoire. Une récidive est toujours à craindre. Je préconise un repos de deux mois. Votre médecin généraliste jugera bon ou non de prolonger cet arrêt. Nous en reparlerons. Pour l'instant, repos complet. Et aucun stress.

Il se détourne déjà, se dirige vers la porte.

— Mais, docteur…

Il s'arrête, se retourne, me fixe.

— Je ne peux pas m'arrêter si longtemps… Je travaille, j'ai des enfants et…

— Justement ! Vous l'avez dit : vous avez des enfants. Alors, pour eux, vous devez penser à vous, à votre santé. Évidemment, vous pouvez passer outre mes recommandations, mais ce sera à vos risques et périls.

Il est déjà dehors.

— Eh bien, tu es fixée à présent, reprend Mattie. Tu vois, tu seras bien à la maison ! Je prendrai soin de toi et tu reviendras à Paris en pleine forme.

Se taire. Trop lasse pour argumenter. Mon corps lui-même se ligue contre moi. Mon corps souffre. Je dois l'écouter. Je ne peux pas le forcer à m'obéir.

Fermer les yeux. Se plonger dans le silence. Mattie et Africa respectent ce silence. Mattie serre ma main droite dans la sienne. J'entends sa respiration, calme, régulière. Tout va bien. Je suis vivante. Dans quelques jours, je retrouverai mon paradis originel. Je serai choyée, couvée, comme une petite fille. Je reprendrai les forces qui me manquent.

Guérir. Le doc a raison, j'ai des enfants, pour eux je guérirai.

— Tu dois manger… De quoi aurais-tu envie ? J'irai te le chercher…

— Un éclair à la vanille et un Coca, s'il te plaît.

Mattie s'empresse d'enfiler son manteau et de disparaître. Mes désirs sont des ordres.

Le goutte-à-goutte s'écoule lentement dans mes veines.

— Ne pense à rien. Tout ira bien.

Africa caresse ma main. Et soudain je respire plus librement. Quelque chose se dénoue.

Les Genêts.

Ses merles. Son vert intense. Un vert qui fait du bien, qui rassure et console. Aurais-je besoin de consolation ? Mais qui n'en a pas besoin ? Héritière des douleurs… Mattie la survivante m'a transmis sa force indomptable, mais aussi ses failles. J'ai reçu, sans mots, l'immense douleur qu'il m'est arrivé de lire dans ses yeux. Et je me souviens, une image me traverse : Noël, j'ai huit ou neuf ans, un bébé vient de naître à la pouponnière, un garçon, et mon père qui dit : « Sa mère a décidé de l'appeler David. » Mattie la forte a chancelé. Elle a dû se rattraper à la table pour ne pas tomber sur le plancher.

Aujourd'hui, je comprends mieux.

Mon père s'est rendu compte de sa maladresse. Il a murmuré « pardonne-moi », et il a pris sa femme dans ses bras. Je suis restée à l'écart, interloquée. Je ne savais rien, à l'époque, de ce bébé. Mais la scène est restée figée en moi. Si puissante encore aujourd'hui, comme si je venais de la vivre.

— Tout ira bien, répète Africa, comme un mantra.

Elle serre ma main, m'insuffle sa force.

J'irai aux Genêts.

Pas seulement pour me reposer.

En cette fin novembre, les arbres lèvent leurs bras décharnés. La marée va s'inverser. On sent la présence de la mer, même si on ne la voit pas. Son odeur salée accrochée au vent. Ce souffle léger qui agite les rares feuilles restées accrochées aux branches. Et la présence invisible des oiseaux, ceux qui demeurent là toute l'année, fidèles, insensibles à l'appel du large et du lointain. Ceux qui ont choisi cet espace pour s'y nicher, élever leurs rejetons, leur apprendre à prendre leur envol.

La grande masse du manoir se dresse au bout de l'allée de peupliers, où arrivaient, à pied, les filles au gros ventre. Ces ventres me fascinaient, enfant. Voir ce qu'il y avait dedans. Ce qui grouillait. Ce qui obligeait les filles à marcher lentement, d'un pas pesant, à s'asseoir lourdement, à faire la grimace, parfois. Ces ventres qui les faisaient pleurer, aussi.

Le manoir est vide, ou tout comme. Il n'abrite plus que quelques meubles protégés par des housses blanches. J'ai aidé Mattie à revêtir canapés, fauteuils, guéridons, buffets, commodes… Tout a disparu sous le tissu uniforme.

En dessous, il y a le monde d'avant, l'univers familier où j'ai grandi. Le château de ma mère qui m'a appris la joie de vivre. Mes parents étaient des gens sérieux, qui prenaient la vie au sérieux mais qui aimaient rire. Et ces rires résonnaient dans la maison pour en faire une bulle de bonheur dans laquelle je m'épanouissais.

Tout à l'heure, je prendrai les clés suspendues dans le hall de la petite maison que Mattie a troquée contre le manoir, et j'irai sur les traces de ma jeunesse…

Pour l'instant, Mattie pousse la porte de la maison de gardien.

— Tu prendras la petite chambre bleue, Jeanne, et je partagerai la mienne avec toi, Africa. Pour quelques jours, ça ira… j'essaierai de ne pas ronfler… À moins que tu ne préfères le clic-clac du salon ?

— Je dormirai avec toi, ça nous rappellera notre jeunesse…

Elle sourit. Africa nous a accompagnées pour passer une petite semaine aux Genêts. J'ai deux gardes-malades à ma disposition.

— Je vais t'aider à t'installer, ma petite Jeanne, propose Mattie.

Je suis redevenue une enfant. Ma santé l'inquiète. « Je t'en supplie, ne joue pas avec ta santé, m'a-t-elle dit, tu as deux enfants. Et une vieille mère. Que deviendrions-nous sans toi ? »

C'est aussi ce que m'a dit mon boss, au journal. « Prenez soin de vous, vous êtes trop jeune pour disparaître, et j'ai besoin de vous. »

Même Ava s'y est mise, avec un petit sanglot dans la voix : « Le stress, ce n'est pas bon pour la santé. Vous devriez essayer la relaxation. Ou le yoga. La dame du deuxième en fait, et ne jure que par ça. Il paraît que ça détend tous les muscles. »

Et je me sens obligée de les rassurer. Ce qui me stresse.

— Merci, Mattie, mais je peux m'en sortir toute seule. Déballer une valise ne va pas me tuer ! Si tu nous préparais plutôt un bon dîner bien normand ? Pas trop gras, évidemment, parce que ce n'est pas bon pour la santé, n'est-ce pas ?

Cette demande la ravit. Mattie aime cuisiner pour moi. Des soles normandes, des beignets aux pommes, des crêpes au sarrasin bien garnies.

— Je vais voir ce que j'ai dans le congélateur. Ça devrait suffire pour nous régaler ce soir. Il faut que tu manges, ma petite fille, que tu prennes des forces. Tu es toute pâle, mais c'est normal après quinze jours dans cette chambre d'hôpital avec une nourriture aussi infecte ! Pourquoi mange-t-on si mal à l'hôpital ?

Sur cette question à laquelle il est impossible de répondre, Mattie se hâte vers la cuisine.

Je suspends mes jupes dans la petite armoire en bois. En face de la fenêtre, un lit à une place, qui doit suffire à la célibataire que je suis. Une table complète le mobilier, elle me servira de bureau. J'y dispose mes calepins, mon stylo, et je m'écroule sur l'unique chaise.

Le voyage m'a fatiguée plus que je ne le pensais. Laisser les garçons à Paris m'a arraché le cœur, je les ai embrassés en me demandant quand je les reverrais. Mais leur père m'a promis de nous faire une visite, le plus vite possible. Il ne viendra pas seulement avec ses fils. Il sera accompagné. Qu'en penseront Africa et Mattie ? Elles ont beau être jeunes d'esprit, elles risquent d'être choquées. Deux hommes qui s'aiment, et dont l'un a presque le double de l'âge de l'autre.

Rien d'habituel.

Et, entre eux, deux petits garçons qui ne semblent pas trouver la situation étrange. Leurs papas.

D'ailleurs, qui est le père ? Je cherche des indices sur les visages de nos fils, et pour l'instant je n'ai pas réussi à déterminer quel spermatozoïde a fécondé l'ovule unique qui s'est scindé en deux. Mais, officiellement, les garçons n'ont qu'un père, dont ils portent le nom. Comme il se doit, dans notre société patriarcale.

Que diront ces deux dames qui n'ont connu que des relations avec le sexe opposé ? Africa a été mariée, et a eu des amants. À présent, elle vit en compagnie de son chat. Un siamois de toute beauté, qu'elle adore, et qui en profite pour se positionner en maître du loft. Mattie a eu deux maris et avec le second elle a élevé une fille, moi.

Qu'en aurait pensé mon père, le bon docteur ? Je ne lui ai jamais révélé les secrets de la naissance des jumeaux. Il a cru que j'avais un petit ami, et il est mort avant d'avoir pu rencontrer ce dernier.

Pousser la lourde porte massive qui ouvre le manoir est une joie et une épreuve. Tout de suite, dès le hall, des spectres m'accueillent. Je m'avance lentement sur le parquet à chevrons autrefois ciré et luisant, entre la commode ventrue sous sa housse claire et le guéridon où Mattie aimait tant poser un bouquet de fleurs cueillies dans le parc. Des roses, souvent, mais aussi des lys au mois d'août, des glaïeuls et des œillets de poète. Les portes des doubles salons de réception et du petit salon à musique sont fermées. Ici repose toute mon enfance. Dorée, diraient certains. Toute petite déjà, j'étais consciente d'être une privilégiée. Parce que j'avais un père, une mère, qui, j'en avais la certitude, ne m'abandonneraient jamais, ne jugeraient jamais mes actes, et m'aimeraient jusqu'à leur dernier souffle.

Pour les femmes qui arrivaient avec leur gros ventre, c'était tout le contraire.

À l'arrivée de l'une d'entre elles qui pleurait, sanglotait, se mouchait, incapable de maîtriser son émotion, mon père avait dit : « Ici, vous serez à l'abri. Personne ne vous jugera. Vous pourrez reprendre votre vie en main, construire un avenir, pour vous et votre enfant, ou pour vous seule. Nous vous y aiderons. »

C'était une promesse, comme un acte de foi. Le docteur avait foi en l'humanité. Un jour, il m'avait confié : « La vie est hasard, et le hasard ce sont les rencontres. Elles peuvent être déterminantes. » Et sans même s'en rendre compte, il avait ajouté : « Dans le premier camp où j'ai séjourné, j'ai eu la chance de croiser un communiste allemand, un de ceux qui avaient tenu tête à Hitler dès le début, et qui en avait payé le prix fort. C'était un ancien, et il avait acquis une certaine notoriété. Il m'a protégé. »

Il n'en avait pas dit davantage, s'était hâté de passer à un autre sujet.

Le piano à queue où mon père jouait, le soir, quand aucun accouchement n'exigeait sa présence, est lui aussi recouvert d'une de ces immondes housses qu'on croirait mortuaires.

« Objets inanimés avez-vous donc une âme ? » Ce vers de Lamartine me traverse.

Les volets sont tirés et la pièce est enfouie dans la pénombre que ma lampe de poche éclaire, de-ci de-là. Suis-je devenue une voleuse furtive ? Que vais-je emporter sous mon bras ? Cette photo dans le cadre qui représente le trio, la trinité que nous formions, mes parents et moi ? Ils sont debout, contre la cheminée, et moi, assise à leurs pieds, au milieu des cadeaux de Noël. C'était Africa qui avait pris cette image que ma mère affectionnait particulièrement. La fillette gâtée, et derrière elle, comme un rempart, ceux qui veillaient sur elle, qui la protégeaient du mal et du malheur. Mattie sourit, et mon père a le visage légèrement tourné vers elle. La femme de sa vie. En a-t-il aimé une autre ? Seule sa femme comptait. Elle remplissait son existence. Un couple fusionnel mais qui s'opposait, parfois, dans des questions de la vie courante. Sans importance, disait Mattie. Ces deux-là s'aimaient. Passionnément, tendrement, fidèlement. Comment Mattie fait-elle pour vivre sans lui ?

Je monte l'escalier, la torche dans une main, l'autre posée sur la rampe sculptée. J'adorais ces marches. J'y passais des heures, assise tout en haut, sur le palier du premier étage qui surplombait le hall. La petite gardienne du château.

Ma chambre. Mon lit et son édredon de plumes, le bureau moderne, tel que je l'avais exigé, en bois clair, les rayonnages où je rangeais mes livres. Tout est là, intact. Les romans à la couverture rose, qui ont fait mes délices, la comtesse de Ségur, surtout. Et les aventures de Jules Verne. J'aimais tant les livres que j'aurais voulu être une de ces héroïnes qui avaient la chance d'y vivre.

C'est à quinze ans environ que j'ai compris que j'allais causer à mes parents un immense chagrin. Mais j'ai mis encore deux ans avant de leur révéler ma décision : je ferais des études de lettres, puis de journalisme. Et je parcourrais le monde. Grand reporter. Comme Tintin. Même si j'étais une fille.

Un volet claque. J'ouvre la fenêtre pour le fixer. De là, j'ai une vue plongeante sur le parc.

Les derniers rayons de soleil éclairent l'orée du bois. Le haut mur qui encercle la propriété tombe en ruine à certains endroits. Gaspard n'est plus là pour veiller à son entretien, boucher les trous qui permettaient aux gamins du village de venir chiper les poires de l'automne.

Et soudain, une silhouette se profile derrière un érable. Des pieds foulent les feuilles mortes. La silhouette court à présent, légère, et se faufile derrière un buisson, puis disparaît de ma vue. Une silhouette de femme vêtue d'un manteau long et chaussée de bottes. Que venait-elle chercher dans cet endroit perdu ? Des noix ? Le vieux noyer ne donne plus de fruits, et la saison des pommes et des poires est terminée.

Je fixe le volet et referme la fenêtre, pénétrée par cette vision. Ne l'ai-je pas rêvée ? « Tu as une imagination débordante », disait mon père. Pourtant, cette silhouette semblait réelle. Faite de chair et d'os. Pourquoi l'aurais-je créée de toutes pièces ?

Fermer la porte, redescendre les marches. Le bois craque sous mes pas. Il fait froid. Et cette odeur de maison fermée, qui suinte l'humidité.

Mattie a raison. Il est plus raisonnable de la confier à des promoteurs qui sauront la transformer, lui redonner vie, même si la forme sera sensiblement différente.

Il n'y a rien de plus triste qu'une maison qui se meurt.

Chapitre 12

En rentrant, je trouve Mattie et Africa dans le salon, installées devant le poêle. Une douce chaleur emplit la petite pièce. Des plantes vertes en pot, une vieille armoire normande, et deux petits canapés en tissu se font face, entourés de deux fauteuils en vieux cuir craquelé. Une chaise à bascule, en rotin, et deux poufs complètent l'ensemble.

Elles discutent âprement. Mattie s'énerve, le ton de sa voix monte, grimpe à l'aigu. Africa, comme toujours, garde son calme. Elle parle d'une voix déterminée, bien décidée à imposer sa volonté. Un face-à-face, presque un duel. Qui l'emportera ?

Mattie se tourne vers moi, tente de retrouver son calme. Sourit. S'exclame :

— Enlève ton manteau et viens t'asseoir avec nous ! Nous étions en train de bavarder.

Elle se lève, s'empare de mon manteau, et dit :

— Je vais te chercher une tasse de thé. Enfin de tisane, le thé c'est un peu trop fort, vu l'heure. Une bonne tasse de tilleul te fera du bien. Tu aimais bien, quand tu étais petite.

Je suis devenue une enfant malade. Et Mattie joue son rôle de mère attentive et attentionnée. Je n'ai plus qu'à obéir.

— Alors, cette promenade ? demande Africa.

— Elle m'a donné faim…

— Voilà une bonne chose ! Mattie a trouvé dans le congélateur de quoi nous concocter un petit repas. Il est en train de cuire dans la cuisine. Ce sera bientôt prêt. Après nous irons faire dodo, car nous sommes toutes trois fatiguées…

Elle me parle comme à un enfant. « Faire dodo ». C'est l'expression que j'emploie pour les jumeaux.

— Et dans cette maison cocon nous ferons de beaux rêves, ajoute-t-elle. Demain matin, je te propose de pousser jusqu'à Deauville… Je dois faire quelques courses…

— On verra, riposte Mattie. Jeanne doit se reposer. Au fait, ma chérie, cette balade s'est bien passée ?

— J'ai fait une rencontre…

— Merlin ?

Aussitôt Mattie se ressaisit, passe la main sur ses lèvres comme pour effacer ses mots.

— Merlin est mort. Non, il s'agissait d'une femme.

— Dans le parc ?

— Oui. Le mur est écroulé par endroits, on peut facilement y pénétrer.

— Mais pour quoi ? demande Africa. Pour voler ? Elle voulait peut-être s'introduire dans la maison ?

— Je ne crois pas. Elle n'a pas fait mine de s'en approcher.

— Voilà une raison de plus pour vendre la propriété, décrète Mattie. Au moins les nouveaux propriétaires en prendront soin, comme elle le mérite. Plus de mur écroulé et de maison qui part à vau-l'eau.

Le visage d'Africa se plisse. Ses yeux jettent des éclairs. Elle est furieuse mais se maîtrise. Elle négocie, en redoutable femme d'affaires. Elle défend ses positions, comme un soldat à qui il a été enjoint de ne pas reculer. Mais Mattie clôt le débat d'une voix ferme :

— Je ne veux pas embêter Jeanne avec cette histoire. Elle doit d'abord se soigner, ensuite nous aviserons. Rien ne presse, tu me l'as dit. Nous avons jusqu'au printemps. D'ici là, de l'eau peut couler sous les ponts… D'ailleurs, le dîner est prêt, nous pouvons passer à table.

Beignets de calamar et épinards à la crème. Un repas de mon enfance que Mattie préparait souvent le dimanche soir, quand Isabelle, la petite bonne, prenait son jour de congé. Cependant je n'ai pas faim. La silhouette de cette inconnue m'obsède.

— Que se passe-t-il, ma chérie ?

Mattie s'inquiète.

— Tout va bien ! Je pense juste à cette femme, dans le parc, tout à l'heure.

— Et si c'était une ancienne pensionnaire venue en visite ? Elle n'a pas voulu nous déranger.

— C'est peu probable, répond Mattie. Elles savent toutes qu'elles sont toujours les bienvenues… alors, pourquoi s'introduire en catimini ? Ça n'a pas de sens

— Une timide, peut-être, s'obstine Africa. Et puis on n'agit pas toujours de manière logique…

La présence de l'inconnue flotte dans la petite cuisine. Immatérielle et pourtant si prégnante que j'ai l'impression de la voir, en face de moi.

— Mange ! m'intime Mattie. Ensuite, une tisane et dodo.

— Oui, Mattie, et je n'oublierai pas de me brosser les dents.

Elles rient. Un souffle de bonheur. La silhouette de l'inconnue du parc s'évanouit. J'écoute les deux femmes bavarder gentiment, de tout et de rien, des repas à venir, des champignons à traquer dans les bois. « Je connais un coin à cèpes, dit Mattie, on va se régaler. »

Savourer l'instant présent.

Demain, j'irai à Deauville avec Africa.

« Homme libre, toujours tu chériras la mer. »

Devant moi, cette prairie vert d'eau liquide qui miroite sous le soleil timide. Et les vers de mon cher Baudelaire me reviennent, intacts depuis mes années collège.

Je suis toujours la fille de quinze ans éblouie devant l'immensité. Émerveillée. Jusqu'à mon dernier souffle, ce même émerveillement, intact.

Un vent léger se lève, formant une houle de vagues chargées d'écume qui viennent s'écrouler sur le sable fin.

Deauville. La cité balnéaire construite au début du siècle par le duc de Morny pour que les riches bourgeois et les aristocrates français et anglais puissent venir goûter aux plaisirs des bains de mer. De somptueuses villas anglo-normandes ont été érigées en front de mer. Les dames se retrouvaient dans la boutique de Mademoiselle Chanel et dans les salons de réception des grands hôtels, pour le *tea time*, ou le souper. On y festoyait allègrement, entre personnes de qualité.

Ma grand-mère, Jeanne, ne fréquentait pas ce beau monde ; au luxe tapageur et aux mondanités elle a toujours préféré la sérénité des Genêts, et le travail. C'était une fille du peuple, une petite paysanne normande, et elle n'avait jamais oublié ses origines.

— Ça donne presque envie de se baigner ! s'exclame Africa en scrutant les vagues.

— Tu serais la seule !

La plage est vide, et la mer n'offre que ses vagues ourlées d'écume.

— On marche un peu sur la jetée ? propose Africa. Ça te fera du bien. Tu ne t'es pas beaucoup dégourdi les jambes ces derniers temps.

Du statut de malade je suis passée à celui de convalescente. Africa a même retardé son départ pour Berlin afin de me tenir compagnie. Et soutenir Mattie dans cette épreuve. Je surprends parfois leur regard angoissé posé sur moi. Je n'ose même plus penser que rien ne peut m'arriver. Cet accident vasculaire m'a fait prendre conscience de la fragilité de la vie. Et que l'on peut disparaître en un souffle.

Tenir debout. Avancer.

Nous marchons. Les villas semblent vides. Leurs occupants ont regagné Paris ou Londres. Ils reviendront au printemps prochain. En attendant, les volets sont tirés, les jardins silencieux. Aucun chien le long des grilles de fer forgé, parfois un chat qui vient se frotter à nos jambes.

— Le charme des stations balnéaires en hiver, sourit Africa. C'est comme du temps en suspens. Tiens, là, on dirait que c'est habité ! Prodigieux !

Une silhouette mince dévale, en effet, les marches du perron. Quand elle s'approche je remarque le sac à dos ficelé dans son dos. C'est elle. L'ombre que j'ai aperçue hier dans le parc. Je n'ai pas rêvé. Elle marche vite, passe devant nous, le visage enfoui dans sa capuche, son sac rebondi heurtant ses fesses. Elle a l'allure d'un chat efflanqué, abandonné et qui crie en silence.

— Tu la connais ?

— Je ne sais pas… peut-être.

Mais je suis pratiquement sûre qu'il s'agit de l'inconnue du parc. Que vient-elle chercher aux Genêts ? Et s'il y avait un rapport entre elle et l'ogre ?

Je lorgne la sonnette de la grille. Aucun nom. Rien non plus sur la boîte aux lettres.

Vient-elle squatter cette demeure inhabitée ?

Le paysage normand, noyé de pluie. Les aulnes disparaissent dans la brume. Mais il fait bon dans le petit habitacle de la voiture. Une chaleur douce. La présence d'Africa, les prairies en pente douce vers la rivière.

Et tant de questions qui m'empêchent de savourer pleinement ce moment.

— Africa, j'aimerais qu'on parle… de Mattie. Tu en sais sans doute davantage que moi sur son passé.

— Si peu, se défend Africa. Ta mère a toujours été peu loquace.

— J'ai des doutes…

— Des doutes ? Mais à quel sujet ?

— Pourquoi ne fait-elle pas partie de l'amicale de Ravensbrück qui regroupe les anciennes déportées ? Pourquoi n'a-t-elle pas accepté la Légion d'honneur ? Pourquoi ne cherche-t-elle pas son fils ?

Africa scrute la route où la pluie tombe dru. Elle murmure :

— Pour l'amicale, ce n'est pas le genre de Mattie, et la Légion d'honneur *idem*. Elle préfère l'anonymat. Mais elle n'est pas restée les bras croisés. Elle a voulu retrouver son enfant. L'agence juive a débusqué un officier qui correspondait à son signalement, mais cette piste s'est révélée fausse, cet officier n'était pas celui qu'on cherchait… donc, on est revenu au point zéro. Samuel ne l'avait jamais rencontré. Et puis, il était dans la zone réservée aux hommes. Ce n'est qu'à la toute fin qu'il s'est occupé de l'infirmerie côté femmes.

— Mais je croyais que ce SS lui avait donné les sulfamides à l'intention de Mattie avant de s'enfuir avec le bébé.

— Ce n'était pas lui en personne, mais la sage-femme qui avait accouché Mattie.

— Et s'il n'existait pas?

Elle freine.

— Que veux-tu dire? Que ta mère aurait inventé cette histoire? Mais pour quelle raison? Et puis Samuel était docteur, il a diagnostiqué une fièvre puerpérale. C'est donc qu'elle a accouché. Tu sais, il y a eu des naissances à Ravensbrück; à partir de 1944, on ne tuait plus les nouveau-nés. Mais peu ont survécu. De toute façon, Mattie ne faisait pas partie de ces femmes-là. Son cas s'apparente plutôt à ce qui se passait dans les Lebensborn… Ta mère avait un charme très piquant, et beaucoup de séduction. L'officier SS qui cherchait un ventre à ensemencer a dû y être sensible. Et elle n'était pas juive… Une Française, une bourgeoise normande, jolie, ça lui a plu.

— Mais pourquoi elle?

— C'est bien ça le problème. On n'a jamais pu lui réclamer de comptes, le sommer de s'expliquer, puisqu'on ne l'a jamais identifié. On ne sait rien de lui. Et sans doute qu'on ne saura jamais. Ce qui est certain, c'est que Mattie a réellement accouché dans ce camp. Et qu'elle a failli en mourir. Le reste…

Elle soupire. Un soupir d'impuissance.

Nous roulons lentement à cause de la pluie qui gicle sur le pare-brise et que les essuie-glaces peinent à balayer. La campagne est engloutie par ce qui ressemble fort à un orage. Fin novembre. Il n'y a plus de saisons, comme disent les paysans.

— Mattie est rentrée à Paris dans une ambulance de la Croix-Rouge. Et c'est là, pendant le transport, qu'elle a découvert les réalités du camp, dans les récits de ses compagnes. Elle a vu qu'on la regardait avec envie, parce qu'elle était un peu moins squelettique que beaucoup, bien qu'elle ait beaucoup maigri pendant sa fièvre puerpérale. Elle était très maigre en arrivant aux Genêts. Et elle a eu du mal à reprendre du poids. Comme si elle voulait rester là-bas… Mais que pouvons-nous comprendre, nous qui n'y étions pas ? Rien. Nous ne pouvons rien comprendre.

Africa soupire à nouveau. Elle est pleine de compassion pour cette femme qui a perdu son enfant dans des circonstances si étrangement tragiques.

— Mattie, quelque part, n'a jamais quitté son enfant. Elle est restée avec lui, là-bas. Heureusement, elle t'aimait, et tu l'aimais. Cet amour lui a permis de continuer à vivre. Et Samuel, aussi, puis la Maison des femmes. Mattie avait besoin de se consacrer à une œuvre qui avait un sens. C'est bien pour cela que vendre la propriété est une idée indécente. Oui, je dis bien : indécente.

Elle se tait, s'applique à fixer la route toujours noyée de pluie. Les larmes tombent. Les miennes. Je pleure sur elles, mes deux mères, dont aucune n'est biologique. Elles m'ont permis de grandir. Leur exemple a été pour moi comme une double colonne vertébrale.

J'ai deux mères, des jumeaux, et mes fils ont deux pères. Cette gémellité doit être inscrite dans mes gènes.

La petite Fiat arrive au portail. Je n'ai plus qu'à ouvrir les lourds battants sous la pluie qui me fouette. Mattie nous attend. Elle aura sans doute utilisé son temps à préparer un goûter goûteux. Une tarte aux pommes, sa spécialité. Qu'elle servira avec un chocolat chaud, une autre de ses spécialités.

Tout à l'heure, je retournerai à Deauville. Je jouerai à l'enfant curieuse. Pendant que mes mères dormiront, je me faufilerai à l'extérieur, après avoir décroché les clés de la Fiat, et je roulerai jusqu'à la mer.

Jusqu'à elle ?

Mais qui est-elle ?

C'est une idée folle. Impossible à partager. « Tu as beaucoup de lubies, disait Mattie avec, parfois, un sourire inquiet. À qui parles-tu, sous le pommier ? Il n'y a personne ! »

Il y avait Merlin mais Merlin était mon secret, mon jardin personnel. Personne n'y avait accès, je le défendais avec tout le sérieux qu'on peut avoir quand on est enfant. Ma solitude leur paraissait étrange, mais j'ai réussi à la faire accepter, et respecter. On ne venait plus me chercher quand je m'allongeais dans l'herbe pendant des heures, avec un oiseau pour toute compagnie. On ne me disait pas « fais ci, fais ça ».

Ils m'ont permis d'être libre. Une enfant sauvage mais tendrement aimée dans sa singularité.

Aujourd'hui encore, je ne révèle rien d'intime. Ava par exemple, personne ne soupçonne mon attirance et ce que je dois bien appeler mon désir pour elle. C'est la première fois que ça m'arrive, d'être attirée ainsi par une personne du même sexe que moi. Mais n'est-ce pas ça, aussi, la liberté, d'aimer qui on veut, sans mettre d'étiquette ? Homosexuelle, lesbienne, hétéro, je ne me sens pas concernée.

Et ce soir, cette escapade qui ressemble à celles qu'accomplissaient les héroïnes préférées de mes livres jeunesse. Autrement dit, rien de raisonnable. Je m'apprête à faire ce que Mattie considérerait, à juste titre, comme une violation des règles.

Pénétrer dans une propriété qui n'est pas la sienne et dans laquelle on n'a pas été conviée.

Deauville s'est endormie. Les villas anglo-normandes reposent dans la nuit presque noire, à peine éclairée par un rayon de lune. Je me gare à une rue de la maison que je convoite.

Passer inaperçue. Mais de toute façon, dans le désert qu'est Deauville hors saison et de nuit, ce n'est pas difficile. Moi aussi, comme mon inconnue, je suis engoncée dans un anorak à capuche qui me tombe sur les yeux.

Ni chat ni chien et encore moins d'humain. La grille n'est pas fermée à clé. La façade parfaitement sombre. Aucune lumière ni au rez-de-chaussée ni au premier étage.

Je contourne la maison, à la recherche d'une porte ou d'une fenêtre ouverte.

M'a-t-il entendue ? Un chat surgit d'un soupirail que je n'avais pas remarqué. Assez grand pourtant pour que je m'y glisse. Si un chat peut le faire, je le peux aussi. *Just do it*, comme disent nos amis américains.

Ma lampe torche éclaire des rangées de bouteilles soigneusement alignées. Un escalier. Hall, salon, bureau, cuisine. Aucune housse sur les meubles. Tout semble parfaitement propre, rangé. Il s'agit d'un lieu habité, au moins par intermittence. La femme qui en est sortie ? Ou peut-être n'est-elle que la gardienne chargée de nourrir le chat et de surveiller la propriété ?

La maison repose dans un parfait silence. Personne ne risque de dévaler les marches, un fusil à la main. Je commence par le bureau. J'apprends que le propriétaire de la villa anglo-normande que je suis en train de fouiller s'appelle maître Gauthier Gibert, avocat au barreau de Paris. Une photo dans un joli cadre doré. Elle représente deux mariés, le jour de leurs noces, elle de blanc vêtue et enveloppée d'un voile mousseux, et lui l'air triomphant. Elle est très jeune, et lui déjà d'âge mûr. Il s'agit de la femme à la capuche entrevue aux Genêts et que j'ai vue sortir de la villa cet après-midi. La jeune mariée est devenue cette ombre furtive, errante.

Je scrute chaque détail de la photo. Le sourire de la mariée, l'air sérieux de l'époux, devant eux les enfants de bleu vêtus, deux fillettes en robe longue, les garçons en pantalon de velours bleu roi. Ce qu'on appelle un beau mariage. Chic. Comme celui dont Mattie rêvait pour moi.

Les mariés posent sur la dernière marche de l'église où ils viennent de prononcer ce « oui » sacramentel qui les lie à jamais. Jusqu'à ce que la mort vous sépare. Il fait beau, le ciel au-dessus d'eux est aussi bleu que les robes des demoiselles d'honneur.

J'imagine la suite de la cérémonie, le cocktail, la réception dans de beaux salons, les fleurs coûteuses, les plats fins préparés par un grand cuisinier. Rien ne manque. Tout est parfait. Ensuite, le bal. Les mariés entameront une valse, puis s'éclipseront pour le voyage de noces. À Venise ou sous les tropiques. Un lieu idyllique qui accueille les couples, en toute intimité.

Le cadre tombe. Le verre se brise.

Je reste les mains vides, le cœur si serré que j'ai du mal à respirer. Les poumons me brûlent. Le sang me monte à la tête, si chaud. Il obscurcit mes yeux, me voile l'horizon.

Patmos. Camille. Moi. Nous. La mer Égée, bleue, si bleue. Ma peau nue. Mon corps étendu sur les carreaux tièdes.

Et maintenant, seulement moi, debout, en train de violer une demeure.

Et le bruit d'une voiture qui s'arrête, une portière qui claque.

Fuir.

Chapitre 13

Il n'y aura pas de neige pour Noël.

— Je partirai avant le 24 décembre, j'ai envie de voir la neige… En Allemagne, tout sera blanc, murmure Africa en pointant du menton les prés verts humides de rosée.

— Ça fera de la peine à Mattie… Tu ne veux pas passer les fêtes avec nous ?

— J'ai déjà acheté mes billets de train. Je m'arrêterai à Strasbourg pour voir la cathédrale et le marché de Noël, puis direction Berlin où je resterai deux semaines environ. Quant à vous, vous serez en famille.

— Tu fais partie de la famille, Africa !

— Je sais, mais tu sais aussi combien j'aime ma solitude. Une maison pleine pendant des jours, est-ce que je supporterais ? Et puis Mattie voit très peu les garçons, elle sera contente de pouvoir s'en occuper sans m'avoir sur le dos ! Je ne veux pas la gêner.

Africa connaît bien ma mère. Et préfère s'éclipser plutôt que d'affronter la face plus sombre de sa personnalité : sa jalousie.

— Mattie a même été furieuse, autrefois, de l'amitié qui me liait à ton père. Comme si elle avait peur que je le lui vole ! Alors, je faisais très attention… Avec toi, aussi… Mine de rien, elle était très possessive, et ne voyait pas d'un bon œil ceux qui essayaient de s'approcher d'un peu trop près de sa famille !

— Il va falloir que j'annonce à Mattie que Jo ne viendra pas seul… sinon le choc sera trop rude !

— Que veux-tu dire ?

Elle s'est arrêtée et me fixe avec étonnement.

— Il s'est marié ? Il vient avec sa femme ?

— Ça ne risque pas. Jo est homosexuel, et il viendra avec son compagnon. Ils vivent ensemble. Tu n'avais rien deviné ?

— Non, avoue Africa, mais je n'ai vu Jo qu'une fois, à la naissance des jumeaux. Je pensais que vous aviez décidé de vivre séparément, que vous aviez choisi un nouveau mode de fonctionnement qui vous convenait mieux que le modèle traditionnel ; je ne me suis pas posé plus de questions !

— Voilà, tu sais. Ne reste plus qu'à annoncer la nouvelle à Mattie. Elle qui espérait que je me marie avec le père de mes fils, c'est raté !

— Mais… vous étiez amoureux l'un de l'autre quand même ?

Sa voix recèle tant d'étonnement que je souris.

— Pas du tout. Nous avons conclu un pacte, je le rendais père, et lui me donnait son sperme pour que je puisse tomber enceinte.

— C'est cru, murmure Africa. Tu n'aurais pas voulu attendre un peu ? Tu aurais pu rencontrer un homme dont tu serais tombée amoureuse et qui t'aurait aimée lui aussi ?

— Tu es une incorrigible romantique. Comme Mattie. L'amour, ce n'est pas si simple.

— Ça, je ne l'ignore pas ! s'écrie Africa.

Nous nous sommes remises à marcher sous le ciel bas chargé de nuages qui ne demandent qu'à crever.

— Si je voulais me donner une chance d'avoir un enfant avant d'être trop vieille, c'était la seule solution. Et finalement, elle n'est pas pire qu'une autre. Jo et Mat, c'est son compagnon, adorent leurs fils.

— Pourquoi pas ! Mais je suis trop vieux jeu pour comprendre vraiment. En tout cas, je suis contente de connaître la vérité.

— J'imagine la tête de Mattie quand elle l'apprendra !

— Oh, elle s'y fera ! Ta mère a une grande faculté d'adaptation. Et puis la société évolue. Les hommes ont le droit de s'aimer, de se le dire et de vivre cet amour au grand jour. Tout comme les femmes, d'ailleurs. Même si je n'ai jamais été attirée par les femmes, alors tu comprends que j'ai un peu de mal… Le couple modèle pour moi c'étaient tes parents. Pour ma part, j'ai échoué. J'ai aimé un homme, autrefois, mais il n'était pas libre. Il est décédé depuis longtemps, nous n'avons eu ni temps ni chance. C'est ainsi. La vie peut se montrer cruelle.

Cet homme, c'est mon oncle Aurélien, le premier époux de Mattie.

— Je me demande parfois ce que mon père en aurait pensé, de ma situation… Il n'a jamais su.

— C'était un homme bon et tolérant. Il aurait accepté la situation sans la juger. Comme il ne jugeait jamais les femmes qui venaient lui demander de l'aide. Je ne sais pas si je devrais te le dire, mais il lui arrivait de pratiquer des avortements, bien que ce fût illégal et que cela l'exposait à de grands ennuis... Il aidait à donner la vie, et, parfois, il aidait les femmes à avorter... Je le sais, parce qu'on en a parlé, une fois, une seule. Il détestait faire ça, disait-il, mais il ne pouvait pas dire non, parfois, trop ému par la détresse de ces femmes. Il préférait le faire lui plutôt que de savoir qu'elles iraient chez n'importe quel charlatan qui risquait de les tuer... Ta mère aussi le savait, et elle approuvait.

Une facette de mon père que j'ignorais. Mon père, cet inconnu. Que savons-nous des gens que nous aimons ? Si peu de choses.

Soudain la pluie. Fine, mais insistante. Heureusement nous avons eu la précaution de mettre des cirés et des bottes en caoutchouc.

— Nous devrions rentrer, Jeanne. Nous installer au chaud, devant la cheminée. J'espère que ce que je viens de te dire ne t'a pas trop choquée... Ton père a agi selon sa conscience. On ne peut obliger aucune femme à aller au terme d'une grossesse si elle n'est pas désirée. Ça évite bien des malheurs, et pour la mère et pour l'enfant. Mais je sens que tu n'es pas tout à fait de mon avis.

— Je ne sais pas. Je pense que cette loi Veil est une bonne chose. Les femmes ont le droit de disposer librement de leur corps. Et en même temps je pense aussi que bien des couples aimeraient adopter et n'y parviennent pas. J'imagine que c'est aussi une grande souffrance pour eux !

Déjà l'immense toit des Genêts se profile entre les arbres. Sa vue me rassure toujours.

— Nous garderons les Genêts, annonce brusquement Africa. Et nous trouverons une manière de faire revivre la propriété. Tout ça ne peut pas disparaître !

Elle désigne de la main la façade recouverte de vigne vierge, les hautes fenêtres, la terrasse qui donne sur la pelouse plantée de ginkgos. Certains ont été coupés pendant la guerre, par l'armée allemande qui occupait le manoir, mais Mattie en a replanté après son retour. « Pour rendre au parc sa splendeur, a-t-elle dit à la petite fille que j'étais et qui s'en souvient encore, tant d'années plus tard. Les ginkgos sont des arbres de vie et protègent les Genêts et ses habitants. »

Merlin aussi aimait les ginkgos, surtout en automne, quand les feuilles resplendissaient, devenaient de l'or presque liquide qui tombait sur l'herbe. Je les ramassais, en garnissais mes cahiers, m'en servais comme marque-pages. Je les appelais mes talismans dorés.

Mais par quel miracle pourrions-nous conserver ce trésor ? Et surtout, qu'en ferions-nous ? Ma vie est à Paris, et Mattie a passé l'âge de se consacrer à un tel projet. Jour après jour elle se réfugie davantage dans ses souvenirs. Sa mémoire lui tient lieu d'avenir.

— Nous verrons, dis-je d'une voix mal assurée. *Wait and see.*

C'est ce que m'a dit mon cardiologue en me tendant la main : il faut attendre, voir comment ça évolue. Une convalescente ne peut prendre de décision. Et doit éviter toute émotion.

Africa me sourit.

— Je sais que ce n'est pas facile, mais tu dois penser à tes fils. Ils ont besoin des Genêts, eux aussi. On ne peut pas abandonner une maison de famille. Même si un petit appartement sous les toits a plein de charme, il ne remplace pas un manoir et un parc.

— Un parc où mon père a peut-être enterré un homme, réponds-je violemment. En toute illégalité. Je commence à me demander s'il n'aimait pas un peu trop enfreindre la loi ! Et je me demande ce que je vais encore découvrir !

— Cet homme, l'ogre comme l'appelle ta mère, s'il est enterré quelque part, ce n'est pas dans le parc ! Ton père lui a trouvé une place où personne ne le retrouvera jamais. Il connaissait les environs, c'était un bon marcheur, et il aimait randonner en forêt.

— Tu as une idée d'où pourrait se trouver cet endroit ?

— Nous y avons réfléchi, Mattie et moi. Mais nous n'avons rien trouvé de plausible. Ton père était un homme secret à bien des égards…

— Je vais les déterrer, tous vos sales secrets.

La colère, soudain, comme une déferlante.

— Et tu les étaleras sur le papier, dans les journaux, au vu et au su de tous ?

La voix d'Africa est acide. Mais le visage reste impassible.

— Pourquoi pas ? C'est aussi mon histoire.

— C'est l'histoire de Mattie. Pas la tienne.

— Mais elle m'y a mêlée, malgré moi, en me téléphonant pour me dire qu'elle avait tué un homme !

— Pour que tu l'aides, pas pour que tu la trahisses ! Car je sens bien que ton instinct de journaliste prend le dessus et que tu es prête au grand déballage !

— Je n'ai rien décidé, et de toute façon pour l'instant je suis en congé pour maladie, je te rappelle. Mais c'est vrai que l'idée m'a effleurée. Ce qui est arrivé à Mattie est si particulier… Ce serait réellement un élément nouveau dans cette tragédie qu'est la Shoah.

— Mattie n'est pas juive, fait remarquer Africa. Son histoire ne fait donc pas partie de la Shoah.

— Dans les camps, il n'y avait pas que des Juifs ! Des Roms, des déportés politiques comme Mattie, des prisonniers de droit commun, des homosexuels... Et si Mattie a été choisie par ce SS, c'est justement parce qu'elle n'était pas juive. Il n'aurait jamais fait un enfant à une Juive ! Tu ne crois pas que cette histoire, quand elle sera résolue, mérite d'être connue ?

Africa hésite.

— Ce n'est pas à moi de te répondre, mais à Mattie. Et je te signale que rien n'est résolu, justement. Où est le corps ? Qui est cet ogre ? Rien, insiste-t-elle, et c'est toi la journaliste.

— Jo a appelé, nous annonce Mattie. Ils arrivent le 23 décembre au soir. Tous les quatre. Jo m'a dit qu'il venait avec son compagnon, un certain Matthieu.

Sa voix est presque indifférente. Elle poursuit sur le même ton :

— C'est ainsi que j'ai compris qu'il vit avec un homme, qu'il est homo, comme on dit. Le plus étrange, c'est que je n'ai manifesté aucune surprise. Comme si je savais... Alors que, vraiment, j'étais loin de me douter... Bref, passons. Je suis contente qu'ils viennent. J'ai hâte de voir Camille et Samuel.

Elle sourit, gentiment, comme une bonne grand-mère ravie d'accueillir sa famille.

— Et moi je m'en vais le matin de ce 23 décembre. Ça vous fera de la place.

— Tant pis pour toi, riposte Mattie. Tu ne sais pas ce que tu perds… Un Noël avec des enfants, c'est magique. D'ailleurs, je vais essayer de trouver quelqu'un qui puisse jouer le père Noël et qui apportera les cadeaux dans sa hotte ! Je vois déjà les yeux de Samuel et de Camille briller… ils ont encore l'âge de s'émerveiller.

Ses yeux aussi s'illuminent à l'idée de la surprise qui attend les enfants. Mattie a gardé une âme éternellement jeune. C'est ce qui fait son charme.

La bûche crépite dans l'âtre. Dehors, la neige ne tombe pas. Mais la pluie. Lente et continue.

J'ai fermé les yeux. La chaleur douce m'enveloppe, se diffuse jusque dans ma poitrine, descend dans tout mon corps. J'ai une famille.

Et tout à coup, le réveil.

— J'ai fait un tour dans le parc, tout à l'heure ; je voulais m'assurer que le portail du fond était fermé. Quand j'ai fait demi-tour, j'ai vu quelque chose, mais je ne suis pas sûre de ce que c'était. Une biche, ou un humain… ça a été comme un éclair.

C'était elle. Elle était revenue. Mme Gibert, l'épouse de l'avocat parisien qui possède une villa anglo-normande à Deauville.

— Sans doute une bête… il y a encore des glands par terre, les sangliers adorent les glands.

Et elle poursuit :

— Qu'allons-nous manger, pendant ces fêtes, qui puissent à la fois combler les grands et les petits ? C'est un vrai casse-tête ! J'ai pensé à des pommes duchesse pour la garniture, ça c'est sûr, les garçons apprécieront, mais pour le plat principal, j'hésite entre un pain de viande et une blanquette…

Africa est montée préparer sa valise. Ces détails matériels ne la concernent plus. Ce sera à moi de trancher. De toute façon, les jumeaux seront si excités par leurs cadeaux qu'ils grignoteront à peine.

— Une blanquette de poisson, plutôt !

— Oui, concède immédiatement Mattie, c'est une bonne idée. Des morceaux de lotte en sauce, ce sera parfait. Et une bonne bûche que j'ai déjà commandée au pâtissier. Une bûche bien mousseuse avec des petits animaux en pâte d'amande en guise de décorations, ça amusera les enfants !

Elle se réjouit. Noël, la fête familiale par excellence. Son mari, bien que né dans la confession juive, s'y prêtait avec beaucoup de bonne volonté. La table était toujours bien garnie, les cadeaux soigneusement emballés dans du papier doré et décoré de rubans qui me fascinaient. Après le dîner, on procédait au feu d'artifice, auquel étaient conviées toutes les pensionnaires. Vin chaud et petits-fours étaient servis sur la terrasse qui surplombe le parc. Les temps heureux de mon enfance choyée. Je me souviens de l'odeur du vin chaud, des épices qui me faisaient saliver. Et des rires des femmes, qui oubliaient pour un moment leurs soucis, se retrouvaient comme en famille, disaient-elles.

La mort de mon père a sonné le glas de ces festivités. Mattie n'est plus que l'ombre de ce qu'elle a été, en dépit de tous ses efforts pour donner le change.

— Merci, ma chérie, d'avoir convaincu Jo de m'amener les enfants.

— Oh, ça n'a pas été difficile de le convaincre ! Il était si curieux de connaître ces Genêts dont je lui ai tant parlé !

Les yeux de Mattie pétillent. Elle a du charme, indéniablement. Aucun homme ne pouvait lui résister, m'a dit un jour Africa, et je le crois volontiers. À soixante ans passés, elle peut encore attirer, seulement elle n'y songe même pas. Elle a perdu l'homme de sa vie. « Personne ne peut remplacer ton père, m'a-t-elle dit. J'ai eu beaucoup de chance de le rencontrer, en dépit des circonstances... » Discrète allusion à ce *Revier* du camp où le docteur a sauvé la parturiente en pleine fièvre puerpérale. Le destin. Les facéties du hasard. Les beautés de la chance.

— J'ai beaucoup de chance, dit Mattie. De t'avoir, toi, et Camille, et Samuel.

Elle prononce ces prénoms avec tant de tendresse que je me sens tout amollie.

De la chance.

Chapitre 14

Matin du 24 décembre.

La maison dort.

Quelque chose m'a tirée du lit. L'appel du jour ? Le bonheur de voir la lumière du matin, cette lumière normande, douce et claire comme un éternel printemps ? De les savoir tous ici ? L'excitation du réveillon à venir ? Des quelques jours que nous passerons ensemble ?

Il fait très doux. Impossible d'imaginer que ce soir nous fêterons Noël, en famille.

Ils sont arrivés hier soir, les deux pères et les deux enfants. Samuel et Camille se sont précipités sur moi en riant de joie. En l'espace de quelques semaines, ils ont acquis en indépendance et ont perdu leur allure de gros bébés joufflus. Des petits hommes déjà. Mes hommes.

Pourront-ils remplacer celui que j'ai perdu, celui que j'ai laissé filer ?

Marcher.

À Paris, la nature me manque, le Luxembourg me semble un mouchoir de poche et le bois de Boulogne est trop éloigné de mes bases. Et puis une femme seule est toujours une proie. Dans la capitale, je ne me sens pas en sécurité. Ici, la campagne silencieuse m'enveloppe comme une protection.

Tout est si calme. Seuls les oiseaux bruissent ; ils ont quitté leur nichoir, happés par la douceur de ce qui s'apparente au printemps.

Merlin... il est là, près de moi. Invisible dans la nature qui se réveille.

Je marche à travers la pelouse jonchée de feuilles mortes. Plus de Gaspard pour les ramasser, les charger dans sa brouette pour aller les déverser au fond du parc.

Tout évolue et se transforme, toujours. C'était un mantra de mon père. Lui aussi, je le sens, vivant dans l'invisible, flottant autour de moi, dans ces Genêts qu'il avait adoptés en épousant sa Mathilde bien-aimée. En même temps qu'il m'adoptait, moi, l'enfant qui grandissait dans la maison de famille.

« Nous sommes les miracles de la vie, disait-il. La preuve que la vie peut se montrer bienveillante et bienfaisante. Et c'est pour cela, pour rendre un peu de tout ce qui m'a été donné, que je travaille autant, ma Jeanne. Toutes ces femmes ont besoin d'attention, de compassion et d'aide. Ta mère et moi essayons de leur faire du bien, dans la mesure de nos moyens. »

Je longe la pouponnière, qu'on appelait la Maison des femmes, où vivaient ces filles mères, cet horrible vocable dont elles étaient affublées. Évidemment, ici, on ne l'utilisait jamais. Elles avaient un prénom, un nom, une histoire, particulière pour chacune. Ici, elles étaient accueillies. Elles trouvaient un endroit où décharger leurs soucis, où reprendre goût à la vie, où attendre la naissance de leur bébé. Où réfléchir, aussi.

Les petits bâtards. C'est comme cela que les gens des environs appelaient les enfants nés à la Maison des femmes. Filles mères et bâtards.

Et toute petite, j'en étais révoltée. Je ressentais l'injustice dont ces femmes étaient victimes. Et je serrais les poings, à l'école, quand un de mes petits camarades répétait ce qu'il entendait chez lui.

La Maison des femmes est fermée à clé. Mais je reviendrai, j'ouvrirai la porte, et j'irai me confronter à mes souvenirs. Les chambres, proprettes, confortables, avec les cabinets de toilette attenants, la grande salle du bas qui rassemblait bébés et enfants, le jour. Un dortoir jouxtait cette pièce spacieuse. Les cuisines, le réfectoire, les salles de bains, l'infirmerie, le cabinet où mon père recevait les petits patients. Balance, toise, il les auscultait sous tous les angles. Il m'arrivait de l'assister, et les mères acceptaient volontiers ma présence. Elles m'aimaient bien, j'étais la petite fille du château. La fille unique du bon docteur.

Le docteur savait calmer les bébés hurleurs. Où avait-il appris ces gestes qui rassurent ? Il ne me l'a jamais dit.

Un bruit. Comme un raclement de feuilles. Quelqu'un marche dans le parc. Une biche, ou un sanglier ? Je dérange leur silence.

C'est un sanglier. Il file à toute allure, bien plus effrayé que moi. Et sautant à travers un buisson, il me laisse entrevoir l'abri de fortune.

C'est une tente, minuscule, blottie entre une rangée d'arbres et un buisson d'épineux. Sans l'intervention du sanglier, je ne l'aurais jamais remarquée. C'est un spectacle insolite. Mais la présence de cette tente s'explique sans doute facilement. Des gamins sont venus l'installer au cours de l'été et l'ont abandonnée, sans plus y penser. Et à présent, l'hiver la recouvre.

Au-dessus de moi, un merle s'est mis à chanter. Il chante pendant que j'ouvre la fermeture Éclair de la tente, que je passe un œil à l'intérieur. Une vieille couverture couvre le sol. Un canif dans un coin. Un de ces Opinel dont se servent les gamins, ce qui donne à penser qu'il s'agit bien d'un jeu d'enfants. Ici, ils étaient sûrs de ne pas être dérangés. Tout le monde sait, au bourg, que les Genêts n'abritent plus aucune femme, hormis la maîtresse des lieux, madame Mathilde.

Ils reviendront sans doute l'été prochain. Sauf qu'ils risquent de ne pas retrouver leur campement improvisé. Les promoteurs auront fait table rase de tout ce qui dépasse.

Et les Genêts ne seront plus qu'un souvenir.

Je suis sortie en sautant par-dessus le muret effondré. Les gamins, sans doute, pénètrent dans la propriété par cette brèche facile à escalader. La campagne tout autour de moi, les prés vallonnés, qui glissent vers l'étang. À la lisière de la forêt, deux biches, immobiles, aux aguets.

— Bonjour, mademoiselle Jeanne.

Le paysan a sauté de son tracteur et m'interpelle :

— Pardon de vous interrompre dans votre promenade, mais comme vous êtes là je saisis l'occasion, ce n'est pas si fréquent de vous croiser, mademoiselle Jeanne.

Il hésite, cherche ses mots.

— Vous ne me connaissez pas, mais moi si, je sais qui vous êtes. Je m'appelle Yvon Lenormand, c'est banal, n'est-ce pas, mais je suis quelqu'un de banal, j'ai toujours vécu ici…

Il ouvre les bras pour envelopper d'un geste les prés qui descendent en pente douce vers l'étang.

— Tout cela est à ma famille depuis plusieurs générations… et ça jouxte votre propriété… Justement je voulais en causer, alors puisque je vous vois, ce matin, on peut en causer ?

— Bien sûr. Je vous écoute.

Yvon a une quarantaine d'années, trapu, avec un ventre déjà bedonnant. Le teint rouge et les lèvres épaisses. Ni beau ni laid. Comme tout le monde. Il darde sur moi un regard où je lis une certaine inquiétude.

— On a entendu parler de la vente… On en parle, au bourg, dans toutes les familles.

Sa voix tremble.

— C'est pas possible, mademoiselle Jeanne, pas possible. Vous pouvez pas faire ça, vendre le château et les terres à un imbécile de promoteur qui détruira tout… Les Genêts c'est notre histoire à tous, ici, pas seulement celle de votre famille. Alors, vous comprenez, ça nous brise le cœur de savoir que ça risque de tomber entre de mauvaises mains… Et puis, un hôtel, ça apportera des problèmes, tout ce va-et-vient de voitures… Ça va défigurer notre paysage. Vous voulez vraiment vendre ?

— Nous attendons. Mais probablement que oui, car c'est la seule solution. Ma mère ne peut subvenir à l'entretien de cette propriété. Et puis tout évolue, tout change, n'est-ce pas ?

Il baisse la tête. Pour lui, le changement est difficilement envisageable. Les terres ne bougent pas, les saisons se suivent et se ressemblent. Tout au plus achète-t-il un nouveau tracteur pour se moderniser et se faciliter la tâche. Une vie immuable.

Je lui tends la main pour signifier la fin de la conversation. Il la serre, sans rien ajouter. Il a tout dit, il remonte sur son tracteur, s'éloigne dans le champ. Au déjeuner, il racontera à sa femme qu'il a vu mademoiselle Jeanne, mais que ça n'a rien donné. Comment aurait-il pu me convaincre ? De toute façon, la décision ne m'appartient pas.

Et soudain, le chant du merle. Mais la campagne est déserte, devant moi l'étendue des champs, pas un seul arbre. Seulement quelques planches vermoulues de ce qui fut autrefois une cabane de pêcheurs, au bord de l'étang, et qui tombe en ruine.

Le chant émane de cet amas de planches. Mais dans la cabane, aucun oiseau.

Aurais-je des hallucinations auditives ? Des séquelles de mon accident vasculaire ?

Le chant s'est tu.

Au loin, la silhouette d'une femme, sac au dos, qui court à travers champs.

Encore une hallucination, visuelle, cette fois ?

L'étang miroite sous le soleil du matin, flaque d'eau que les poissons agitent, par intermittence.

De l'autre côté, une bande de mouettes s'est installée sur un tronc d'arbre. Elles scrutent les profondeurs mais ne tentent rien. Sans doute n'ont-elles pas faim. Ou dédaignent-elles ces poissons d'eau douce. Elles jacassent. Et soudain s'envolent, en criant, filant au-dessus de ma tête comme pour m'intimider.

La silhouette a disparu, engloutie par les premiers arbres de la forêt.

Devant moi, l'étendue glauque de l'étang, parsemée d'algues et de débris de bois. Un peu plus bas, la rivière, sinueuse entre les aulnes et les saules. Mon paysage normand. Plus loin encore, la première ferme. Un mugissement en surgit, long, presque douloureux. J'en tremble. Le froid de ce matin de décembre s'insinue sous ma veste. Je suis trop légèrement vêtue.

J'ai beau scruter la lisière de la forêt, aucune silhouette ne se dessine. J'ai dû rêver. Ma tête me joue des tours. Ma pauvre tête.

— Ma pauvre Jeanne, m'a dit mon boss au téléphone. Reposez-vous bien et prenez votre temps avant de revenir !

Une manière de me signaler que ma présence n'est pas indispensable, que le journal tourne sans moi. Je ne suis qu'une petite journaliste qui n'a pas fait ses preuves. Moi qui rêvais d'enquêtes lointaines, difficiles, dangereuses, à arpenter le monde pour apporter des nouvelles qui passionneraient les foules, et me poseraient en journaliste d'investigation. En grand reporter.

Je suis mère. Un état qui m'empêche de m'envoler. Je suis responsable de deux personnes qui ont besoin de moi. Mais n'est-ce pas une manière de me voiler la vérité : je n'ai pas l'étoffe d'un Hemingway, d'un Albert Londres, d'un de ces journalistes qui me fascinent tant.

Pourquoi ne suis-je pas à leur hauteur ? Me serais-je trompée en me lançant dans des études de journalisme ? N'aurais-je pas dû suivre l'exemple de mon père ? Lui ne partait jamais, son horizon était délimité par les murs des Genêts, et il en était heureux.

Et moi, suis-je heureuse ?

— Maman, maman !

Les garçons se serrent contre mes jambes, ils sentent le chocolat et le shampoing à la vanille.

— On a mangé de la brioche. Mais y en a encore, pour toi.

Leurs yeux brillent. Ils m'aiment. Mattie est en train de débarrasser la table du petit déjeuner, aidée par Matthieu. Jo s'occupe du feu, souffle sur les braises, place une bûche dans l'âtre. Une famille comme n'importe quelle famille.

— Papa Jo m'a dit que le père Noël passera ce soir, avec son âne. Je pourrai donner une carotte à l'âne ?

— Bien sûr, il sera content.

Les garçons battent des mains, se trémoussent dans leurs pyjamas oursons. Heureux.

Mattie a tout organisé pour que le réveillon soit une réussite à la fois pour les petits et les grands. Mettre les petits plats dans les grands, une expression qu'elle employait quand j'étais enfant. Elle sortira l'argenterie, les verres en cristal de Baccarat et la porcelaine de Limoges.

— On va décorer le sapin, déclare Samuel.

— Il faut d'abord aller chercher les boules et les guirlandes au grenier, déclare Mattie. Il doit y avoir quelques boîtes de décoration. Mais c'est fragile, je vous préviens, il faudra faire bien attention de ne rien casser !

Les jumeaux hochent la tête. Ils seront sages. Les pères échangent un sourire de connivence dont je suis exclue. Mais déjà Matthieu annonce :

— Pour l'instant, on va s'habiller ! Et, quand on aura garni le sapin, on ira jouer dehors. Vous me montrerez le parc, je suis curieux de le découvrir ! Il y a des loups ?

— NOOONNN ! s'exclament les garçons de concert. Y a pas de loup !

— Mais il y a des renards, des biches, un cerf, mais c'est plus rare, des sangliers avec leurs petits, des lièvres, des écureuils, des oiseaux, énumère Mattie comme autant de cadeaux somptueux. Ça va vous changer de Paris !

Elle a la voix triomphante de celle qui possède des trésors inestimables. Et elle me jette un coup d'œil, comme pour me dire, « tu vois, ce dont ils manquent, ces petits, ça ne s'achète pas, ça se trouve dans la nature, et la nature donne sans compter ».

— Et après la balade dans le parc, je vous propose de dessiner… Le père Noël sera ravi d'avoir un cadeau… car vous avez pensé à l'âne, mais pas au père Noël ! intervient Matthieu.

Ils rient tous trois. La petite fossette au coin de la joue… la même pour les trois. La similitude est frappante. Je n'ai pas de fossette. Jo non plus.

Jo n'a rien remarqué. Jo le père officiel, dûment inscrit sur les registres d'état civil. Mais le père biologique serait donc Matthieu. C'est son spermatozoïde qui a pénétré mon ovule, et a permis cette double naissance. Mais à quoi m'avance cette découverte ? Matthieu et Jo n'ont aucun désir de connaître la vérité sur la filiation. Ils sont pères tous deux, de par la grâce de l'amour, a dit Jo.

— Tu vas bien ? s'inquiète Mattie. Tu as l'air toute chose depuis que tu es rentrée de ta balade ! Tu as rencontré quelqu'un ?

— Oui, le fermier d'à côté qui s'est chargé de me rapporter l'opinion générale. Vendre les Genêts, selon eux, serait un grand malheur. Et ils y sont fermement opposés.

Mattie hausse les épaules.

— On ne leur demande pas leur avis ! Je me souviens qu'ils n'ont pas toujours été très tendres avec les filles mères, ces traînées et leurs bâtards, comme ils disaient. De toute façon, Africa doit encore s'entretenir avec les promoteurs et avec ses conseils. Ils trouveront peut-être une solution qui nous permettra de garder une partie de la propriété, sinon toute. Pour l'instant, je veux penser à la joie de Noël, et faire de ce réveillon un moment inoubliable dont les garçons se souviendront toute leur vie. Tu as toujours l'intention de rentrer à Paris après le Nouvel An ? Tu ne crains pas que ce soit trop tôt ?

Elle a le regard d'une mère qui voudrait mettre son enfant en cage, et le conserver précieusement à ses côtés. Le poussin que l'on couve, éternellement.

— Il est temps que je rentre, Mattie ! Il faut que je me remette au travail.

— Va d'abord consulter ton cardiologue ! Il a insisté pour que tu le revoies en janvier. Je m'en souviens. Alors, ne fais pas de bêtises et vas-y !

— J'irai, Mattie, promis. Je monte me changer, ensuite je t'aiderai à tout préparer… comme quand j'étais petite…

Son visage s'éclaire.

Chapitre 15

4 janvier 1978 : la première lettre d'Africa. Elle a été cachetée à Berlin. Africa a donc passé les fêtes de fin d'année en réveillonnant, je suppose, dans un cabaret. C'est ainsi que je l'imagine, vêtue de Chanel, parfumée par Coco, portant des escarpins et sa toque de fourrure sur les épaules, en train de siroter un cocktail à la mode.

Africa n'a pas eu peur d'affronter ses fantômes. Et tout en grimpant l'escalier jusqu'à mon nid sous les toits, je songe à Mattie et à son refus catégorique de retourner à Ravensbrück.

Africa serait-elle plus courageuse que Mathilde ?

Mais qui suis-je pour juger ?

Les marches de bois grincent. Cet immeuble haussmannien est pétri de charme, authentique en diable, mais manque cruellement de confort. L'ascenseur est en panne au moins une fois par mois, et le logement s'obstine à ne pas vouloir dépasser les seize degrés en plein hiver. Combles mal isolés, selon mon voisin, un certain Florian Lecoeur, un musicien sans le sou qui joue de la clarinette dans le métro, mais qui a hérité cet appartement de son grand-père, notaire ayant pignon sur rue dans l'arrondissement le plus huppé de la capitale. Florian est un fils de bourgeois, comme moi.

Qui d'autre aurait les moyens d'habiter soixante mètres carrés en plein cœur de Montmartre, dans un bel immeuble en pierre de taille ?

Jeanne, ma chérie,

J'espère que cette lettre te trouvera à Paris, à ton retour de Normandie, en bonne forme et prête à recouvrer le fil de ta vie.

Me voici donc à Berlin que j'ai retrouvée avec bonheur et appréhension, tu peux t'en douter. La ville a été reconstruite, après guerre, mais j'ai reconnu la rivière Spree, les canaux, les cafés, certains restaurants qui servent toujours du goulasch et des currywurst.

J'ai connu un Berlin en proie au mal, et aujourd'hui je découvre un Berlin éclaté en deux, divisé, avec ce mur qui est comme une verrue énorme au milieu de la figure. Ce mur est partout, sur les visages, dans les regards, il est fait non seulement de pierres, mais aussi de larmes, de sang, de colère et de chagrin. Et je me demande : où est la liberté ? Celle pour laquelle tant de gens se sont battus avec tant de courage, celle que désiraient les soldats alliés débarquant en Normandie sous le feu, affrontant la mort pour délivrer la vieille Europe du joug nazi ?

Un mur pour nous montrer que la liberté n'est jamais acquise. Que la démocratie peut s'effondrer en un tournemain. Que nous devons être vigilants.

J'ai connu le fascisme, je l'ai vu à l'œuvre. Et maintenant qu'il a été éradiqué, voilà le communisme qui impose ses diktats à des millions de personnes.

L'Allemagne de l'Ouest est en plein essor, nous dit-on. En pleine reconquête de sa grandeur économique. Les journaux rendent compte de ce miracle allemand. Un pays ployant sous les bombes et ayant réussi le pari de se redresser en deux décennies, d'instaurer la démocratie sur les ruines, et de parler d'égal à égal avec ses anciens ennemis.

Mais il y a ce mur. Cette plaie monstrueuse. Avec laquelle on vit, jour après jour, sans savoir quand la plaie pourra se refermer. C'est un spectacle incroyable que de voir ces points de passage d'une civilisation à l'autre, de l'est à l'ouest.

Évidemment, la Fraction armée rouge est ici sur beaucoup de lèvres. Peur et fascination mêlées. C'est une autre plaie que l'Allemagne de l'Ouest doit refermer. Elle s'y emploie. On traque les sympathisants jusque chez eux. Les journaux reflètent cette pagaille. Je t'écris assise dans mon café préféré devant une tasse de chocolat chaud, surmonté de chantilly. Ambiance cosy. Lampes douces et musique de jazz, bruissements de voix, des rires étouffés. Mais derrière ce vernis, Berlin bouillonne. De colère. Et quand la colère gronde…

J'ai lu un article aujourd'hui qui explique que les membres de ce qu'on a appelé la bande à Baader se considèrent comme des communistes anti-impérialistes spécialisés dans la guérilla urbaine. Nous pouvons en conclure que les attentats sont susceptibles de se produire n'importe où et à toute heure, que personne n'est à l'abri, dans les rues, les cafés, les immeubles même. Tout est possible, même le pire.

C'est le principe de la terreur, telle que l'avaient orchestrée les nazis et les staliniens. Et je constate que ces gens ne valent pas mieux que les premiers. Ils utilisent les mêmes armes, et tuent aussi aveuglément. Comment leur faire confiance ? Comment croire que leurs intentions sont sincères, qu'ils veulent donner l'alerte sur les germes qui gangrènent la société ?

Pourtant, je m'en rends compte jour après jour, ils ne manquent pas de sympathisants, et ce dans toutes les catégories de la population, intellectuels compris. Surtout des intellectuels, d'ailleurs, universitaires, journalistes… des gens qui sont tombés sous le charme de ces idées délétères, des enfants de nazis qui veulent faire éclater la bulle de silence qui entoure et protège encore les crimes commis par le Troisième Reich. Il y a tant d'anciens SS et de criminels notoires qui vivent en toute impunité en occupant des postes clés, comme ce Schleyer dont tu m'as parlé.

Sais-tu que dans les écoles allemandes la Seconde Guerre mondiale et la Shoah ne figurent pas dans les programmes ? Le silence et l'oubli. Alors, bien sûr, ceux qui souffrent de cette injustice prêtent une oreille attentive à ceux qui veulent briser l'omerta.

Moi aussi, j'écoute. C'est fou comme les gens bavardent, discutent, s'enflamment, dans les cafés autour d'une chope de bière ou d'un café schnaps.

Hier, un homme m'a proposé de me joindre à son petit groupe d'amis. Il m'a demandé ce que je faisais à Berlin, il trouvait que je n'avais pas l'air d'une touriste. Ma peau noire, mon tailleur Chanel et mon allure de dame distinguée l'avaient étonné. J'ai donc raconté ma vie, autrefois, dans ce même Berlin où montait le péril nazi. Ils m'ont écoutée, avec passion, m'a-t-il semblé. Parfois je cherchais un mot que le temps avait effacé, et on m'aidait à le retrouver. Une sorte de travail de groupe. J'avais l'impression d'être une aînée, celle qui creuse sa mémoire pour transmettre l'histoire aux nouvelles générations. Les yeux brillaient. Les souffles étaient un peu rauques. Mon histoire les a fascinés. Ils m'ont dit que j'étais une vraie Berlinoise, que je pourrais leur être utile si je m'installais ici.

Je n'ai pas osé demander en quoi. La formulation est sibylline, et je peux l'interpréter à ma façon. Les sympathisants de la Fraction armée rouge cherchent des émules, des personnes volontaires, pour cacher des armes, soutenir l'organisation (et je suis riche, n'est-ce pas), aider à propager les idées et à donner du mouvement une image positive.

Ils m'ont expliqué qu'ils se voyaient comme les résistants pendant la guerre, qui étaient considérés et traités comme des terroristes. La Fraction armée rouge est elle aussi cataloguée comme ennemie de l'Allemagne. Ils se battent pour faire cesser cette horrible guerre colonialiste au Vietnam, faire comparaître les anciens nazis devant des cours de justice, les extraire de la société et les rééduquer si possible pour les transformer en démocrates. Justice, équité, pour tous.

Un programme noble, selon eux. Mais qui ne m'a pas convaincue.

Ces yeux où se lisait la certitude m'en rappelaient d'autres. Et j'ai tremblé. J'ai terminé mon chocolat et je suis sortie, un peu hébétée. Encore un peu et j'étais enrôlée dans cette drôle d'armée. Et pourchassée comme ennemie de la République ! Tu m'imagines croupir dans une de leurs geôles ultrasécurisées ? Que voudrait-on me faire avouer ? Que je complote contre l'Allemagne ? Que je suis de mèche avec les communistes de l'Est ?

Autant te dire que la situation est compliquée. Je vais essayer de rester en dehors de tout ça, simple spectatrice qui te tiendra informée de ce que j'entends et vois, et suppute. Une sorte d'agent de transmission. Considère-moi comme ton adjointe, envoyée sur place pour récolter des informations in visu. *Ce que malheureusement tu ne peux pas faire pour le moment. À ce propos, comment va ton cœur ? J'espère que tu le ménages.*

Je vous embrasse tous trois.

Ton Africa

Au moment où je pose la lettre sur la table du salon, le téléphone sonne. La crèche, peut-être, qui m'annonce que les jumeaux sont malades et que je dois aller les chercher.

— Je voulais prendre de tes nouvelles. Comment se porte ton petit cœur ?

La voix est pleine d'ironie, mais traversée de tendresse. Le grand journaliste, Éric le magnifique, comme l'appellent ses admiratrices. Éric le boche, pour les autres. Celui qu'on admire, adule et adore. Ou que l'on hait. Passionnément. Qui a couvert la guerre du Vietnam, en personne, avec des articles qui lui ont valu une renommée internationale.

— Autant t'avertir tout de suite. Tu seras la première à savoir. Je quitte le journal pour créer ma propre agence de presse. Un projet ambitieux, tu ne trouves pas ? Mais tu sais que je suis un homme ambitieux.

Devine-t-il mon sourire au bout du fil ?

— Oui, tu sais. Donc, il faut qu'on en parle. Je sais aussi que ton congé maladie s'achève, et je te propose de faire partie de mon équipe. Je te propose aussi de t'atteler dès à présent à un ouvrage, qu'on signera de nos doubles noms, l'un juif, l'autre allemand. C'est l'idée dont je t'ai déjà parlé, « les scènes de la vie allemande d'aujourd'hui ». Mais au lieu d'en faire des articles, ce sera un livre. J'ai un éditeur qui sera ravi de le publier et d'en assurer la promotion. Ce sera ma façon de fêter ma nouvelle vie ! Tu en penses quoi ?

— Je me demande si on a enterré Baader avec son manteau de fourrure qui ne le quittait jamais… Tiens, ça pourrait être le titre de l'ouvrage. « Le manteau de fourrure ». Mais soyons sérieux, je dois d'abord réfléchir. Disons que ce que tu me proposes est une aventure un peu risquée… Je te signale que je vis seule, que je n'ai que mon salaire pour payer le loyer…

Et mon rendez-vous chez le cardiologue est fixé à demain, mais je tais ce détail. Je poursuis :

— Je vais réfléchir, Éric, mais je te remercie d'avoir pensé à la petite Jeanne et de lui faire confiance.

— J'ai pensé à toi, car tu as les pieds sur terre, ton enfance normande doit y être pour quelque chose. Et parce que tu me fais rêver…

— Rêver ?

— Oui, les Genêts me font rêver. Le domaine, ses ginkgos et ses peupliers, la campagne normande, les soles à la crème et le coucher du soleil sur la mer. Les rêves sont de merveilleux médicaments, Jeanne. On doit en avoir toujours un sous la main ! Alors, il faut que tu y ailles, à Berlin, et au plus vite. Un journaliste c'est quelqu'un qui va sur place pour ausculter le pouls du peuple. Moi, je n'ai pas le temps, je dois monter cette agence, recruter des journalistes, établir des contacts, trouver des abonnés... Ce n'est pas une mince affaire ! Donne ta démission ! De toute façon, tu étais en contrat à durée déterminée, et le boss n'a pas l'intention de le renouveler. Il ne se prive pas de l'insinuer à tout bout de champ, c'est devenu un secret de polichinelle pour toute l'équipe.

— Sympa. Mais ça ne m'étonne pas. Les patrons n'aiment pas les gens qui tombent malades. Écoute, je vais y aller, en Allemagne. Et j'en ramènerai de quoi rédiger un livre.

Je raccroche. Pourrais-je tenir ma promesse ? Combien de temps vais-je devoir rester sur place pour prendre le pouls du peuple, comme dit Éric ? Et pourquoi m'embarque-t-il dans cette aventure ? Par amour ? Éric est un célibataire convaincu. Et rien dans son attitude ne me conforte dans l'idée qu'il pourrait être amoureux de moi. D'ailleurs, s'il l'était, je serais bien embêtée !

J'irai à Berlin. Les jumeaux resteront chez leurs pères qui seront ravis de les avoir à temps plein. Ils en rêvent, même s'ils cachent bien ce rêve. Je sillonnerai l'Allemagne, remonterai le long du Rhin, le long des châteaux, un voyage sans doute plein de charme. Le Neckar, la Lorelei, les mythes germaniques. J'ai tout à apprendre et à découvrir. Ce sera un voyage initiatique que je partagerai avec mes lecteurs, au fil des jours, sous forme de journal. Un peu à la manière d'un Alexandre Vialatte qui a tant écrit dans *La Revue rhénane*, dans les années qui ont suivi la Première Guerre. Ce fut un des seuls qui rapporta, sur le vif, la vie quotidienne des Allemands vaincus dans un pays effondré, où tant de désespérés, jeunes ou non, choisirent le suicide pour échapper à une réalité trop effroyable.

Vialatte a rendu compte.

Maintenant, c'est à mon tour de m'y atteler.

Chapitre 16

La cardiologue a été brève.

— Vous faites de l'hypertension. Je prolonge votre arrêt pour une durée de un mois. Tout stress doit vous être évité, et votre travail est source de stress. Du repos, du calme, un peu de joie, et dans un mois vous pourrez reprendre.

La cardiologue a posé sa main sur mon bras.

— Je sais que ce que je vous demande est dur. Vous avez des enfants qui ont besoin de vous... plus que votre journal ! Personne n'est irremplaçable ! Moi-même je remplace le docteur Kahn, qui, bien que cardiologue, a fait un infarctus il y a quinze jours. On ne plaisante pas avec son cœur, on doit le prendre au sérieux. Un accident vasculaire cérébral ou un infarctus peuvent laisser des séquelles irrémédiables.

Est-ce le contact de sa main ou sa voix douce qui m'ont remuée ? J'ai éclaté en sanglots, comme une petite fille.

— Vous devriez aller voir quelqu'un, un psychiatre ou un psychologue... Ça vous ferait du bien de parler... de vous libérer de ce qui vous oppresse.

— Je ne suis pas folle. Je ne vois pas en quoi un psychiatre pourrait m'aider. Et puis, je dois me rendre en Allemagne, et j'irai...

— Je ne peux vous le défendre, mais je vous le déconseille fortement. Ne jouez pas avec votre santé !

Elle a signé l'ordonnance et m'a tendu la main.

— Vous prendrez rendez-vous auprès de la secrétaire, je veux vous revoir dans un mois.

Je me suis retrouvée dehors, mon ordonnance à la main. Avec pour mission de me rendre à la pharmacie deux fois par jour pour faire vérifier ma tension artérielle. Et d'avaler les cachets qu'elle m'a prescrits.

Ces mots, « ça vous ferait du bien de parler », me restent en travers de la gorge. De quoi se mêle-t-elle ? Que voulait-elle me faire comprendre ? Que je porte un poids trop lourd sur mes frêles épaules ? Que mon histoire est trop pesante ?

Et si elle avait raison ? Mes problèmes de santé ne sont-ils pas dus à tous ces bouleversements auxquels je dois faire face ?

L'air glacé me fouette les joues. Les passants marchent à pas rapides, transis, le visage à moitié dissimulé par leur écharpe de laine. Paris respire mal. Les moineaux ne pépient plus. Aucun rire dans les rues. Même les enfants marchent lentement, les yeux baissés.

Comme moi qui suis devenue cette malade qui peut s'effondrer à tout moment.

« Ne jouez pas avec votre santé, m'a intimé la cardiologue. Essayez de vous faire plaisir, de vous amuser un peu. De trouver de la joie et de la bonne humeur. »

Pour l'instant, il me faut un café, un pur arabica, bien serré. Mais assise au comptoir, je commence un Orangina, avec une paille, comme en été. Un arabica en plein après-midi ne serait pas raisonnable. « Un café, long, par jour, le matin, m'a dit ma toubib, ce sera suffisant. Et faites attention à votre alimentation, pas de produits trop salés, ni trop sucrés, peu de viande et de fromage, privilégiez les légumes et les céréales. »

— Un Orangina ? Sérieux ?

Hector, le tenancier du bar, rigole. Mais devant ma tête, se ravise :

— OK, OK, va pour un Orangina ! Ça fera penser au soleil ! Il va revenir, ne vous en faites pas, il revient toujours. C'est bien la seule chose dont nous soyons sûrs !

Des bulles. Qui éclatent joliment dans mon verre. L'été reviendra, et la joie qui va avec. Mais où serai-je, l'été prochain ? Vivante ou sous terre ?

Hector me dévisage, en douce, surpris de me voir aussi... découragée serait le mot juste, mais je ne trouve plus les mots. Ma tête est en fouillis. Mon cœur me trahit. Mon corps m'abandonne. Une loque humaine échouée à ce comptoir de bistrot. En vérité, il me faudrait un alcool, très fort, que j'avalerais cul sec.

— Ça barde, en Allemagne, j'ai lu ça dans un journal. Baader a beau être mort, les gens ont toujours peur, ou alors ce sont les journaux qui exagèrent... Ça arrive souvent. Ils montent en mayonnaise un truc qui n'en vaut pas la peine. Vous en pensez quoi, vous qui êtes journaliste ?

Je lève la tête.

— J'en pense rien et je m'en fous, de l'Allemagne. Ça ne me concerne pas.

Comment pourrais-je m'investir en quoi que ce soit, moi, la morte en sursis ?

Et j'éclate en sanglots, pour la seconde fois de la journée. Effondrée sur le bois du comptoir. Hoquets longs et douloureux au-dessus de l'Orangina qui bulle joyeusement.

— Faut pas vous mettre dans cet état ! Ça va s'arranger. Tout s'arrange toujours, c'est la loi de la nature.

Je pleure. La tension dans ma poitrine se relâche.

— Les temps sont durs, murmure Hector. J'en sais quelque chose. Ah, les années faciles, les années glorieuses, ça sent la fin ! Les gens commencent à craindre l'avenir, le chômage qui rapplique. J'en vois, des chômeurs, qui viennent ici pour boire un café, et ils glissent des morceaux de sucre dans leur poche... Mais des journalistes, il y en aura toujours. Alors, on peut dire que vous avez de la chance d'être à l'abri.

Je suis une malade chanceuse. Je toucherai presque l'intégralité de mon salaire pendant mon congé maladie. Et je pourrai me prélasser devant la télé du matin au soir. Certains en seraient ravis, mais cette perspective me terrifie. Me met en colère aussi. Je suis une malade indignée. Qu'ai-je fait pour mériter un tel sort ?

L'Orangina glisse dans ma gorge irritée. La boisson de mon enfance, sur les terrasses de Deauville, quand mes parents m'emmenaient en promenade, le dimanche. Ma madeleine de Proust. Pourquoi ai-je grandi ? J'aurais dû prendre exemple sur Peter Pan. Rester enfant, pour toujours. Avec Merlin. Dans le grand jardin enchanté. Nous n'aurions jamais rien connu d'autre, Merlin et moi, que la joie de l'été, le soleil, l'herbe verte et l'odeur des lys blancs qui s'épanouissaient dans le grand vase du hall.

— Ça va aller, dis-je à Hector qui me surveille du coin de l'œil, de peur sans doute que je ne m'écroule totalement.

La porte s'ouvre. Un client, ou plutôt une cliente.

Je reconnais Ava.

Emmitouflée dans sa parka grise, mais toujours aussi jolie. C'est également l'avis du garçon de café dont le visage s'éclaire. De toute évidence, ils se connaissent.

— Salut, Yves ! Je suis passée te faire un petit coucou, mais juste quelques minutes. Ma mère m'attend, et la pile de repassage.

Ils s'embrassent, sur les lèvres.

Disparaître sous terre.

Yves est amoureux, ça crève les yeux. Et Ava ? Il est beau, jeune – un peu plus âgé qu'elle – et sympa. Tous les ingrédients nécessaires pour faire tomber une fille un peu naïve.

Ava ne m'a pas remarquée. Je me suis hâtée de payer et de sortir. Avec l'impression de m'enfuir. Pour ne pas les déranger.

« Mon père me surveille étroitement, s'est plainte Ava, dernièrement. Rien ne lui échappe. Parfois j'ai la sensation d'être en prison. Il a tellement peur que je me donne au premier venu, que je perde cette virginité qui est mon unique trésor puisque je suis pauvre. » Elle a ricané. « Il croit que cette virginité me permettra de faire un bon mariage avec un gars sérieux, il a déjà choisi quelqu'un pour moi, un Portugais qui travaille chez Renault. "Tu ne manqueras de rien", m'a-t-il dit. Sauf que moi je ne veux pas me marier, ni avec celui-là ni un autre. Je veux rester jeune longtemps, et quand on se marie on vieillit d'un coup. »

Ainsi, Ava réussit à déjouer la surveillance du père pour fréquenter les bistrots, ces lieux strictement interdits aux vierges qui veulent le rester. Mais veut-elle rester vierge ?

Ava amoureuse.

Comme je l'ai été, éperdument, au même âge.

Camille, Patmos, la mer Égée, nous faisions l'amour étendus sur les carrelages blancs. Puis, je passais un bikini, minuscule, avec un tee-shirt et un short, et nous descendions vers elle. La mer Égée. La mer de tous les miracles. Notre amour en a été un. Inaltérable.

Nous sommes rentrés à Paris, et tu es monté dans cet avion ; je suis restée plantée dans le hall de l'aéroport de Roissy. L'avion avait déjà décollé que j'étais toujours immobile, appuyée contre un mur. Tu étais parti. Lentement, j'ai réalisé que je ne te reverrais jamais. Que nos vies, plus jamais, ne se croiseraient. Que tu appartenais à un autre continent. Que tu allais te marier avec une autre femme. Que tu aurais des enfants qui ne seraient pas les miens.

Au bout d'un long moment, je me suis ébranlée, j'ai pris un taxi, et j'ai poursuivi ma vie, sans savoir qu'elle était déjà finie.

Et aujourd'hui, mon cœur qui me lâche. Et ces larmes qui se pressent dans mes paupières. Ces sanglots. Et bien sûr, Berlin qui s'éloigne. Comment y aller, dans cet état ?

Une enveloppe dans la boîte aux lettres.

De Normandie.

Mattie n'écrit jamais. Elle appelle peu et se déplace encore plus rarement. Confite dans sa solitude qu'elle a appris à aimer. À se rappeler ses souvenirs heureux, son amour éternel que la mort n'a pas réussi à briser.

Est-ce vraiment raisonnable de lire cette lettre ? Ma cardiologue ne m'a-t-elle pas conseillé d'éviter toute émotion forte ?

Mattie n'a pas pris le stylo-plume pour me raconter la pluie et le beau temps, pour m'entretenir de choses anodines. Elle a le respect de l'écrit.

La situation est donc sérieuse.

Chapitre 17

Ma petite Jeanne, ma fille chérie

Je pourrais t'appeler, ce serait plus direct. Mais je n'ai pas pu m'empêcher de prendre mon cher stylo-plume (un cadeau de ton père) et ce papier. J'ai l'impression qu'en écrivant tout deviendra limpide. Que rassembler les faits sur cette feuille me permettra de démêler le vrai du faux. Et de saisir enfin cette vérité dont j'ai besoin.

Je sais que je ne devrais pas ajouter mes propres problèmes à tes soucis de santé. Mais il s'agit aussi de ton histoire, aussi ai-je décidé de ne pas me complaire dans ce silence que j'ai beaucoup privilégié au cours de ma vie.

À qui d'autre que toi pourrais-je raconter ce passé qui aujourd'hui me saute à la gorge ? Ce diable qui surgit de sa boîte pour me narguer ?

Avant-hier, je suis allée présenter mes vœux à Gaspard. Tu te souviens sans doute de ses derniers mots quand il a prétendu, d'une voix sincère, que ton père et l'étranger à la tête blessée (que je n'ai pas envie de nommer) sont partis ensemble, en voiture, cette nuit-là, et qu'à ce moment il était parfaitement vivant.

Reprenons par le début.

Gaspard m'a accueillie avec un grand sourire, « Heureux de vous voir, madame Mathilde ! s'est-il écrié. Vous êtes seule aujourd'hui ? Jeanne est retournée à Paris ! La pauvre, comment fait-elle pour vivre dans cette ville ? »

Ce qui m'a fait sourire, sachant qu'il n'est jamais allé à Paris. Mais pour lui, la capitale représente l'apocalypse.

Il m'a chaudement remerciée pour le petit cadeau que je lui ai apporté, et tout de suite après avoir reposé la boîte à musique sur sa table, il s'est lancé dans un long monologue que je vais essayer de te restituer, sans rien oublier.

« J'ai beaucoup pensé à cette nuit. Celle dont vous me parliez à votre dernière visite. Alors, j'ai décidé de vous dire la vérité, vous méritez de la connaître, madame Mathilde. Et je crois même que le docteur serait d'accord que je parle. C'est comme s'il me l'ordonnait.

Il était minuit quand on a sonné à notre porte. Je suis descendu pendant que ma femme passait une robe de chambre, aussi inquiète et surprise que moi. Personne ne sonnait jamais à cette heure de la nuit ! Je me suis dit que c'était une pauvre fille qui venait chercher du secours, ou en train de mettre son bébé au monde, là, devant la porte, alors vous pouvez vous imaginer que j'ai fait fissa pour dévaler l'escalier.

Mais ce n'était pas une fille. C'était votre mari, madame Mathilde, le docteur. Il m'a dit, simplement, avec sa voix de tous les jours : "Gaspard, j'ai besoin de votre aide." Et il a ajouté : "Habillez-vous, prenez deux pelles, un grand drap, de la corde, et une torche, et suivez-moi."

La voiture du docteur attendait devant la grille. C'était une Citroën, à cette époque, je m'en souviens très bien. C'est moi qui l'astiquais pour la rendre luisante comme un miroir. Un beau modèle, de bons coussins et une suspension confortable. Je me suis installé à côté du docteur, et il a démarré, sans un mot. J'étais loin de me douter de ce qui m'attendait! Je me disais qu'il avait dû heurter une biche ou un sanglier et qu'il voulait qu'on enterre la bête. À cause des pelles.

Il a roulé à une vitesse normale. Y avait personne sur la route. Il s'est engagé dans un chemin, qu'il connaissait bien, ça se voyait. Le docteur connaissait les environs comme sa poche. Il s'est arrêté face à un bouquet de jeunes hêtres qu'on avait plantés quelques années auparavant. Mais j'ai commencé à me demander ce qui se passait car il n'y avait aucun cadavre d'animal dans le coin.

Le docteur a ouvert le coffre. Et il a sorti le corps. Tout seul. Pourtant, il pesait lourd, le bougre. À la lumière de la torche, j'ai vu la blessure à la tête. Ça a dû être un coup fatal. Je n'ai rien demandé, pourtant je brûlais de curiosité. Un cadavre, ce n'est pas rien, c'était pas un animal, mais un homme. Et j'entends encore les paroles du docteur : "Ce que tu vois là, Gaspard, crois-moi, ce n'est pas un humain."

J'étais si étonné que je n'ai pas su quoi répondre. C'était un homme, pourtant, y avait pas de doute. Plus tout jeune.

Le docteur a étendu le drap sur lui et a fait rouler le corps pour l'envelopper. Puis il a ficelé le tout à l'aide de la corde. Et il m'a tendu une pelle. On s'est mis à creuser.

Sans un mot, à la lumière de la torche. Je me suis dit, pourvu qu'elle ne nous lâche pas, sinon on n'aura plus que le mince reflet de la lune qui était à son premier quartier. On a mis un moment. La terre était lourde. Et le docteur semblait épuisé par sa journée ; plusieurs femmes avaient accouché ce jour-là. Et maintenant cet homme venu de je ne sais où, un étranger assurément. Pas un gars de chez nous.

Il n'y a eu ni curé ni bénédiction. Aucun adieu. Le docteur a bien tassé la terre, ça formait un petit monticule, rien qui dérangeait le paysage. Personne n'aurait pu imaginer ce qu'il y avait en dessous. De toute façon les jeunes arbres allaient pousser autour, s'engraisser avec le corps, pardon de vous dire ça, madame Mathilde, mais c'est ce que j'ai pensé. Parce que j'avais une confiance absolue dans le docteur. S'il a dit que ce n'était pas un humain, c'est que c'était vrai. Qu'il avait dû causer beaucoup de malheurs et que la mort était ce qui pouvait arriver de mieux.

Ensuite, on est rentrés aux Genêts. J'ai remis les pelles à leur place, et le docteur m'a souhaité une bonne nuit, comme s'il ne s'était rien passé. J'ai lu les journaux les jours suivants, mais ils n'ont annoncé aucune disparition inquiétante. Et personne, jamais, n'est venu poser de questions. La vie a continué, et le docteur n'en a jamais parlé.

Mais j'ai longtemps cogité là-dessus. Tout seul. J'ai rien dit à ma femme, avec qui je n'avais pourtant pas de secrets. Je voulais pas l'affoler. Elle, elle n'aurait pas compris. Elle ne connaissait pas le docteur comme moi je le connaissais. Moi, je savais qu'il n'y avait pas meilleur homme que lui sur Terre.

Voilà, madame Mathilde, ce que je voulais vous dire. Mais ne me demandez pas où il est enterré. Ça, en revanche, je ne le dirai jamais. Je voulais seulement vous rassurer, car j'ai bien deviné à votre dernière visite que cet homme pas humain vous avait fait du mal. Eh bien il est mort maintenant. Mort et enterré. Comme un chien, sans croix. Sans personne pour venir se recueillir sur sa tombe. Parce que je le sais, ça, madame Mathilde, tout vieux et gaga que je suis, je sais qu'il y a des fautes qu'on ne peut pas pardonner, nous les humains. Et la faute de ce type, elle devait être très grande. »

Voilà ce que m'a dit Gaspard qui, fatigué par son monologue – de toute sa vie, il n'avait sans doute jamais parlé autant –, a fermé les yeux et s'est assoupi dans son fauteuil. J'ai remis mon manteau et je suis partie, complètement ahurie.

On ne le retrouvera jamais. La forêt est vaste, et depuis le temps toute trace a disparu.

La feuille m'échappe, tombe sur le tapis.

Heureusement, la porte s'ouvre et j'entends la voix claire, joyeuse, d'Ava :

— J'ai sonné et comme vous ne répondiez pas je suis entrée…

Ava me dévisage, aperçoit la lettre sur le sol.

— De mauvaises nouvelles ? Vous avez l'air toute… bouleversée.

Elle s'assied à côté de moi.

— Je devine que ce n'est pas toujours facile pour vous, madame Jeanne. Les enfants, le travail, tout ça.

— Ce n'est rien, Ava, rien du tout. Ma mère a seulement quelques soucis, rien de grave. Elle va bien, mais je crois qu'elle souffre de la solitude… et puis je t'en supplie, ne me vouvoie pas et ne m'appelle pas « madame Jeanne », j'ai l'impression d'avoir cent ans !

Ava sourit, rassurée. Soudain, une certitude : je ne suis pas amoureuse d'elle. Seulement fascinée par sa beauté, si éblouissante que je m'étonne que des files de prétendants ne viennent pas attendre devant la loge. Rien de plus. Et surtout pas de l'amour.

Je sais ce qu'est l'amour, je l'ai vécu. Ce que j'éprouve pour Ava n'y ressemble pas.

— D'accord, dit-elle simplement. Tu as raison, ce sera plus simple. Entre amies on se tutoie. Et tu es mon amie.

— Merci. C'est un beau cadeau que tu me fais, en ce début d'année.

Ava sourit et lance :

— Je crois que je suis amoureuse, pour de bon cette fois. Du sérieux. Du solide. On a des projets ensemble, Yves et moi. De beaux projets.

Je l'écoute.

Je suis la confidente. Écouter m'évite de parler. Je serais incapable de raconter ce que je viens d'apprendre. L'ogre qui pourrit quelque part dans la terre normande, si loin de son pays natal.

Et la certitude que personne ne le retrouvera, jamais.

Chapitre 18

— C'est Ava qui m'a dit que je te trouverais là.

Éric Muller s'installe sur le banc, à côté de moi. Toujours fringant, avec son visage allongé, ses yeux vifs qui voient tout. Son corps en mouvement. Et un cœur qui ne se brise pas en mille morceaux, comme le mien. Un cœur solide, bien ancré, décidé à servir son maître.

— Bon, je sais que tu ne peux pas bosser pour l'instant. Alors je suis venu t'apporter mon soutien. Crois-moi, je suis vraiment peiné que ton cœur ait quelques ratés… Ça va s'arranger. La médecine fait des merveilles. Je le sais, mon père est sous traitement depuis deux décennies, et toujours vivant !

J'écoute. Toute consolation est bonne à prendre. Et sa voix sonne avec tant de sincérité. S'inquiéterait-il pour moi ?

Alors, je raconte. Mattie, l'ogre, Ravensbrück. Cette fois, c'est lui qui écoute. Je pleure, je renifle. Il me tend un Kleenex, je me mouche, et je continue à pleurer, à parler, et plus j'avance dans mon récit plus j'ai l'impression que mon corps se détend, depuis mes cheveux jusqu'à mes pieds ; je respire plus librement, ma poitrine se remplit d'air, c'est comme si soudain j'extirpais ce qui gênait, qui laisse place à un immense désir. Et je dis :

— Il faut retrouver ce bébé. Enfin, cet enfant. Le fils de Mattie. L'inconnu. Mon frère.

Il acquiesce, en silence. Plus aucune trace d'ironie dans son sourire. L'histoire l'émeut. Il lutte contre les larmes. Pense-t-il à son père, le soldat de la Wehrmacht, le rescapé du front russe ? Étrangement, nos passés s'entremêlent dans la douleur et l'espoir.

— Tu ne trouveras pas la paix avant d'avoir retrouvé cet homme. Appelons-le David, puisqu'il n'a pas de prénom.

David.

— Je t'aiderai. Mais…

Il n'achève pas sa phrase. Il hésite. Ça ne lui ressemble pas.

— Tu ne peux pas garder cette histoire pour toi, Jeanne. Il faut que tu la mettes sur papier. Que tu fixes cette douleur avec de l'encre.

— N'importe quoi. Jamais je ne ferai ça, ne serait-ce que par respect pour ceux qui ont vécu cette histoire. De quel droit je l'exhiberais ?

Il ne répond pas. Il est journaliste, tout ce qu'il voit, entend, est destiné à finir sur du papier que l'on livre au public. Ça s'appelle de l'information. Les gens ont le droit d'être informés, et les journalistes ont le devoir de leur transmettre ces infos. Sans se demander ce qu'ils en feront ? Comment ils recevront cette histoire ?

— Mattie ne me le pardonnerait jamais.

— Tu ne lui en as même pas parlé ! Comment peux-tu être aussi sûre de sa décision ? Et puis, tu peux publier sous pseudonyme.

— Pourquoi veux-tu absolument que j'écrive ça ? Tout ne mérite pas d'être écrit !

— Tout ce qui est important mérite d'être écrit. Ce que tu m'as raconté est tellement puissant, original et émouvant que ça va faire un tabac. Et puis, c'est vrai, je l'admets, pour moi tout doit se lire, se dire, se transmettre. Sinon ça meurt.

Nous restons silencieux. Lentement les arbres se préparent à renaître. Les branches nues vont bientôt se garnir de bourgeons duveteux. Et le printemps éclatera. Comme une bombe. Un matin, au réveil, il sera là.

— Tu sais, j'ai le cœur malade.

Jamais aucune phrase ne m'a paru plus juste.

— Forcément, avec tout ce qu'il subit, le pauvret. Il n'est pas ménagé, en ce moment, ton cœur !

Autour de nous, des moineaux, minuscules, quémandent des miettes. Comme moi je quémande du courage, de la compassion, aussi. Quelqu'un qui partage ma douleur.

— Je n'ai jamais eu de frère, et je l'ai toujours regretté. Fils unique, comme toi. Sauf que pour toi, ça peut s'arranger. Moi, je m'imaginais un double, un jumeau, un semblable. Et je nous voyais rire ensemble. Je parie que toi aussi, tu en as rêvé, dans ton jardin enchanté…

— J'avais un merle qui était comme un frère. Il chantait pour moi. Je me sentais accompagnée. Mais c'est vrai, un frère, j'y pensais, parfois, tout en sachant que c'était râpé, que je n'en aurais pas.

Les gouttes tombent en pluie légère. Nous nous levons.

— Je dois aller bosser… Merci pour tout ce que tu m'as confié. Pour ta confiance. J'espère la mériter.

Et, spontanément, il m'embrasse, sur la joue. Un geste qui ne lui est pas familier. Il a toujours respecté les distances physiques.

— Et moi, je vais me faire mesurer la tension artérielle à la pharmacie. C'est mon quotidien, à présent.

Ne pas me plaindre. Penser à ce que je vais pouvoir écrire, un jour. Bientôt. L'encre qui accroche la douleur. Et qui permet de vivre. Quoi d'autre ? Comment font les gens qui n'ont pas d'encre pour écrire ? Où vont les larmes ?

— Ça se stabilise, on dirait, me dit la pharmacienne, en souriant aimablement. C'est bien, ça prouve que les médicaments font effet.

Elle libère mon bras du tensiomètre. Je la remercie.

— C'est bien, dit-elle encore, vous ne prenez pas ça à la légère. Vous savez, j'ai remarqué qu'il était important de respecter ce que dit le corps. Car le corps parle. Il faut l'écouter et essayer de comprendre. Sinon, ça risque de dégénérer. À demain, conclut-elle.

Je me retrouve dans la rue. Elle dedans, à distribuer ses cachets, comprimés, sirops, gélules. Et moi dehors avec mon corps qui hurle, en douce, sang, artères, ça bruisse, et les gens passent sur le trottoir, indifférents, avec leur propre sang, leurs artères personnelles, et le chagrin, différent pour chacun.

Comment font-ils pour se débrouiller avec leur chagrin ?

Écrire. Oui, quoi d'autre ? Mais par quel bout prendre cette histoire ? Sous forme de fiction, ce qui épargnerait Mattie ? Ou sous forme d'histoire vécue. Je prendrais, sous la forme du je, la place de ma mère en racontant son vécu.

Je me mettrais en situation, je me ferais vivre dans cette chambre, attendant l'ogre, et la libération. Et la délivrance. Sans savoir comment elles adviendront. Recroquevillée dans ma peur, enfermée dans mon corps, avec un enfant dont je n'ai pas souhaité la conception, qu'on m'a mis dans le ventre. Et personne pour me soutenir, me donner à espérer, me consoler. Seuls les Genêts dans mes souvenirs, havre de paix, paradis perdu, si lointain, les prairies grasses et les vaches au pis rebondi, le lait frais et le souffle de la mer.

Comment oserais-je ? De quel droit jeter en pâture une vie ? Et comment la recevrait-on ? Avec des ricanements, des insinuations, des doutes, voire du mépris ?

Marcher.

Paris se prête à la marche. On dirait même qu'elle a été conçue pour elle. Remonter les boulevards, s'engouffrer dans les ruelles. Me voilà rue Notre-Dame-de-Lorette. Que Maupassant a immortalisée dans *Bel Ami*. Un cœur de Paris qui en possède plusieurs. Paris ne risque pas de mourir, elle a toujours un cœur de rechange.

La rue où vécut le peintre Delacroix, à quelques numéros de la maison où est né et mort le romancier Émile Gaboriau, le père du polar.

Paris est un album d'images et de récits à ciel ouvert. Un album composé d'églises et de monuments qui racontent son histoire si particulière, si riche. Comme celle de l'église Notre-Dame de Lorette, devant moi, et plus loin, celle de la basilique du Sacré-Cœur.

Je n'ai eu aucune éducation religieuse. Mes parents ne fréquentaient ni l'église ni la synagogue. Ils étaient mariés civilement. Aucun sacrement n'est venu sanctifier leur union. « L'enfer est sur Terre, ainsi que le paradis », disait mon père. Mantra qui est resté gravé dans ma tête en lettres écarlates.

Pourtant, j'aime les églises, basiliques, cathédrales. Le silence des vieilles pierres qui sentent le labeur des hommes, leur courage insensé. Monter des cathédrales… s'attaquer au ciel, à la pesanteur, s'extirper des bas-fonds pour ériger une montagne de grâce. Mouvement vers le haut pour s'arracher à la glaise.

J'entre dans l'église. Me voilà dans le silence. M'asseoir. Penser. Et si prier était penser, tout simplement ? Pénétrer dans son âme pour écouter ce qu'elle a à me chuchoter, dans le secret de ce lieu où sont venus pleurer, demander, supplier tant de gens à travers le temps. Me mettre à la portée de mon âme.

Elle hésite, et lentement elle se met à parler, d'une voix douce, bienveillante, qui me berce, qui m'étreint, me prend tout contre elle. Elle me parle de mon cœur, plein de douleurs, dit-elle, mais c'est bien ainsi. « Bien ? lui réponds-je, interloquée, souffrir n'est pas bien. Si, ton corps est ton meilleur compagnon, il ne fait rien par hasard, ton cœur est un bon guide. Comme une sonnette d'alarme. Alors vas-y doucement, prends dans tes bras tout ce mal et transforme-le, fais-en quelque chose, d'utile, de bienfaisant. Quoi, je ne peux pas te le dire, c'est à toi de trouver. Tu trouveras. »

Chapitre 19

— Maman, j'ai mal !

Et Samuel de renchérir :

— Ça pique dans les yeux !

Ces maux se résument en un mot : rougeole.

Épidémie à la crèche. Et les jumeaux n'y ont pas échappé. Fièvre, conjonctivite, boutons, la panoplie habituelle de cette maladie que l'on dit enfantine. Rien d'alarmant, mais il faut prendre cela au sérieux, m'a dit le toubib. Ça peut entraîner des séquelles pas très agréables.

Les jumeaux sont grincheux, larmoyants, autoritaires. Bref, insupportables. Et je suis seule.

Ava n'étant pas immunisée contre le virus est interdite de visite. La rougeole, à l'âge adulte, peut être très dangereuse et impacter gravement le pronostic vital. Mattie est en Normandie, Africa à Berlin. Jo et Mat en voyage pour quelques jours. Comme ils bourlinguent d'hôtel en gîte, je ne connais pas exactement leur point de chute. De toute façon, une rougeole n'est pas un motif suffisant pour leur intimer de revenir dare-dare.

Soudain, la sonnette.

Africa sur le pas de la porte. Toujours impeccable dans son tailleur Chanel, exhalant le N° 5, les bras chargés de paquets.

— Je sais, pour la rougeole, Mattie m'a prévenue au téléphone. Je l'ai eue, enfant, donc je ne risque rien. Laisse-moi entrer !

Je m'écarte. Elle s'écroule dans un fauteuil. Les jumeaux sont déjà en train de déchirer les emballages, en poussant des cris de joie, comme s'ils étaient subitement guéris. Africa, ma fée.

— Les trains allemands sont encore pires que les français, ce n'est pas peu dire ! Deux arrêts en pleine campagne pour des motifs inconnus, trois changements et un wagon-bar où l'on ne sert que des saucisses !

— Tu as faim ?

Elle rit.

— J'ai mangé depuis mon arrivée, hier soir. Et j'ai dormi dix heures sans me réveiller. Ce séjour... disons que ça n'a pas été une sinécure. Plus exactement, ça s'est mal terminé. Mais bon, je suis là, en chair et en os, c'est tout ce qui compte.

Elle soupire. Elle a le visage de quelqu'un qui vient de traverser une épreuve, aimerait en parler mais ne sait pas très bien par où commencer.

— Et si on buvait une bonne tasse de café ?

Elle acquiesce. Elle a l'air fatiguée. Un air qui ne lui ressemble pas. Et l'inquiétude, la curiosité aussi, me gagnent. Que vais-je encore apprendre ? Qu'a-t-elle découvert à Berlin ? Rien d'agréable, sinon elle n'arborerait pas cette mine apeurée de petite fille punie.

Elle touille son café, longuement. Trop longuement. Elle hésite, tergiverse, cherche ses mots. Elle soupire encore. Enfin, elle prononce :

— J'avais pris pour habitude d'aller boire mon café, le matin, dans une brasserie, à côté de mon hôtel. C'était plus sympa. Et surtout je pouvais écouter et participer aux conversations. C'est ainsi que je me suis rapprochée d'un petit groupe qui m'intriguait. Deux hommes et trois femmes. Tous cinq sympathisants de la Fraction armée rouge. Mais sans avoir jamais participé à la lutte armée. Ils ne s'en cachaient pas, malheureusement pour eux. Ils clamaient haut et fort que l'Allemagne était malade, qu'il fallait la soigner, serait-ce à coups de feu. C'était très imprudent, puisque partout il y a des gens qui se hâtent d'aller rapporter ce genre de propos subversifs aux autorités. Donc ils se sont fait arrêter. Et moi aussi... Ils sont venus me cueillir à l'hôtel. Tu m'imagines en train de sortir, encadrée par deux policiers armés, comme si j'étais une criminelle ! Comme si j'étais une espionne, une ennemie de la République fédérale d'Allemagne. Ils savaient tout de moi. Même que mon père a été brûlé vif par les membres du Ku Klux Klan. Que j'avais chanté avant guerre dans ce cabaret de Berlin où j'aurais pactisé avec les nazis.

Sa main tremble, violemment. Son visage est marbré de rouge aux pommettes. Ses yeux étincellent de colère.

— M'accuser d'avoir sympathisé d'abord avec les nazis et maintenant avec la Fraction armée rouge ! Tu peux croire que j'ai vu rouge, et que je me suis défendue, ce qui ne leur a pas plu, pas plu du tout. Ils se sont montrés très, très désagréables. Mon statut d'Américaine ne les a pas impressionnés. Mais ils ont fini par me relâcher. En fait, ils n'avaient aucun motif pour me garder. Mais moi, en vingt-quatre heures, j'ai compris de quoi souffrent les Allemands de l'Ouest. De paranoïa. Ils voient des espions partout. Ils voient des terroristes partout. Nous sommes tous leurs ennemis. On dirait des enfants recroquevillés dans leur peur. Mais qui soudain donnent libre cours à leur fureur pour ne pas se laisser anéantir.

Elle se tait, avale une gorgée de café. Elle sourit.

— Tu es la première à qui j'en parle. Je n'ai rien dit à Mattie. Inutile de l'inquiéter. Et puis tu sais combien elle déteste l'Allemagne. Elle dirait que c'est bien fait, que je n'avais qu'à rester en France. Mais je ne regrette rien. Et j'y retournerai, je l'ai promis à Miguel et aux autres. Ce sont les gens que j'ai rencontrés là-bas. Ils ont été relâchés eux aussi, ce qui prouve que, malgré sa paranoïa, la République fédérale est restée un état de droit. Et toi ? Comment vas-tu ?

— Je suis hors jeu. Mon cœur fait des siennes, encore. Je commence à me demander quand il va me foutre la paix. Parce que moi je voulais y aller, à Berlin, et ce foutu cœur m'en empêche !

— Ça viendra, Jeanne, un peu de patience. La médecine fait des progrès de jour en jour.

— Et on trouvera un médicament miracle qui obligera mon cœur à ne pas m'emmerder ? J'en ai marre d'entendre ce discours, que je dois me ménager, ne pas courir de risques, que j'ai des enfants à élever, qu'ils ont besoin de leur maman.

Elle prend ma main. Dans la chambre voisine, les jumeaux se disputent, bruits de voix, chacun veut le jouet de l'autre.

— Ça va leur passer, murmure Africa. Vivre ensemble, même pour des jumeaux, c'est difficile.

Elle rembraie sur Berlin. Elle aime cette ville, malgré tout. Elle y a laissé une part d'elle, sa jeunesse, et cette étrange relation qu'elle avait nouée avec son geôlier, Kurt. Pourquoi les hommes se sentent-ils le droit de posséder les femmes ?

— J'ai gardé des contacts avec Ingrid et Miguel. Elle est avocate, lui professeur de philosophie à l'université. Ils sont amis. Ingrid est allemande de naissance, Micky est arrivé en Allemagne encore enfant, vers l'âge de dix ans. Lui surtout est pour la lutte armée, même s'il ne prend pas les armes. « J'en suis incapable, dit-il, mais je suis content que certains aient le cran de tirer, de poser des bombes. Il faut des actions d'éclat. » Quand je lui ai dit qu'on tuait des innocents, il a eu un étrange sourire et a répondu qu'il n'y avait pas d'innocents, que des coupables. Que nous avons tous les mains sanglantes. Et rien ne pourra les laver. Il est jeune, mais ne se fait aucune illusion. « Parfois, m'a-t-il confié, j'ai l'impression que les nazis ont gagné. Je sais, ça paraît excessif, nous sommes en démocratie, mais c'est une impression dont je ne peux me défaire. Comme une brûlure. Et ça me ronge. » Rien que pour Micky, je retournerai à Berlin. Il me plaît beaucoup, ce garçon ! C'est un peu le fils que je n'ai pas eu !

Elle rit. Un peu jaune. Son visage grince. Africa, sans homme, sans enfants.

— Sois heureuse d'avoir les garçons, souffle-t-elle. Ça peut te paraître un peu lourd, par moments, mais c'est ce qui pouvait t'arriver de mieux. Et si on déjeunait ? Veux-tu que j'aille chercher quelques petites choses chez le traiteur ? J'ai vu qu'il y a un vietnamien rue Lepic qui m'a l'air très engageant.

— Oui, pourquoi pas. Et j'ai encore des légumes et du poulet pour les petits. Pour nous, des nems et des bouchées à la vapeur, ça me va. Merci !

Elle file. Les garçons jouent paisiblement. Mon cœur bat doucement. Je n'ai pas pu me rendre à la pharmacie pour faire vérifier ma tension, mais je parierais qu'elle est quasi normale. La présence rassurante d'Africa ne doit pas être étrangère à cette sensation. Africa l'indomptable. Mattie et elle ont toujours été des exemples pour moi, presque des modèles. Faire quelque chose de sa vie, me répétaient-elles, d'une seule voix.

Africa s'est envolée pour rejoindre son loft de Harlem. Elle m'a embrassée en me promettant de revenir bientôt ; pour elle, prendre l'avion est devenu une habitude. Une *super woman*, une cheffe d'entreprise à l'américaine. Qui de temps en temps vient se frotter aux plaies de la vieille Europe.

Le taxi me dépose rue Lepic. J'en profite pour entrer dans la pharmacie. Mon rituel biquotidien. Surveiller mon cœur. M'assurer que mes artères ne sont pas soumises à trop grande pression. Mais aujourd'hui, je me sens détendue. Heureuse. Africa m'accompagne, même absente. Courageuse, si pleine de vie, elle m'a apporté les scènes de la vie allemande que je vais retranscrire en articles pour Éric. Car j'ai donné ma démission au journal qui ne s'est pas fait prier pour l'accepter. Une nouvelle vie commence.

Rendue possible par mes soutiens inconditionnels, Africa, Éric.

— Votre tension artérielle est normale, vous êtes en progrès, me dit la pharmacienne en souriant. Ça se voit, à votre expression. Je ne vous ai jamais vue aussi… calme mais déterminée.

— C'est exactement ça.

Je suis sortie, le sourire aux lèvres, comme une femme à qui on vient d'annoncer qu'elle est guérie.

— Ils ont été sages, me dit Ava avec son beau sourire de star hollywoodienne. (Sa mère a-t-elle eu la prescience de sa beauté pour lui donner ce prénom si original ?) Le camion de pompiers et la grue offerts par leur tante Africa leur plaisent beaucoup. Ah, avant que je n'oublie, une dame a téléphoné, elle veut que vous la rappeliez tout de suite, elle a dit que c'était urgent.

Le numéro sur le papier qu'elle me tend m'est inconnu. Je le compose avec un étrange sentiment d'inquiétude.

— Je suis bien contente de vous avoir au bout du fil. Je suis la patronne de la supérette où s'approvisionne votre mère. Voilà, ce matin mon apprenti est allé lui livrer ses courses comme d'habitude. Il a sonné à la grille, mais personne n'a répondu. Il a insisté, mais rien. Ça l'a surpris, et moi aussi. Alors, il y a une heure, quand il est rentré et m'a annoncé la nouvelle, j'ai grimpé dans ma voiture pour aller voir sur place ce qu'il en retourne. La sonnette fonctionne, je l'ai entendue tinter. Et les volets sont tirés. Je vous appelle parce que ça ne ressemble pas à madame votre mère. Ça ne lui est jamais arrivé depuis toutes ces années. Et si elle avait fait un malaise ?

Un silence se fait, de part et d'autre du fil. Non, cette absence soudaine ne ressemble pas à ma mère. Elle tient un planning, avec soin, dans son petit agenda. Jamais, elle n'a oublié un rendez-vous, un engagement. De plus, elle se lève toujours de bonne heure. Des volets encore tirés à midi, c'est impensable.

— Je crois que vous devriez venir… Il a dû se passer quelque chose… je ne sais pas quoi. En tout cas, insiste-t-elle, ce n'est pas normal. Et je me demande si je ne dois pas alerter la gendarmerie.

— Ne faites rien pour l'instant, j'arrive.

Je raccroche, en essayant de lutter contre l'affolement qui me gagne.

Avertir Ava. Heureusement, elle répond au bout de deux sonneries.

— Tu dois aller voir ce qui se passe. Ce n'est peut-être rien. Il ne faut pas imaginer le pire. Ne t'en fais pas pour les garçons, j'assume. Je veillerai sur eux comme sur la prunelle de mes yeux. Et puis, monsieur Jo et monsieur Matthieu rentrent demain…

— Je rentrerai dès que je le peux, demain sans doute. Je ne fais que l'aller-retour.

— Prends ton temps ! Je suis là, répète-t-elle. Et puis, ils vont bien, la rougeole n'a pas laissé de traces. Dans quelques jours, ils retournent à la crèche.

Pousser la porte.

Me retrouver à l'intérieur, grâce au double des clés que m'avait donné Mattie.

Tout est à sa place, le tapis rouge et or sur le vieux plancher, la commode avec son dessus de marbre où trônent les photos. La vie de Mattie résumée en quelques clichés. Son bonheur qui éclate. L'époux sourit en l'entourant de ses bras solides. Un beau couple. Et l'image était vraie. Mathilde et Samuel ont réellement été heureux ensemble. Ce n'était pas qu'une apparence destinée à donner le change, comme chez beaucoup de couples. Un amour véritable. « J'ai eu beaucoup de chance, disait Mattie. En dépit des circonstances. J'ai trouvé ma moitié d'orange. »

Elle me l'assurait : « Toi aussi tu as ta moitié quelque part, dans le vaste monde, il suffit de la trouver. J'avoue que ce n'est pas si facile, peu de gens y parviennent. Et s'accommodent de cette absence. Ça arrive sans doute rarement de la trouver… une chance sur combien ? »

Mattie a peu d'amis, me dis-je en grimpant les marches. Sa chère Bertille est morte l'an dernier, vaincue par un cancer. Et elle a pris de la distance avec les autres. « Je préfère ma solitude », disait-elle quand je l'exhortais à sortir, à renouer avec une vie sociale.

Voilà que je parle d'elle au passé. Serait-ce un pressentiment ?

Sa chambre. J'ai rarement pénétré dans cette pièce où Mattie avait placé le petit secrétaire offert par mon père à l'un de ses anniversaires. Nous l'avons déménagé, quand elle a décidé de venir vivre dans cette petite maison. Il est là, à l'angle de la pièce. De sa chaise, Mattie a une vue plongeante sur les ginkgos du parc.

Rien d'anormal. La couette est tirée. A-t-elle dormi dans son lit, cette nuit ? Rien ne permet de l'affirmer. Ce qui est certain, c'est qu'elle n'est pas là. Donc, pas de malaise, aucun accident domestique.

Et puis, je fais ce que jamais je n'aurais imaginé faire. Je fouille.

La table de chevet. Une lampe de poche, un stylo, un petit poignard marocain rapporté de son voyage à Marrakech il y a quelques années. Et un cahier.

Je l'ouvre.

La première page affiche clairement : *Journal de bord.*

J'ignorais l'existence de ce journal. Mattie n'a jamais aimé écrire. Pas le temps, disait-elle.

> *Je commence ce journal aujourd'hui, deux semaines après avoir porté en terre mon cher Samuel, l'homme de ma vie, tant aimé. Nous avons vécu trente ans ensemble, et à travers ce journal je continuerai à lui parler, comme s'il pouvait me lire. D'ailleurs, il me lit, je sens déjà son regard si bienveillant par-dessus mon épaule.*
>
> *Il me sourit, heureux de savoir que je continue à vivre, sans lui, avec lui.*
>
> *J'ai le temps désormais de tenir ce journal, jour après jour. D'y consigner ce qui peut m'arriver d'important ou d'anodin. Je crains la mémoire qui flanche, les souvenirs qui s'estompent.*

Les pages sont remplies de l'écriture fine de Mattie. Elle n'omet rien, pas même les détails les plus insignifiants. Tout est minutieusement consigné. Les biches qu'elle croise, ce qu'elle a mangé, depuis le petit déjeuner jusqu'au dîner, les rares personnes avec qui elle échange quelques mots, la patronne de la supérette, l'apprenti qui vient lui livrer les courses, le curé qu'elle croise parfois au bourg.

Je saute à la dernière page.

> *Ce soir, quand il fera nuit, j'irai. Je veux en avoir le cœur net. Pour pouvoir dormir à nouveau sereinement. Je veux savoir si Gaspard a menti ou non. Si l'ogre est réellement sous terre.*
>
> *Je trouverai la tombe, si tombe il y a. Je me souviens de cette petite forêt que Gaspard et Samuel avaient plantée, quelques semaines avant cette funeste rencontre. Je sais où elle se trouve. Je creuserai jusqu'à ce que je tombe sur ses os. Sur ce qui reste de l'ogre. Que ferai-je alors ? Je ne cracherai pas sur son squelette. Ou peut-être que si. Je ne sais pas encore. Tout est possible.*

Effroi. Et en même temps, soulagement. Mattie n'est pas très loin. Elle n'a pas de pensées suicidaires. Car je peux me l'avouer : j'ai eu peur, terriblement peur. J'ai imaginé les scénarios les plus extrêmes en arrivant, grimpant jusqu'au grenier, avec cette appréhension, la retrouver pendue au bout d'une corde.

Mais Mattie est vivante. Pourquoi se tuerait-elle ?

Pour rejoindre son mari bien-aimé, pour effacer l'absence, insoutenable. Ne me l'a-t-elle pas dit, à Noël, alors que nous étions toutes deux dans la cuisine : « Ton père me manque chaque jour davantage, et un jour comme celui-ci encore plus. » Et elle avait ajouté : « Je me demande comment je fais pour tenir. Il y a des jours où la souffrance est si forte que j'ai l'impression de devenir folle. »

Je n'ai pu que murmurer : « Je suis là, maman, nous sommes là. » Mais elle m'a lancé un regard si triste que mon cœur s'est serré comme une vieille pomme pourrie qu'on écrase d'une seule main.

Jamais je ne pourrais combler l'absence.

Puis elle m'avait serré dans ses bras : « Je tiendrai, ne t'en fais pas, ma petite Jeanne, je tiendrai, j'ai toujours été un brave petit soldat. »

Descendre l'escalier. Partir à sa recherche. La ramener.

La petite Fiat de Mattie est garée derrière la maison, à sa place habituelle. Elle est donc partie à pied.

Après inspection de la remise, elle a pris la brouette, une pelle ; la lampe torche est toujours accrochée sur le mur.

Heureusement, il a plu ce matin. Je n'ai plus qu'à la suivre, la pister comme un gibier. Les roues de la brouette se sont enfoncées dans la terre, bien visibles. Deux sillons parallèles, un peu comme les cailloux du petit Poucet.

Il s'est arrêté de pleuvoir. Un soleil timide nimbe les arbres nus, pendant que les mouettes criaillent au loin. Fin de journée dans la campagne normande.

La porte du fond est ouverte et les traces s'enfoncent dans la forêt. J'avance. Les arbres semblent s'écarter sur mon passage. Le sentier serpente en direction de l'étang. Je connais bien cette forêt que j'ai beaucoup parcourue avec mon père. C'était sa détente préférée, après une longue journée de travail. Marcher, en silence, en serrant ma petite main d'enfant. Chacun plongé dans ses pensées. À quoi rêvais-je alors ? À quoi peut rêver une petite fille heureuse ?

Soudain, entre les arbres nus, des taches de couleur. L'anorak jaune de Mattie.

Elle est assise au pied d'un arbre, les jambes enveloppées dans une couverture. Dans la brouette, un sac de couchage, d'autres couvertures, et par-dessus, la pelle, bien en évidence.

Je m'accroupis devant elle. Et j'attends.

— Tu m'as retrouvée, dit-elle simplement.

Je ne sais que répondre.

— Merci, dit-elle encore. Tu es ma fille.

— Et toi, tu es ma mère.

Nous restons ainsi, ensemble, dans le soir qui tombe.

— On devrait rentrer, maman. Tu risques de prendre froid.

Elle désigne du menton l'espace devant elle, où pousse une herbe drue, au vert éclatant.

— Je n'ai pas eu le courage de creuser. Brusquement, les bras m'en sont tombés. Mais l'ogre est là, je le sens. De tout mon corps.

Pour la première fois, je vois ses yeux trop brillants, exaltés, qui jettent des éclairs. Inquiétants, me dis-je. Jamais je ne l'ai trouvée aussi… différente de la Mattie que je connais.

— Il faut rentrer, maman.

— Alors, allons-y, ma fille, puisqu'il le faut.

Et, d'un bond, elle se lève. Puis manque retomber. Elle crie, d'une voix que je ne reconnais pas non plus, grinçante et qui prend aux tripes :

— Je suis une pauvre petite vieille qui tombe comme une mouche. J'aurais dû partir avec ton père, le suivre dans la tombe. Sans lui, je ne suis rien, rien du tout.

Et elle s'écroule, comme un arbuste qui plie.

Je n'ai plus qu'à la charger dans la brouette et la ramener aux Genêts.

— Votre mère ne va pas très bien, et c'est un doux euphémisme, commence le docteur qui ne sait comment me dire ce qu'il a à dire, et que je devine déjà.

Mattie a perdu la boule.

Il s'assied sur la chaise de la cuisine, tire de sa sacoche son carnet d'ordonnances.

— Soit je lui prescris des médicaments, soit je l'hospitalise. Votre mère, ajoute-t-il, souffre de délires…

— De délires ?

— Elle s'est réfugiée dans un autre monde, qui lui convient mieux que le réel. Comme on dit vulgairement, elle a pété un plomb. Nous, toubibs, nous parlons de délires. Mais ça se soigne, heureusement. Nous ne sommes plus tout à fait impuissants face à ces manifestations !

— Elle peut vivre seule ?

— C'est bien là que le problème se pose. Il est préférable, du moins dans les premiers temps, qu'elle soit surveillée, accompagnée, qu'une personne de confiance veille à ce qu'elle prenne bien ses cachets.

— Mais… si ce n'était pas un délire ?

Le regard grave du docteur se pose sur moi, étonné.

— Comment cela ? Votre mère m'a tenu des propos inquiétants qui témoignent d'une grande distorsion entre l'imaginaire et la réalité. Elle aurait tué un homme qui serait revenu voici une paire d'années pour l'emmener de force. Et que son mari aurait enterré dans la forêt. Je connaissais votre père, et je ne l'imagine pas du tout en train de dissimuler un corps !

C'est la vérité, toute crue, ai-je envie de hurler, mais les mots restent coincés dans ma gorge. Le médecin reprend :

— Elle a besoin de vous, de vos bons soins. Elle a beaucoup fait pour les autres, maintenant c'est elle qui a besoin d'aide.

— Je comprends.

Il se lève après avoir griffonné quelques mots illisibles sur l'ordonnance qu'il me tend.

— Avec ça, elle abandonnera ses visions apocalyptiques et tout rentrera dans l'ordre. Mais il faudrait qu'elle voie un spécialiste, un psychiatre qui la prendra en charge dans un suivi au long cours. Ce n'est pas mon rôle, moi je peux juste la confier à d'autres oreilles, je ne suis pas qualifié pour ce genre de thérapie.

Déjà, il pousse la porte. La nuit est largement tombée, et la lune éclaire le manoir de lueurs qui me paraissent inquiétantes.

Et si le docteur se trompait ?

— Jeanne, tu es là ?

Mattie m'appelle. Elle a besoin de moi. Je lui dois bien ça, ma présence. Mais, à Paris, j'ai des enfants qui m'attendent. Rester, partir.

— Jeanne, viens ! Je dois te parler.

Debout contre la fenêtre, Mattie me sourit, impeccablement vêtue et coiffée.

— Ce médecin est un imbécile. Il me croit folle. Il veut que je voie un psychiatre. Quelle drôle d'idée ! Ce serait plutôt à lui d'en consulter un !

Et elle rit.

C'est le rire qui m'alerte.

Un rire d'une inquiétante étrangeté.

Mais elle se ressaisit aussitôt et son visage redevient celui que je connais si bien. Ou si mal. Que sait-on des gens qu'on croit connaître ?

— Je vais faire un petit souper, tu dois avoir faim… Une nuit et une journée dehors, en plein air, ça creuse.

— Oh j'avais emporté des gâteaux secs, je ne me laisse pas prendre au dépourvu, ma belle !

Et elle éclate à nouveau de rire. Un rire dément. Qui écartèle son visage, fait briller ses yeux comme agités d'un feu fou. Que rien ne pourra maîtriser… ou peut-être les médicaments qu'a prescrits le docteur ?

— Demain matin, j'irai chercher tes médicaments à la pharmacie…

— Tu es une bonne fille, ma belle.

Jamais elle ne m'a appelée ainsi, « ma belle ».

— Tu es plus gentille que la méchante sorcière qui venait m'apporter à manger, dans ma chambre, là-bas…

Elle désigne un point à l'horizon. Ailleurs. Elle est dans ce camp de la mort où elle attend d'accoucher.

— Elle me traitait de putain, « *Hure* ». Mais c'est ce que je suis, elle a vu juste, la sorcière. Une putain.

Je m'attends à un nouveau rire, mais le visage reste calme. Comme en retrait.

— Tu n'es pas une putain, maman.

Elle me regarde, me scrute même, avec une attention soutenue.

— Tu le sais mieux que moi, ma belle, sans doute. Tu as toujours tout su mieux que moi, la pauvre Mathilde. Moi je ne suis que la bru, l'épouse de ton fils bien-aimé…

Jeanne, la grande Jeanne Bellanger, celle que tout le monde admire ! L'héroïne !

Elle ne rit pas. Elle me prend pour Jeanne Bellanger, sa belle-mère décédée il y a plus de trente ans.

Je dois me rendre à l'évidence, ma mère a perdu la boussole. Elle est entrée dans une autre dimension du temps. Pour ne pas être la *Hure*, soumise à l'ogre qui venait la visiter ? Pour être Jeanne Bellanger, la dame respectée et respectable ?

— Ma petite Mathilde, dis-moi, dis-moi, est-ce que mon fils est mort ? J'ai un fils, je le sais. Est-ce qu'il est vivant ou mort ?

Ses yeux sur moi, profonds, vifs, interrogateurs. Elle veut une réponse. Je suis devenue celle qui sait.

— Je ne sais pas, Mattie, mais je saurai bientôt, je te le promets.

Son visage se détend. Elle sourit.

— J'ai confiance, dit-elle. Tu as l'air d'être quelqu'un de bien.

Chapitre 20

La pharmacienne ne m'a laissé aucune illusion ; c'est un traitement lourd.

— C'est pour votre mère, n'est-ce pas, vous êtes la fille de la dame qui habite aux Genêts ? On m'a parlé d'elle, mais je ne la connais pas personnellement. Ce n'était pas une de nos clientes, jusqu'à aujourd'hui.

Elle a ajouté, d'une voix grave :

— Ne la laissez pas toute seule. Trouvez-lui quelqu'un qui puisse veiller sur elle, jour et nuit.

Devant mon visage atterré (je n'ai pas réussi à joindre Africa ni hier soir ni ce matin), elle propose, gentiment :

— Je connais une personne qui pourrait vous aider… Une dame qui a à peu près le même âge que votre mère, qui vit seule, sans attaches, et qui pourrait lui servir de dame de compagnie pendant un certain temps.

Elle a dû sentir mon soulagement, car elle a émis un petit rire :

— Je ne suis pas ici depuis longtemps, mais on m'a raconté que votre mère a créé une maison pour les femmes, et qu'elle a fait beaucoup de bien pendant des décennies. Alors, c'est normal de l'aider. Appelons cela de la solidarité.

Ou de la sororité, car que deviendrions-nous, nous les femmes, si nous ne nous aidions pas les unes les autres ?

J'ai failli l'embrasser.

La dame en question s'appelle Alice. Elle a un visage rond, des yeux clairs, des cheveux blancs. Et un sourire qui immédiatement me met en confiance.

Sa maison, petite et soignée, lui ressemble ; plantes en pot qui respirent la santé, meubles lustrés, tapis épais.

— Vous voulez que je vienne m'occuper de votre maman ?

Elle réfléchit un instant, son visage se plisse.

— Je pourrais emmener mon chat ? Il s'appelle Tsuki… ça veut dire « lune » en japonais. Je suis passionnée de culture japonaise, disons que c'est mon hobby !

— Bien sûr, ma mère adore les chats. Elle a l'habitude de recueillir ceux qui passent…

— Alors, c'est parfait. Je peux vous demander quelques heures pour faire mes bagages, fermer la maison et préparer Tsuki à ce petit changement ?

Paris. Montmartre. Rue Constance. La crèche des enfants. Les primeurs d'Ahmed. Mon bistrot. Ava. Jo et Matthieu. Éric Muller.

Cette énumération agit comme un mantra.

Je suis de retour.

J'ai fui.

Laissant Mattie sous la surveillance d'Alice qu'elle a acceptée sans dire un mot. Est-elle consciente de son état ?

— Ava m'a dit que tu es partie pour la Normandie. Comment va ta mère ?

— C'est le journaliste qui pose la question ?

— Non, c'est moi, Éric Muller, quarante-cinq ans, et une molaire en grande difficulté pour laquelle je consulte assidûment mon dentiste, laquelle est une femme très séduisante.

— Épargne-moi ton ironie, Éric, je ne suis pas d'humeur à rigoler.

Et malgré moi je raconte.

Il ne m'interrompt pas, j'entends son souffle régulier au bout du fil, qui m'apaise.

— Ça se soigne, le délire, dit-il quand j'ai fini de parler. Mais ce qui est important, c'est de trouver la cause… de remonter à la source, quoi. Qu'est-ce qui provoque ce délire ? *That is the question !*

— Et bien malin sera celui qui aura la réponse !

— Oh, dans le cas de ta mère, ce n'est pas si difficile !

— Parce que tu as la réponse ?

— Peut-être, enfin c'est une hypothèse ; mais en parler au téléphone est un peu délicat. Je préfère qu'on dîne ensemble un de ces soirs. Tu demanderas à Ava de venir garder Samuel et Camille… et je t'emmènerai dans un petit resto très sympa où l'on mange des plats encore plus sympas.

Je raccroche. Après avoir dit oui.

La Butte est devenue au fil des ans ma patrie.

Je n'y habite que depuis cinq ans, date de mon retour à Paris ; pendant mes années à la Sorbonne, je vivais dans un studio à Saint-Germain-des-Prés, que j'ai quitté en partant pour Lille, et mon école de journalisme. Lorsque j'ai décidé de revenir – non pas que je n'aimais pas Lille et le Nord, mais le machisme virulent de mes collègues m'a convaincue de renoncer à faire ma place dans cette ville –, j'ai choisi Montmartre.

À Paris, pensais-je un peu naïvement, ces attitudes sexistes me seraient épargnées... Avant mon embauche au journal *Liberté*, j'ai vécu de piges, pour différents journaux, et c'est à ce moment-là que j'ai trouvé ce petit appartement sous combles, rue Constance. Évidemment, Mattie s'est portée garante auprès de ma propriétaire.

À vrai dire, l'argent n'est pas vraiment un souci. À la mort de mon père, j'ai perçu l'assurance-vie qu'il avait souscrite pour moi. Une somme rondelette à laquelle je n'ai encore jamais touché. Mais je sais qu'elle existe, et cela me rassure. Je vais sans doute être contrainte de l'entamer maintenant que j'ai donné ma démission au journal et que je me retrouve sans ressources. Une attitude peu raisonnable, mais j'ai confiance en Éric. Dans peu de temps, je travaillerai pour lui.

Ce mois de février est d'une rare douceur. Des prémices de printemps flottent dans l'air. Les moineaux pépient éperdument, s'aventurent sur les placettes, picorent, s'envolent. Et, soudain, un oiseau noir se pose à quelques pas de moi, tourne son bec dans ma direction.

C'est un merle noir. Le premier que je vois depuis que je vis à Paris. Ses plumes luisent sous le soleil. Et je lui souris.

Si tu es triste, perdue, fais un pas en avant et accroche-toi aux petites choses de la vie. Regarde le ciel et les oiseaux, et le courage reviendra.

Je crois entendre Merlin. Il ne cesse jamais de me parler, où que je sois.

Le merle s'envole et je marche. Scènes de la vie parisienne. Des gens qui se hâtent, des étals sur les trottoirs, et cet air à nul autre pareil, que j'aime, un air qui ressemble à la liberté. À Paris, dans l'anonymat de la grande ville, on peut évoluer en toute quiétude, sans être interpellé. À Lille, je ne pouvais faire trois pas sans croiser un collègue !

Au-dessus de moi, la masse grandiloquente du Sacré-Cœur, son parvis grouillant de touristes, appareils photo flottant sur la poitrine. Ils s'extasient, se poussent, mitraillent le monument pour rapporter des souvenirs à montrer aux collègues de boulot. « J'ai fait Paris », diront-ils.

Les Japonais s'ébranlent en file, et disparaissent dans la basilique.

J'entre, moi aussi. Attirée, bien que je ne croie en aucune divinité. Mais j'aime les chapelles, les cathédrales, ces lieux de silence. Et puis, aujourd'hui, j'ai le temps, cela m'arrive si rarement !

Je m'assieds. Devant moi, une dame et sa petite-fille. Elles sont agenouillées, les mains jointes. Je vois les lèvres de l'enfant bouger. La grand-mère égrène un chapelet. Recueillies. Englouties dans leur contemplation. Dans leur adoration. Dans leur prière.

Je les envie. Elles croient. Elles possèdent quelque chose que je n'ai pas. La vie n'est-elle pas plus simple quand on croit en Dieu ? Celui qui vous aime de manière inconditionnelle, vous, l'humble pécheur créé à son image.

Les images défilent. Merlin et l'été normand, vert pomme, lumineux. Mes années Sorbonne, si légères. Lille et mon apprentissage de journaliste. Les procès d'assises. Les criminels au cœur dur. Le banc des parties civiles, et moi, derrière, avec mon calepin et mon stylo, prenant des notes, esquissant des dessins. Puis Jo, notre rencontre dans la file du cinéma de quartier. Et très vite l'idée d'avoir un enfant, ensemble. Samuel et Camille en sont nés.

Et maintenant la maladie de Mattie.

Est-ce cela prier ? Rassembler les images, faire son mea-culpa, sous l'œil d'un dieu invisible. Compte-t-il les points ? Au jour du grand déballage, me reprochera-t-il d'avoir manqué à l'amour ? Ou me félicitera-t-il d'avoir évité un grand malheur ?

Mais je divague, Dieu n'est qu'une belle idée créée par les humains, ces êtres misérables hantés par la peur de la mort, point ultime de leur existence terrestre, porte de sortie aussi à tous les maux.

Mes pensées s'éclaircissent, lumineuses comme des diamants finement taillés par un expert hors pair. Je suis cet expert. Un artisan habile, à l'esprit affûté, à la main adroite.

Au délire de Mattie, j'opposerai ma volonté. Qui disait « là où il y a une volonté il y a un chemin » ? J'emprunterai ce chemin. Qu'il soit caillouteux ou linéaire, abrupt ou sombre, ensoleillé ou à l'ombre. Et, au bout du chemin, la récompense.

Cette récompense aura un nom. Je le prononcerai, lentement. La récompense aura un visage, aussi, que je découvrirai, étonnée sans doute.

Qui sera-t-il ? Aura-t-il les traits de Mattie, ses yeux vert d'eau, qui vous regardent sans ciller ? Ses cheveux blond roux, éclatants ? Les taches de rousseur sur les pommettes qui ressortent au premier soleil ? Son sourire qui illumine le tout ?

Chez moi, dans mon bureau, j'ai rangé le dossier qui renferme tous les documents afférents à l'ogre, trouvés dans le petit secrétaire de Mattie. Mon père avait pris soin de les classer. En vérité, peu de feuillets. Mais ils devront suffire à me donner des pistes.

Je suis persuadée que la vérité se trouve au cœur de l'Allemagne. Que l'ogre y résidait, avec femme et enfant. Un enfant adulte, qui a seulement deux ans de moins que moi. L'ogre est sans doute grand-père ; l'enfant ne se doute pas qu'il a un aïeul nazi.

— Tiens, quel hasard ! Contente de te revoir, Jeanne !

Une femme s'est arrêtée, me tend la main, s'exclame :

— Je vois que tu ne me remets pas ! Je suis Caroline, on était ensemble à la Sorbonne. Qu'est-ce que tu es devenue ? On va boire un verre pour bavarder un peu ? Je t'invite !

Je n'ai jamais eu d'affinités particulières avec cette Caroline. Mais j'accepte. J'ai un peu de temps avant d'aller chercher les garçons à la crèche. Et la curiosité l'emporte. Elle faisait partie de mon petit groupe d'amis. Une fille narcissique, qui aimait parler, accaparer, briller. On l'appelait Carobrille.

Carobrille, à peine les fesses calées sur la moleskine de la banquette, se lance dans le récit de sa vie. Idyllique. À nulle autre pareille. Veut-elle m'éblouir ? Ce qu'elle me raconte tient du conte de fées : époux fortuné qui la couvre de cadeaux et de voyages, appartement cossu dans le seizième, face au bois de Boulogne, deux domestiques, un fils unique.

— Je n'y tenais pas, à l'enfant. Mais mon mari voulait se reproduire, perpétuer son nom et son patrimoine génétique.

Elle tire sur sa Dunhill à bout doré. Elle souffle la fumée, qui enrobe les cheveux platine.

— J'ai rencontré Édouard dans un dîner, il venait de divorcer, il était un peu déboussolé, je l'ai rassuré… et il m'a épousée trois mois plus tard.

Elle m'explique encore qu'Édouard a vingt ans de plus qu'elle, mais qu'elle adore cette différence d'âge, qui la rassure.

— Et l'amour dans tout ça ?

Elle me dévisage, perplexe, et rit :

— Quelle midinette tu fais ! Incorrigible romantique, va ! Moi, quand j'ai vu Édouard, j'ai vu la vie qu'il allait m'offrir, et je ne me suis pas demandé si je l'aimais. Lui, il a eu une certaine attirance physique pour moi, mais depuis la naissance de Charles ça lui a passé. Et veux-tu que je te dise ? Ça m'arrange, qu'il aille voir ailleurs, du moment que je reste l'épouse… Aujourd'hui je suis venue à Montmartre pour voir ma mère qui habite ici. Mais ce n'est pas mon quartier préféré ! Trop populeux à mon goût.

Elle esquisse une grimace charmante. Elle ne manque pas de charme. Elle pétille comme une bulle de champagne. Ravissante dans son manteau griffé au col de fourrure, son visage savamment maquillé. Eye-liner, gloss, poudre dorée. Glamour en diable.

— Et tu ne travailles pas, j'imagine ?

Question idiote, que je pose pourtant, curieuse de la réponse.

Encore une moue. Très mutine. Du genre à crever les cœurs des hommes qui aiment ce genre de femmes apparemment fragiles.

— Me crever pour des clopinettes ! Et puis Édouard ne comprendrait pas. Il est de l'ancien monde, il aime me savoir *at home* quand il quitte son bureau. Je suis le repos du guerrier, quoi. Et ça me convient. De toute façon avec une maîtrise de lettres modernes, je ferais quoi ? Prof dans un collège de banlieue ?

Moue dégoûtée, à présent.

Elle avale son expresso. Puis hèle le garçon d'une voix impérieuse ou impériale pour exiger un gin tonic.

— Ma boisson préférée, avec la vodka orange. Ça me coupe l'appétit. Du coup, le soir, je grignote à peine et je garde la ligne. Je dois rester mince, tu comprends, prendre du poids c'est bon pour les pauvresses. Je ne peux pas me le permettre. C'est mon seul regret, ne pas pouvoir manger à ma faim. Mais bon, on ne peut pas tout avoir, n'est-ce pas ?

Elle souffle une bouffée de fumée que je reçois en pleine face. Elle ne s'excuse pas, elle n'a sans doute rien remarqué. Autour de nous, conversations de café, touristes, couples d'amoureux, une grand-mère avec ses petits-enfants buvant des chocolats chauds.

Elle avale une gorgée de gin. Avec une sorte d'avidité. Serait-elle déjà alcoolique ? Un genre d'alcoolisme mondain que l'on considérera avec complaisance mais qui fera des ravages ?

Carobrille ne semble pas s'en soucier.

— Et toi ? demande-t-elle enfin, en me regardant comme si elle remarquait soudain ma présence. Tu bosses ? Ou tu as trouvé comme moi un mari qui t'épargne ça ?

— Pas de mari. Oui, je bosse. Pour le moment, je suis, disons, en vacances, entre deux postes. Je suis journaliste. Et ma mère est malade.

— Comme la mienne, toujours en train de se plaindre, de gémir, et de me raconter son arthrose ! Ah quelle plaie, les mères !

Elle embraie :

— Le pire, c'est ma sœur qui depuis un bon mois déprime à tout va. Tu te souviens de ma sœur, Adèle ? Elle venait parfois boire un pot avec nous, le soir !

Je hoche la tête, je me souviens d'Adèle, qui ne ressemblait en rien à sa sœur. Timide, introvertie, silencieuse. Du genre à écouter plus qu'à parler.

— Figure-toi qu'elle est journaliste, comme toi ! Justement, ça tombe à pic, notre rencontre. Le hasard fait bien les choses.

Et elle me raconte. La pauvre Adèle, célibataire, vivant seule dans un minuscule appartement, au cinquième étage sans ascenseur, galérant de boulot en pige, pour enfin dénicher la pépite, un emploi fixe dans un journal nouvellement créé, dirigé par une femme de tête.

— Elle travaille pour *Cosmo*. J'avoue que j'aime bien ce magazine, c'est drôle, ça me fait rire. C'est ce que les femmes cherchent, et ça marche très bien. Donc un bon job, sauf que…

Elle se tait, soudainement intimidée. Rejette une bouffée de Dunhill.

— Elle fait une dépression… Bien sûr, elle n'a rien dit à sa boss qui ne supporterait pas qu'elle ne remplisse pas ses obligations. Alors, elle se tait, va au boulot, écrit ses papiers… Jusque-là, tout allait bien, elle arrivait à donner le change, mais la boss a refusé son dernier article sous prétexte qu'il était décousu, plat, bref, assommant. Tout le contraire de la ligne éditoriale du magazine qui se veut passionnant, irrésistible, pour que les femmes succombent et se précipitent au kiosque pour l'acheter !

Elle avale le reste de son gin, d'un coup sec.

— La pauvre ne peut plus écrire, mais elle refuse de se mettre en congé maladie, car ça irriterait sa boss qui ne supporte aucune faiblesse. Une journaliste de *Cosmo* en arrêt pour dépression, ça la fout mal, m'a-t-elle dit.

— Il n'y a pas de honte à souffrir.

Elle ne répond pas.

— Tu peux l'aider.

— Moi ? Je veux bien, mais je ne vois pas comment !

— En écrivant ses papiers. La boss n'y verra que du feu. À condition que ce soit amusant, qu'il y ait du peps, que ça égaie le quotidien, quoi. Tu es capable de faire ça ?

Souffle coupé. Nègre. Je sais que ça se pratique, dans tous les milieux d'écriture. Il arrive aussi que le rédac chef fasse réécrire certains articles. Mais pour moi, c'est une première.

Elle me propose de prendre la place de sa sœur, sans même demander l'avis de ladite sœur.

— Adèle sera ravie d'être aidée, et elle te paiera. Et ça lui enlèvera une belle épine du pied, en fait ça lui sauvera la vie. Ça durera juste le temps que les antidépresseurs fassent effet, et qu'elle sorte la tête de l'eau. Je pense, deux ou trois papelards…

Je dois faire une drôle de tête car elle se met à rire.

— Je ne te demande pas l'impossible ! Juste écrire. C'est ton boulot, non, et puisque tu es en vacances, tu peux bien faire ça pour moi, en souvenir de nos années Sorbonne ! Ça a duré quatre ans quand même ! Puis, j'en ai bavé quand tu es partie pour Lille. On ne s'est plus revues depuis.

— Ça s'appelle de la triche, fais-je remarquer.

— Et alors ? Tout le monde triche, tout le temps. C'est la norme. Serais-tu une horrible moraliste, du genre à donner des leçons à celui qui s'écarte selon toi du droit chemin ?

Elle ricane. Et soudain son visage se décompose, de l'eau brille dans ses yeux. Encore un peu et l'eye-liner dégringolera sur le fond de teint Dior.

— Faire semblant, c'est ce que je fais depuis longtemps.

Tout aussi brusquement, elle se ressaisit, hèle le serveur, recommande un gin sans tonic. Dans quel état rentrera-t-elle ? Elle fera semblant… et personne ne verra rien. Surtout pas son mari qui se moque de ce qu'elle peut ressentir. Trop préoccupé sans doute par ses affaires, ses maîtresses, sa vie mondaine.

— Bon, on s'est tout dit, non ? Tu me donnes ton numéro de téléphone, que je le transmette à Adèle. Elle te paiera bien, ne t'en fais pas.

La discussion est close. L'argent arrange tout, c'est son credo.

Avant de rentrer, elle ira se repoudrer le nez aux toilettes. Et tout ira bien.

Chapitre 21

— J'ai eu des bonnes oranges, du Maroc, de ma campagne. Je vous en mets quelques-unes ? La vitamine C c'est bon pour les enfants et aussi pour les mamans ! Elle aide à traverser l'hiver sans un rhume !

Il rit et j'ai l'impression de revenir à la réalité. Ahmed me ramène sur terre. J'ai envie de l'embrasser. Mais Mattie qui est très prude et réservée ne m'a pas habituée aux grandes démonstrations. Je me contente de dire :

— Merci, Ahmed ! Vous ne savez pas le bien que vous me faites !

— Ah oui ? Vous avez eu une dure journée ?

— On peut dire ça, oui. J'ai revu une ancienne amie… et ça m'a un peu déboussolée.

Ahmed sourit gentiment en emballant mes oranges. Et tapote les joues des garçons sagement assis dans leur double poussette. Ficelés par des harnais. J'ai dû me résoudre à réutiliser la poussette depuis que Samuel m'a échappé des mains pour filer droit devant lui. (La peur de ma vie.) Heureusement, une dame l'a rattrapé *in extremis* avant qu'il ne s'engage sur la chaussée.

Malgré moi, tout en poussant mon engin, je pense à Carobrille et à sa proposition. L'idée me séduit. Écrire des articles légers sur la vie des femmes d'aujourd'hui me changera les idées. Féminisme, sexualité, sensualité, un brin d'humour, et les nanas seront contentes. En serai-je capable ? C'est très différent de ce que j'ai écrit jusqu'à ce jour, de mes articles police justice, de mes incursions dans la cour d'assises, de mes comptes rendus judiciaires. Mais le challenge me tente. Aller là où je n'ai pas l'habitude d'aller, rompre avec mon petit confort.

La poussette rangée au fond du couloir, les jumeaux agrippés à mes mains, l'ascenseur, et déjà, à peine la porte refermée sur notre trio, le téléphone qui sonne.

Carobrille n'a pas perdu son temps.

— C'est Adèle, me dit la voix inconnue. Je suis tellement contente que tu veuilles bien me donner un coup de main. Je n'ai pu le demander à personne au journal, *of course*, de peur d'être trahie. Dans ce milieu, y a beaucoup de saloperies, comme partout, d'ailleurs. Je ne t'apprends rien.

— Je croyais qu'entre femmes, c'était plus sympa, plus solidaire...

— Tu parles ! Ça, c'est pour la façade. En réalité, c'est chacune pour soi, et que la plus maligne gagne. Le féminisme, laisse-moi rire ! Une de mes collègues se vantait d'être féministe, combative, un vrai soldat de la cause, et quand elle a rencontré son mec elle a rompu avec toutes ses amies de peur qu'elles ne le lui chipent ! Ça en dit long sur la confiance qu'elle a envers ses sœurs ! Le féminisme, tu veux que je te dise, c'est une belle idée, mais les femmes ne sont pas prêtes, pas plus que les mecs.

Elle se tait. J'entends comme des pleurs au bout du fil.

— Pardonne-moi, Jeanne, mais dès que j'y pense, je m'écroule. Dépression, me dit le toubib qui est tout aussi déprimé que moi mais le cache bien. Alors, tu penses bien qu'écrire est impossible.

Je m'entends dire :

— Donne-moi un sujet d'article, le nombre de signes, et je m'y mets.

Elle souffle, de soulagement sans doute.

— J'ai plusieurs sujets, que je te livre en vrac, tous acceptés par ma boss. Voilà. « Plaisirs et risques de coucher avec son ex », « Comment vivre à trois, une femme, deux chats », « Comment simuler l'orgasme, homme ou femme, sans se faire pincer ». Mais si tu as d'autres idées, n'hésite pas. Ma boss est toujours prête aux nouveautés, du moment que ça risque de plaire à son lectorat. Il faut juste que ce soit drôle. Faire rire, c'est son leitmotiv. Égayer la vie monotone, métro-dodo-boulot de la femme d'aujourd'hui, coincée entre son bureau et la crèche de ses gamins. En nous lisant, elle oublie tout.

— J'ai compris le principe, de là à savoir l'appliquer, je ne sais pas. Mais je vais essayer.

— Assez rapidement, je t'en supplie. Elle attend un papier pour après-demain au plus tard, pour le prochain numéro du magazine, c'est dire que le temps presse. Merci encore. Tu me sauves la vie. Quel hasard fabuleux que tu aies croisé Caroline !

Elle raccroche, comme à bout de souffle. Je l'imagine se jeter sur son lit, enfouir sa tête dans l'oreiller, après avoir avalé ses cachets censés lui redonner le goût de vivre, et de l'écriture. Féministe ou déçue par les hommes ? Ou les deux ? « Elle vit seule avec son chat. Je ne lui ai jamais connu de mec mais elle est très secrète », m'a dit sa sœur.

Bain des jumeaux. Ils barbotent. Se chamaillent, rigolent. S'éclaboussent. S'éclatent. Heureux. Je n'ai plus qu'à réchauffer la soupe et à jeter quelques pâtes dans l'eau bouillante. Compote de pêches pour dessert, et au dodo.

Ensuite, je m'attellerai aux plaisirs et risques de coucher avec son ex.

— Tu as oublié notre rendez-vous ?

La voix d'Éric, sèche, me tire de mon sujet.

— Quel rendez-vous ?

Soupir. Voix encore plus sèche :

— Nous devions dîner au vietnamien, rue des Abbesses, et je t'attends. J'ai déjà commandé une bière chinoise, pas mauvaise du tout.

— Alors, bois ta bière et viens ! Je n'ai rien d'asiatique à te proposer, mais je trouverai bien de quoi te faire une dînette !

Il accepte. Je n'ai plus qu'à troquer ma machine à écrire contre une casserole.

Un quart d'heure plus tard, il sonne. Et le voilà, bouteille de champagne à la main, avec sa parka verte style camouflage, et son jean sans âge.

— Je te préviens, je n'ai que des crêpes surgelées à te servir !

Il rit.

— Va pour les crêpes ! Heureusement, ce n'est pas pour tes talents culinaires que je t'apprécie ! Les garçons sont déjà couchés, je présume ?

— Oui, ils se sont endormis dès que j'ai eu fini de raconter l'histoire qu'ils préfèrent, toujours la même. Et un tremblement de terre ne les réveillerait pas !

Ses yeux pétillent. Mes enfants ne lui sont pas indifférents. Peut-être se dit-il qu'il serait grand temps de se convertir à la paternité ? Mais pas avec moi, je n'ai pas l'intention d'agrandir la famille, même si je rêve d'avoir une fille…

Nous attaquons les crêpes au jambon qui, *in fine*, ne sont pas si mauvaises. En tout cas, c'est bien pratique d'ouvrir un paquet congelé et de glisser son contenu dans le four. Éric mange de bon appétit.

— Tu as l'air préoccupée… L'état de ta mère s'est aggravé ?

— Non, Alice, sa bonne fée, m'assure qu'elle est très sage, elle prend ses médocs sans sourciller. Bref, une malade modèle. Qui l'eût cru ! Quand je pense qu'autrefois elle faisait des histoires pour avaler de l'aspirine !

— Elle doit savoir que c'est nécessaire. Et à part ta Mattie ? Il y a autre chose, je crois.

Alors, je raconte, Carobrille, son beau mariage, son splendide appartement, sa vie de rêve. L'argent qui coule à flots, la petite bonne, et tellement de temps libre. Pour se chouchouter, se soigner, s'habiller.

Il écoute en avalant ses dernières bouchées. Puis il s'écrie :

— Ne me dis pas que tu l'envies ! Ce que tu décris c'est une vie de femme entretenue, au foyer comme on disait, une vie qui ne te conviendrait pas à toi, bien que je ne condamne pas celles qui choisissent ce mode d'existence.

— Tu es féministe ?

Ma question le surprend. Mais il ne rit pas.

— Je ne sais pas, je ne me définis pas ainsi. En tout cas tu seras payée autant qu'un homme, ce qui me semble normal. Suis-je féministe pour autant ? Et je ne conçois pas les femmes comme des objets, qui m'arrangent. Que je prends et que je jette. D'ailleurs, c'est toujours moi qu'on jette… Dans mon petit domaine, je fais ce qui me semble juste. Mais, dis-moi, tu regrettes ?

Il ouvre les bras, englobe le petit salon, les canapés un peu vieillots, les radiateurs qui diffusent une maigre chaleur.

— Tu regrettes ? De gagner ta vie par toi-même ? D'être indépendante ? De n'avoir de comptes à rendre à aucun mari ?

Il me scrute et, devant mon silence, abandonne.

— Si on parlait d'autre chose ? Je vais déboucher le champ'.

Je me lève, vais chercher la bouteille au frais dans le réfrigérateur. Le bouchon saute. Je sursaute. Un rien me fait tressaillir.

Le champagne n'a pas la couleur de l'ouzo que je buvais, à Patmos. Avec l'homme de ma vie. Que j'ai laissé tomber. Serais-je une salope qui jette après avoir pris ? Mais j'avais alors une bonne, excellente, raison de lui dire adieu.

Nous buvons. Agréable douceur des bulles qui glissent dans ma gorge. Dans deux coupes, la vie de rêve de Carobrille sera tombée dans l'oubli. D'ailleurs, ça veut dire quoi, une vie de rêve ?

Éric remplit les coupes. Un beau mec. Je ne m'en étais jamais rendu compte aussi intensément que ce soir. Et célibataire.

— Je ne suis pas venu les mains vides, ma chère Jeanne.

Il fouille dans sa sacoche, en tire un dossier.

— Ton contrat de travail. Je te laisse le lire tranquillement, quand j'aurai le dos tourné. J'en ai signé trois autres aujourd'hui. Finalement, monter une agence ce n'est pas si sorcier. On va pouvoir se mettre à l'ouvrage. Je suis conscient de ne pas pouvoir rivaliser avec l'AFP, mais j'ai des partenaires intéressants. Pas seulement des journaux, mais aussi des entreprises. Et même si je ne perçois pour l'instant aucune aide publique, je compte bien un jour prochain y accéder, tout comme l'AFP. Devenir un outil d'utilité publique qui, à ce titre, est subventionné.

Je bois. J'écoute et je bois. Tout s'embrume délicieusement.

— Tu ne tiens pas l'alcool, on dirait.

Il se lève, me tend la main, et je me retrouve dans ses bras. Et il me semble bien que ce sont MES lèvres qui se pressent contre les siennes.

— Jeanne, tu es quasi saoule. Et je ne couche pas avec les femmes pompettes. Va te coucher !

Il est déjà parti. J'essaie de reprendre mes esprits.

Et si être féministe c'était ça, ne pas coucher avec une femme ivre qui ne sait plus ce qu'elle fait ni même ce qu'elle veut ?

Que s'est-il passé hier soir ?

C'est la première question qui me vient, en me réveillant. Les assiettes sur la table du salon, la bouteille vide, les verres.

J'ai bu. Ai-je couché avec Éric ? À quelle heure est-il parti ? Je n'ai aucun souvenir. Mais ses paroles me reviennent. « Je ne couche pas avec les femmes pompettes », a-t-il dit avant de passer sa parka.

Et je n'ai pas écrit le fameux papier promis à Adèle.

Ni lu le contrat de travail signé par l'agence Éric Muller. Agence EM. Bureaux rue Ordener.

J'ai besoin de temps avant de m'engager. Quelques jours, quelques semaines. Besoin de mettre de l'ordre dans le fouillis de mes pensées. J'ai des économies, et l'assurance-vie de mon père qui repose sur un compte bancaire. Le bon docteur apprécierait que je l'utilise. Et puis, visite chez le toubib ce matin, un généraliste de mon quartier.

Les jumeaux sont déjà vêtus pour partir à la crèche quand le téléphone sonne. C'est Alice, affolée.

J'essaie d'abréger la conversation, mais elle débite d'une voix précipitée :

— Votre mère va mal, ce matin je l'ai rattrapée *in extremis* dans le couloir, déjà habillée de pied en cap. Elle voulait sortir. Elle m'a dit textuellement qu'elle avait une mission à accomplir, déterrer l'ogre et aller l'ensevelir en terre chrétienne, parce que, finalement, c'est un être humain, et il mérite une sépulture humaine. J'ai eu beaucoup de mal à lui faire abandonner son projet. Là, j'ai réussi à la faire s'asseoir devant la télévision, et elle s'est calmée, mais j'ai peur que ça lui reprenne. Vous croyez pas qu'il faille l'enfermer ? Quelque part où il y a des médecins et des infirmiers habitués à ce genre de choses ? Vivre avec la folie, c'est difficile, a-t-elle achevé.

Chapitre 22

Le regard du docteur Laval a changé. Il a beau me sourire de son air rassurant, le mot « récidive » est inscrit dans ses pupilles.

Il consulte les relevés où je note, soigneusement, ma tension artérielle, après mon passage à la pharmacie.

— On dirait que les médicaments font effet... Vous allez pouvoir vous remettre au travail. Ça vous a manqué, je pense ?

— Je n'ai pas eu le temps de m'ennuyer...

Je lui résume les délires de Mattie, la conversation que j'ai eue ce matin avec Alice. Pour toute réponse, il griffonne un nom et un numéro sur un bloc-notes et me tend le papier.

— C'est un ami de la fac. Il exerce à Deauville. Il a été longtemps chef de service à Sainte-Anne. Je vous conseille de conduire votre mère chez lui. Il saura quoi faire. Ce genre de pathologie psychiatrique nécessite un spécialiste.

Je quitte le cabinet avec ce précieux viatique dans ma poche. Depuis le coup de fil d'Alice, l'inquiétude me ronge à nouveau. *No stress*, avait dit la cardiologue. Mais comment éviter le réel ?

Le réel, ce truc dur qui vous prend et ne vous lâche pas.

Mon réel, c'est Mattie, l'ogre, l'enfant de Ravensbrück. Et je me rends compte, brusquement, sur ce trottoir où gicle la pluie de ce début mars, que ce poids me pèse, me plie en deux, m'empêche d'avancer.

Résoudre ce problème ; à chaque problème il existe une solution. Ne rien faire d'autre qui puisse me perturber. Régler le problème, régler le problème, régler le problème.

Ce matin, après avoir déposé les garçons à la crèche, et avant ma visite chez le toubib, j'ai écrit. Machine à écrire, musique classique, feuille blanche. Le soleil du matin inondait le salon et la petite table où j'avais posé la machine. Les mots sont venus si difficilement, avec tant de peine, que j'avais l'impression d'accoucher.

Mais soudain, Camille. Patmos, les murs blancs, le sable, la mer Égée. Submergée. Les mots se sont alors précipités.

Il était là, avec moi. Il se souvenait de tout, de chaque geste, « tu aimais ça », et moi étendue, écartelée, soumise. Le plaisir, si fulgurant, que mes doigts sur les touches se sont mis à palpiter.

Il était là. Il ne me quitterait plus. Ensemble, pour le reste de notre vie. Nous prendrions un appartement plus grand, avec un jardin. Il aimait les fleurs et les arbres.

Je l'ai écrit. J'ai écrit son retour, nos retrouvailles, le lit ouvert, la lumière, radieuse. Les trilles des oiseaux dans le printemps revenu.

Et puis, il est reparti. Acheter des croissants au coin de la rue ; nous les avons émiettés dans le lit. Nous avons refait l'amour. Jamais nous ne cesserions de faire l'amour. Jamais. Toujours. C'était tout ce que j'étais capable de penser. Deux adverbes résumaient la vie.

J'ai conclu : « Le premier amour est éternel. Jamais il ne vous quittera. Blotti en vous comme un oiseau. Protégez-le bien, il vous le rendra au centuple ! »

J'ignore ce qu'en pensera Adèle, et sa boss. Trop romantique ? Trop fleur bleue ?

Pourtant.

Tout cela a été vrai, je l'ai réellement vécu. Cet amour éternel, l'oiseau qui tremblait dans mon corps. Les bras ouverts de la mer Égée, l'odeur du sel, le bruit des vagues.

Mais il n'est pas revenu.

Écrire ce qui aurait pu être. Consolation.

Je suis sortie, le sourire aux lèvres. Et je suis allée glisser l'enveloppe dans la boîte aux lettres d'Adèle.

Ça méritait bien un café supplémentaire, un vrai expresso, dans mon bistrot préféré.

Ava n'y était pas. Seul son amoureux, qui allait de table en table, plutôt mignon avec ses cheveux sombres et son catogan, et ses muscles saillants sous la chemise ajustée. De quoi faire tomber une fille comme Ava. Naïve. Vierge. Romantique.

Deviendrais-je cynique ? Moi qui viens de pondre un article qui vante l'amour, le sexe, et les retrouvailles passionnées ?

— Vous êtes madame Jeanne, la maman des jumeaux que garde Ava ?

Sans me demander mon avis, il s'assied face à moi. L'établissement bruisse de voix, d'odeurs, si vivant que même le café semble avoir une âme.

Le réel, c'est ça.

— Nous voulons nous marier. Nous avons un beau projet commun. Mais seulement, il y a un hic, et de taille, son père. Ava a essayé de lui glisser un mot à notre sujet, et la réaction a été violente. Il ne veut pas entendre parler de moi, un pauvre petit mec sans envergure, sans métier, c'est ce qu'il a dit, sans avenir. Alors...

Il me fixe, suppliant. Ses lèvres tremblent.

— Si vous pouviez lui parler, intervenir en notre faveur ? Vous, il vous écouterait. Il n'oserait pas vous contraindre au silence. Il vous respecte, vous êtes une dame.

— Je doute qu'il tienne compte de mon avis mais je le ferai. Dès que j'en aurai parlé avec Ava. Je ne veux rien tenter sans son avis !

— Oh elle sera d'accord, elle ne demande que ça ! Merci en tout cas. C'est chic de votre part.

Et me voilà embarquée dans une histoire d'amour. Ai-je seulement le droit de m'en mêler ? Je rectifie :

— Pour l'instant, je dois m'absenter quelques jours. En Normandie. Soucis de famille. Mais dès mon retour je verrai ce que je peux faire.

Il se lève, me remercie encore. Le café me semble amer. La perspective de retourner en Normandie sans doute. Le vert paradis est entaché par la maladie de Mattie. Son délire a tout bouleversé.

— Super, on va voir papa !

Camille danse de joie sur le trottoir. J'ai renoncé à la poussette après leur avoir fait promettre de ne pas s'éloigner de moi, deux pas seulement, ai-je précisé, et ils ont accepté le marché.

— C'est là, déclare Samuel en pointant son doigt sur la grosse porte en bois.

Elle est ouverte. Vieil immeuble haussmannien, sans ascenseur. Nous grimpons. Arrivés au palier du premier étage, des bruits de voix. Une dispute en cours. Je reconnais le son aigu de la voix de Jo quand il est énervé.

Déjà les garçons tambourinent contre la porte. Silence de l'autre côté, la porte s'ouvre.

— Quelle surprise ! Je ne m'attendais pas à vous voir, mais entrez donc !

Je distingue Matthieu à l'arrière-plan. La mine sombre. Il a l'air d'avoir pris dix ans depuis notre dernière rencontre. Une barbe de trois jours, lui qui est toujours impeccablement rasé, le teint gris, les yeux rouges. Il porte un jogging élimé qui ne lui ressemble pas. Ses cheveux, hirsutes, auraient bien besoin d'un shampoing.

— J'ai essayé à plusieurs reprises de vous joindre, mais comme votre téléphone a l'air d'être en panne, nous sommes venus… Je dois vous parler…

— Bon, alors autour d'un thé, si tu veux bien.

Jo me sourit aimablement, mais, de toute évidence, le moment est mal choisi. Nous tombons en plein milieu d'une dispute. Moi qui croyais qu'ils vivaient sur un petit nuage d'amour, encore une illusion de perdue !

J'expose le but de ma visite impromptue.

— Tu veux que je garde les garçons quelques jours ? Mais bien sûr. Seulement, complète-t-il, je préfère venir chez toi…

Il ne regarde pas son compagnon, lequel se tient en retrait, silencieux.

— Ce sera mieux, conclut-il. Pour toi, ça ne changera rien.

Ainsi, je ne me suis pas trompée. Mat et Jo traversent une sale période. Disputes, cris, injures, j'ai entendu des noms d'oiseaux que je ne répéterai pas mais qui prouvent, comme disent certains, qu'il y a de l'eau dans le gaz. La belle romance serait-elle en train de s'achever, en pataugeant dans des débris délétères ?

Mais une dispute n'entraîne pas forcément une séparation. Tous les couples doivent gérer des différends, chacun à sa manière. Jo et Mat en criant. Et en se réconciliant sur l'oreiller, peut-être.

Un couple comme un autre. Ils sont ensemble depuis dix ans. Ils ont voulu un enfant. Ils semblaient décidés à rester ensemble pour l'éternité.

— J'ai faim, déclare Samuel.

Il s'est arrêté devant la boulangerie et presse son nez contre la vitrine. Désigne l'éclair au chocolat d'un air plein de convoitise. Je n'ose dire non. Nous reprenons le chemin avec trois éclairs dans le carton blanc, deux au chocolat, un à la vanille.

J'ai besoin de consolation. La vanille console. Elle doit receler un ingrédient miraculeux qui fait gonfler de plaisir le cœur, apaise l'âme, dilate les artères.

Après avoir englouti mon éclair, j'appellerai ce psychiatre, le docteur Hauteville, à Deauville. En espérant que son planning lui permette de recevoir Mattie, d'écouter sa folie, si folie il y a.

Le réel et la folie ne sont-ils pas intimement liés, parfois ?

« Quand je suis revenue de là-bas, m'a dit un jour Mattie, j'ai voulu en parler. À une amie que j'ai croisée, dans la rue, à Deauville. Elle a eu l'air si épouvantée que je me suis tue, et jamais plus je n'ai tenté d'expliquer. Personne ne pouvait admettre que ça ait existé. On était des menteurs, ou on exagérait. Car ce n'était pas possible, tout simplement pas possible, c'était trop. Et pourtant, on ne mentait pas, on n'exagérait pas. »

Chapitre 23

Emporte-moi, wagon, enlève-moi, frégate!

Paris-Deauville.

Paysages normands au-delà de ma fenêtre. Ciel bas, horizon gris, seule l'herbe est verte, luisante d'humidité. Ce mois de mars commence par la pluie. Qui ne cède pas depuis plusieurs jours, inondant Paris, faisant monter l'eau sur les berges de la Seine. Ici, les prés disparaissent dans la bruine.

Bien que mon compartiment soit vide, il dégage des odeurs de sandwich au jambon, de sueur et de saleté.

J'ai hâte d'arriver, et en même temps j'appréhende. Dans quel état vais-je trouver Mattie? Recroquevillée sous l'effet des médicaments, me contemplant d'un air morne, ou au contraire m'accablant de reproches? Je crois l'entendre: « Tu m'as abandonnée, ma petite Jeanne, moi qui ai tout fait pour toi. Et tu me laisses entre les mains de cette étrangère, alors que j'aurais tant besoin de toi, ma fille. »

Mais d'abord, le docteur Hauteville, spécialiste en psychiatrie. Nous avons rendez-vous, à son cabinet, à midi tapant. Boulevard de la Mer, à quinze minutes à pied de la gare.

Le paysage défile, peuplé de silhouettes indéfinissables, d'ombres et d'arbres nus, sous un ciel si bas que j'ai l'impression qu'il va tomber sur nous, engloutissant la terre, la recouvrant de ses bras tièdes. Et nous, misérables humains, pris dans cette ultime étreinte.

Enfin libres.

Dans mon sac, mon calepin, un stylo. Le titre qui apparaît.

Rien à voir avec *Cosmos*.

Et j'écris.

Stratégie de l'attentat

Aujourd'hui, comme hier, depuis les premiers soubresauts du capitalisme triomphant, se sont élevées des voix discordantes, prenantes, intimidantes. Que ce soient celles de Louise Michel et des martyrs de la Commune, de Ravachol au cou tranché par la guillotine – une manière radicale pour le faire taire –, ou encore celle du jeune Italien Caserio.

Outre-Atlantique, celles de Sacco et Vanzetti, qui apparaissent comme des victimes de la répression aveugle de gouvernements soucieux de faire appliquer un ordre tout aussi aveugle, au mépris des sentiments, des désirs et des besoins de leurs peuples.

La révolution industrielle a donné naissance à une hydre monstrueuse appelée capitalisme qui a bouleversé et bouleverse toujours les structures de la société. À cette violence considérée et voulue comme la norme par les capitalismes du monde entier, se sont opposés Proudhon et sa pensée libertaire, matrice d'une possible évolution sociale qui ferait régner l'égalité, l'équité, la liberté, la fraternité.

Ainsi est venue au jour une autre manière de vivre, de considérer la société, dans une vision qui accorderait à l'humain une place prépondérante, où le respect et la dignité ne seraient pas lettre morte, où les puissants ne pourraient pas disposer d'une main-d'œuvre malléable et corvéable à merci.

Ainsi est née la lutte syndicale révolutionnaire, premier pas dans cette tentative de libération qui devait mener à la liberté.

Aujourd'hui, l'Allemagne est agitée par ce mouvement appelé Fraction armée rouge, initié par Andreas Baader. Mais demain, la France ne risque-t-elle pas, elle aussi, d'être bouleversée par un mouvement libertaire révolutionnaire qui s'attaquerait à l'essence du capitalisme, à travers ses banques, ses institutions, sa police?

Si Ravachol agissait dans le cadre d'une lutte anarchiste révolutionnaire, individuelle et directe, Baader, lui, luttait dans un cadre collectif. Mais leur objectif final reste pourtant le même, et consiste dans le renversement du capitalisme.

Qui pourrait les condamner? Le but n'est-il pas louable? Débarrasser la société d'un fléau qui la ronge, qui torture des millions d'individus à travers le monde, ne devrait-il pas être le but de chaque être vivant doué de raison?

Le train ralentit. Nous arrivons. Calepin dans le sac, avec cette stratégie de l'attentat qui peut-être restera dans l'ombre. Quel journal aurait le cran de publier cette apologie de la révolte sanglante ? Moi-même, je ne suis pas sûre que je m'y risquerais.

Les journaux sont peureux ; censure et autocensure obligent. Éric Muller en a souvent fait les frais. Moi-même, à Lille, il arrivait que mon rédac chef biffe rageusement quelques phrases jugées trop personnelles, disait-il. Subversives, en fait. Il avait le souci de donner à lire un journal réglé comme une horloge. Une petite musique pas trop violente, qui ne choquerait personne.

C'est un immeuble cossu du début du siècle, en pierre de taille, avec un escalier en bois massif recouvert d'un tapis qui mène au premier étage. « Sonnez, puis entrez », indique la plaque sur la porte.

La salle d'attente. Une petite pièce cosy qui donne sur la cour arrière de l'immeuble. Un petit canapé en tissu orange. Une bibliothèque le long du mur. Une table basse chargée de revues.

Dans la bibliothèque, aucun ouvrage médical. Des récits de voyage, des livres d'art, la collection complète des Rougon-Macquart.

La porte s'ouvre. Le docteur Hauteville. Un petit bonhomme au regard pointu. Il me tend la main, me guide vers son bureau, me désigne la chaise face à lui. La lumière peine à éclairer la pièce. Il allume la petite lampe. Me dit : « Je vous écoute. »

Chapitre 24

Dans la rue.

Face à la mer.

Devant le kiosque à journaux, un petit attroupement. Des gens qui discutent, âprement. L'air est agité. Le vent s'est arrêté, la pluie aussi. Un timide soleil pointe dans le ciel qui ne recouvre plus la terre comme un couvercle.

J'entends des mots, Aldo Moro, Brigades rouges…

— Que se passe-t-il ?

On se tourne vers moi.

— Vous n'avez pas entendu les infos à la radio ? Les Brigades rouges ont enlevé Aldo Moro…

Aldo Moro, homme politique italien, qui a conclu un pacte avec les Palestiniens, en échange de la certitude de ne pas subir d'attentat sur le sol national. Un socialiste, chrétien, démocrate, professeur de droit. Et immédiatement, je pense à Hanns Schleyer et je murmure :

— On va le retrouver dans un coffre de voiture…

On m'a entendue, on me regarde, l'étonnement se lit sur les visages. Puis on se détourne, chacun s'en retourne à sa vie, vaquer à ses occupations. Et pendant ce temps, un homme attend d'être délivré.

Un printemps sanglant succédera-t-il à l'automne allemand ? Italien, à présent, mais cet enlèvement ne nous concerne-t-il pas tous ?

— Contente de vous voir, déclare Alice en me tendant la main. J'ai un peu de retard... votre maman a fait quelque difficulté pour sortir... Elle prétendait attendre quelqu'un, mais j'ai réussi à la persuader de m'accompagner.

Mattie, un peu en retrait, me sourit timidement. On dirait une petite fille qui a peur d'être grondée. Le docteur Hauteville saura-t-il l'aider à redevenir elle-même, telle que je l'ai connue et aimée ? Ou va-t-elle continuer à se réfugier dans ce monde parallèle qui l'attire tant ?

— Je veux bien aller voir ce médecin, répond-elle, blottie contre moi sur la banquette arrière. Il n'est pas méchant, promets-le-moi !

L'univers de Mattie est divisé entre méchants et gentils. Méchant comme l'ogre, gentil comme Alice. Ou comme Tsuki, le chat d'Alice, qui vient ronronner sur ses genoux, devant la télévision. Mattie se passionne désormais pour des émissions qu'elle dédaignait auparavant. Elle est fascinée par L'Île aux enfants, Nounours et le patinage artistique. Pétrie d'admiration devant Léon Zitrone.

Alice gare la Fiat et nous nous extirpons de l'habitacle, Mattie toujours serrée contre moi. Une petite fille. Que je dois protéger. Contre le monde mais aussi contre elle-même.

Croquettes de poisson, pommes au four et salade de mâche. Mattie mange avec application, mais son regard est ailleurs. Elle a avalé sans difficultés ses gouttes et ses comprimés. Sage. Alice l'a chaudement félicitée.

— Je repars demain très tôt, pas la peine de me conduire à la gare, je commanderai un taxi.

Elle acquiesce, continue à mastiquer, avale un verre d'eau. Indifférente. Ailleurs. Là-bas, avec sa garde-chiourme qui la traitait de *Hure*? En train d'attendre l'ogre et ses cadeaux, savon, bas fins, gâteau…

« Car je l'attendais, malgré tout, je l'attendais, m'a-t-elle dit. J'étais attachée à lui. Oui, attachée. À tel point que je me demande parfois ce que j'aurais fait si j'avais pu m'échapper… Serais-je restée? »

— Je monte au grenier, dis-je en me levant.

Elle acquiesce d'un mouvement de tête.

Les greniers recèlent des trésors. J'ai toujours aimé fouiller dans les caisses, sortant les vieilles robes que Mattie avait remisées, qui appartenaient à ma grand-mère.

Je me déguisais en Jeanne Bellanger, chapeau serti de cerises en soie, longue robe mousseuse, je traversais le temps. Me contemplais dans le grand miroir jauni, piqueté, qui renvoyait l'image d'une dame d'un autre âge.

Un carton, avec la mention « Gaspard ».

Dedans, pêle-mêle, un couteau suisse de la marque Victorinox, qui doit avoir plusieurs décennies, des médailles militaires, un livret de famille qui indique la date de son mariage. Un album de famille. Et un carnet.

Sur la première page est écrit, « ce carnet m'appartient à moi, Jacqueline ».

Et une date, 1er janvier 1957.

« Je veux noter les événements importants de ma vie. Ils sont rares, aussi ce ne sera pas trop long. »

Naissance d'un neveu, mort d'un vieux cousin atteint d'un cancer généralisé, avec la mention « a fini de souffrir ».

Quelques remarques brèves où elle se félicite d'avoir épousé Gaspard, d'avoir bravé l'autorité de son père qui ne voyait pas ce mariage d'un bon œil. « Un brave homme, écrit-elle. Le docteur aussi l'apprécie beaucoup, et le docteur ne se trompe pas. Il sait reconnaître les hommes bons. »

« Aujourd'hui, note-t-elle, le docteur a accouché trois femmes avec l'aide de madame Mathilde. Ils ne font jamais rien l'un sans l'autre. Je les admire. Un exemple pour tous. Dans le bourg, personne, jamais, ne les critique. Tout le monde s'entend pour dire qu'ils font un bon travail, à s'occuper de ces malheureuses et de leurs marmots. »

Un peu plus loin elle écrit :

Cette nuit, il s'est passé quelque chose d'inhabituel. À minuit tapant. Il y avait du bruit au rez-de-chaussée, j'ai allumé la lampe et tendu le bras vers Gaspard mais y avait personne dans le lit. Il était en bas.

Je suis donc descendue, m'imaginant le pire, Gaspard malade ou tombé dans les escaliers, et agonisant dans le hall.

Dans la cuisine, j'ai vu un homme, que je ne connaissais pas. Le docteur était en train de lui bander la tête.

« Le docteur l'a trouvé au cimetière, m'a soufflé Gaspard à l'oreille. C'est le père du petit qui était

mort-né, rappelle-toi. Il a voulu se recueillir sur sa tombe. Et il a trébuché. Heureusement madame Mathilde était là et a appelé le docteur. »

Le bonhomme n'est pas resté longtemps. Le docteur l'a ramené chez lui, à Trouville, où il habite. Je suppose qu'il lui a recommandé de ne plus venir de nuit, comme un voleur. Il paraît qu'il a fait une peur bleue à madame Mathilde. Forcément, elle ne s'attendait pas à trouver un étranger, en pleine nuit, dans le petit cimetière !

Le carnet tombe sur mes genoux. Une mince lumière tombe de la lucarne.

Je commence à comprendre… Mattie, cette nuit-là, a effectivement croisé un homme, dans le petit cimetière des Genêts. Mais ce n'était pas l'ogre ! L'ogre n'est jamais venu la chercher, comme elle le prétend.

Ce délire est né, sans aucun doute, de sa peur. De cette peur ancrée en elle de le voir surgir un jour ou une nuit dans sa vie ! De lui faire du mal.

Et s'il n'y a pas eu d'ogre dans le jardin, il n'y a par conséquent pas de cadavre dans la forêt.

L'ogre vit uniquement dans la tête malade de Mattie. Mattie n'est pas une meurtrière. Mon père n'a pas été complice d'un crime. Tous deux sont innocents.

Refermer ce carnet, le ranger à sa place. En remerciant son auteure d'avoir consigné les événements. Elle ne saura jamais le bien qu'elle me fait. Sans ce journal intime, je n'aurais jamais pu démêler le vrai du faux, le délire de la réalité. Mattie a même imaginé une rencontre avec Gaspard, qui lui aurait confessé ce qui se serait passé, cette nuit-là ! Et j'y ai cru, en lisant sa lettre ! Jamais je n'aurais pensé qu'elle serait capable d'imaginer tout ça !

Il nous reste à extirper l'ogre de la tête de Mattie.

Et retrouver celui qui, sans doute, est toujours vivant quelque part, mais où ?

Chapitre 25

Rue Ordener.

La plaque rutile sur la façade quelque peu décrépite de l'immeuble qui mériterait bien un coup de peinture.

Deux lettres, *EM*.

Je reconnais la sobriété de son créateur.

Si la rue est relativement calme, à l'intérieur ça bruisse, d'appels, de cliquetis de machine à écrire. Fonctionnement habituel d'une agence de presse, peu ou prou ce que j'ai connu au journal. Éric me présente brièvement, comme si je faisais partie de l'équipe (alors que je n'ai signé aucun contrat pour l'instant, mais il semble avoir oublié ce détail).

— Je n'ai pas beaucoup de temps, m'avertit Éric. Tu as quelque chose pour moi ?

Son bureau lui ressemble, surchargé de dossiers, à se demander comment il peut travailler dans un tel fouillis. Mais je reconnais là sa manière de fonctionner. « Il suffit d'être ordonné dans sa tête », dit-il quand on lui fait remarquer que même une chatte ne retrouverait pas ses petits.

Il lorgne ma sacoche. Et son visage s'éclaire quand j'en extirpe deux feuillets dactylographiés. Il jette un œil rapide sur ma stratégie de l'attentat.

La porte dans mon dos est refermée. Nous sommes seuls.

Il me parle, mais ce n'est pas lui que j'entends. La voix est dure, sèche, elle m'ordonne : « Laisse-toi faire, écarte les cuisses, tu vas aimer ça, salope. »

Le visage au-dessus de moi grimace, écarlate, les yeux brillants, des billes rouges, et les mains qui fouillent sous ma culotte, « ne fais pas ta sainte-nitouche, toutes les femmes aiment que je les baise, tu serais vraiment la première à ne pas dire merci ».

Mon corps se rétracte, muscles tendus, repousser, m'enfuir.

— Mais qu'est-ce que tu as ?

Éric me retient par le bras. Je reviens là, rue Ordener, agence EM.

— Que s'est-il passé, Jeanne ? Tu as crié, hurlé même ! Tu vas bien ?

Il m'assied dans le fauteuil. Va me chercher un verre d'eau. Pendant ce temps, mon corps, doucement, se détend. Les images s'éloignent.

Ça s'est passé à Lille, au journal. Un soir, nous étions seuls, le rédac chef et moi. Moi me débattant, arrivant *in extremis* à me dégager, à m'enfuir. Ma culotte est restée sur place, dans son bureau. Je ne l'ai jamais revue. Lui non plus. Le lendemain, je suis allée porter plainte au commissariat. On a refusé d'enregistrer ma déposition. « Quelle preuve avez-vous, mademoiselle ? Aucune. Alors ce sera sa parole contre la vôtre. »

Et de toute évidence la parole des hommes vaut plus que celle des femmes.

« Ne seriez-vous pas un brin hystérique, vous ? » m'avait demandé l'inspecteur, narquois.

Que répondre ? Je me suis tue. J'ai envoyé ma démission, par courrier, et j'ai quitté Lille.

— Bois, m'intime Éric. Tu es toute pâle ! Tu m'as presque fait peur, avec tes hurlements ! On aurait cru que j'étais en train de t'égorger !

— Je te demande pardon… ce n'est pas toi. C'est…

Et je lui raconte. C'est la première fois depuis que je suis sortie du commissariat, ce matin-là, que j'évoque cette agression. Ma peur. Ma honte. Mon désarroi quand j'ai compris que personne ne viendrait à mon secours, que jamais mon agresseur ne serait inquiété.

— Malheureusement, tu n'es pas la seule, murmure Éric. J'ai déjà entendu ce genre d'histoire. Je sais, ça ne te console pas… Tu veux encore un verre d'eau ? Hélas, je ne peux rien faire de plus. La réalité est moche, la justice est injuste, et le patriarcat prospère en même temps que le capitalisme. Ils vont ensemble, inséparables compagnons de malheur.

— Je m'en suis bien sortie, mais j'ai eu si peur ! J'ai vraiment cru qu'il allait me violer. Heureusement, j'ai réussi à me défendre… et surtout je n'ai pas bu le verre qu'il avait préparé pour moi, je parie qu'il y avait mis un calmant… J'ai raconté tout ça au flic mais il s'est contenté de sourire. « Il aurait voulu vous droguer, ma petite demoiselle ? Mais vous avez beaucoup d'imagination ! »

Dans la rue, les pigeons, ces oiseaux si parisiens, tournoient, toutes plumes battantes. Et effarouchent les moineaux pourtant effrontés.

Je suis encore tout émue d'avoir raconté à un homme que j'ai failli me faire violer par un autre homme. J'ai osé le dire, et il n'a pas ri.

Remonter la Butte, redescendre, boulevard Clichy, et tomber nez à nez sur Jo.

Il m'agrippe par le bras.

— Tu as un moment ? me demande-t-il, comme une supplique.

Nous nous retrouvons dans une brasserie, devant deux cafés crème. Il est dix heures.

— Tu ne bosses pas ?

— J'ai pris une journée de congé. J'ai rendez-vous tout à l'heure avec mon avocat.

— Tu as des soucis ?

— On peut appeler ça comme ça, soupire-t-il en touillant son sucre dans sa tasse. C'est Matthieu. Voilà, faut que tu saches, de toute façon ce sera bientôt officiel, on se sépare, Mat et moi. Définitivement, cette fois. Ça nous était déjà arrivé il y a quelques années, mais là, c'est niet, je ne pardonnerai plus.

L'annonce me saisit. Les jumeaux. Comment vont-ils réagir ? Ils adorent papa Mat !

Jo me dévisage, avec l'air d'un chien battu.

— Je sais que ce sera dur pour les garçons. Mais je ne peux pas continuer à vivre avec un homme qui me trompe régulièrement. Une fois, ça va. Plus, bonjour les dégâts. Alors, Mat a beau jurer qu'il ne recommencera plus, je n'ai plus confiance.

— Et pourquoi l'avocat ? Vous n'êtes pas mariés !

— C'est au sujet des garçons. Le père légitime, c'est moi et moi seul. La loi me donne tout pouvoir. Mais je préfère en parler avec mon avocat…

La loi…

— Tu veux dire que Samuel et Camille ne verront plus Matthieu ? Mais c'est…

— Injuste, oui… Mais la vie est injuste, tu le sais bien, Jeanne. Il n'avait qu'à pas faire le con, on n'en serait pas là.

Je baisse le nez sur mon café que j'avale d'un coup. Jo veut être le père, sans aucun égard pour les sentiments de Mat et des garçons.

— Ils sont si jeunes, ils oublieront. En tout cas, ce n'est pas demain la veille que je vivrai à nouveau avec quelqu'un ! Je sais que je vais faire de la peine à Matthieu en refusant qu'il voie les garçons, et aux garçons de le voir, lui, mais faut être raisonnable. Ils ne peuvent pas se partager entre toi, leur mère, moi leur père, et un homme qui ne représente rien pour eux, légalement.

— Mais si je me réfère à notre accord de l'époque, Matthieu était considéré comme une entité indissociable de notre trinité…

— La situation a évolué. Je ne veux pas qu'il s'interpose entre mes fils et moi. Je ne veux pas, et je m'y opposerai. J'ai la loi pour moi. Mat n'a aucune légitimité. Et comme tu dis, nous ne sommes pas mariés.

La loi, comme un rempart. Cette attitude ne ressemble pas à Jo. Dois-je lui dire que le père des garçons est sans doute Mat ? Que, d'un point de vue purement biologique, c'est lui qui a le droit de son côté ? Seulement, il ne pourra pas le prouver…

Je me tais. Jo parle, dans un débit saccadé.

— J'en ai gros sur la patate. Tu sais que je ne supporte pas la trahison, et il ne fait que ça, me trahir, me mentir. Je vis avec un sale tricheur.

Ses yeux brillent exagérément. Il est sur le point de s'écrouler sur la table.

— J'y croyais, à notre relation, je pensais que j'avais trouvé l'homme de ma vie, et voilà où j'en suis. Obligé de trouver un appart, puisque pour l'instant je vis chez lui, l'appart lui appartient. De recommencer à zéro. Avec le sentiment d'avoir tout raté.

— Moi aussi je vis seule, et je n'ai pas le sentiment d'avoir tout raté.

(Ah bon, tu en es sûre, ma petite Jeanne ?)

— On ne peut pas comparer. Toi, tu as toujours vécu seule. C'est un choix. Moi, j'ai horreur d'être seul. La solitude m'angoisse.

— Tu t'y feras. Tu as les garçons, et la vie n'est pas finie…

— Oui, c'est ce qu'on dit, dans ces cas-là. Pardonne-moi de t'accabler avec mes soucis ! Chacun les siens, n'est-ce pas. Je m'en sortirai… J'ai un métier que j'aime, des fils, des amis, ça devrait suffire.

Il se lève, m'embrasse sur la joue. Et s'en va, un peu voûté. Et je me retrouve moi aussi dehors, sous le ciel gris de Paris.

« Tu me donneras un autre papier, j'ai beaucoup aimé ta *Stratégie de l'attentat*… je compte sur toi, m'a dit Éric en prenant congé. Sur le sujet de ton choix. Je te laisse une entière liberté. »

Un sujet de mon choix. Ça devra forcément coller avec l'actualité. Aldo Moro ? Prendre le train pour l'Italie et aller constater *de visu* ce qui s'y passe ? Mais dans la conjoncture qui est la mienne, Mattie désorientée, Jo en situation de séparation imminente, Ava qui passe ses soirées avec son amoureux en prétextant faire du baby-sitting, il m'est difficile de m'éloigner.

Un portrait. Un homme, ou une femme, emblématique de notre époque, que les Français identifieront tout de suite. Surtout un homme. Qui s'intéresse aux femmes ?

À peine ai-je poussé la porte de mon appartement que le téléphone sonne.

— C'est moi, Adèle. Ton papier a été accepté, et ma boss m'a chaudement félicitée. « Vous avez retrouvé votre allant, votre verve, je suis contente car je craignais le pire... » J'ai failli éclater de rire. C'est trop drôle, tu ne trouves pas ! Du coup, reprend-elle, je me sens nettement mieux. En fait, je crois que je n'avais plus confiance en moi, tout simplement. Et tu as réussi à me remettre sur les rails !

— Tout le plaisir a été pour moi, j'ai adoré écrire ce papier ! Ça m'a prouvé que je sais changer de registre. Donc, si tu es contente et ta cheffe aussi, tout va bien.

— Oui, tout va bien. On peut aller boire un pot un de ces soirs, histoire d'échanger sur nos vies... et rire de nos déboires. Car je suppose que tu en as aussi, des déboires, comme toutes les femmes !

Elle soupire. J'abrège :

— Bon, à un de ces soirs, je te rappelle dès que possible.

Je raccroche, soulagée. Pour décrocher presque aussitôt le combiné.

— Je vous appelle avant d'avertir la gendarmerie, déclare Alice. Votre mère n'est pas d'accord avec moi, mais je crois qu'il ne faut pas laisser cette femme déambuler dans le parc sans rien dire. C'est de la violation de propriété privée.

— De quelle femme parlez-vous ?

Elle raconte sur un ton précipité que je peine à suivre.

— Elle s'est carrément installée près du mur d'enceinte, mais je l'ai débusquée. Je l'ai vue sortir de la tente qu'elle a plantée dans un fourré. Elle s'est assise dans l'herbe, tranquillement, et a allumé une cigarette, comme si elle était chez elle. Elle ne nous a pas remarquées, et on n'a rien osé dire. Votre mère prétend que ce n'est pas grave, qu'il faut la laisser tranquille. Mais moi, je ne suis pas rassurée de la savoir ici. On ne sait pas qui c'est. Et puis, quel culot elle a !

La voix est dure, tranchante. Alice défend sa propriété, bien que les Genêts ne lui appartiennent pas.

— Alors, je vais appeler les gendarmes. Ils viendront la déloger. Par la force, s'il le faut. C'est la loi. Il faut faire respecter la loi, sinon où va-t-on ?

— Ne faites rien. Je m'en occuperai… rien ne presse !

— Mais j'ai peur, moi ! De la savoir si près ! Et si elle pénétrait dans la maison, la nuit, pendant notre sommeil ? Ce sont des choses qui arrivent !

— Ça n'arrivera pas, Alice. Je viens le week-end prochain. Et j'arrangerai ça.

Elle reprend d'une voix plus douce :

— Dans ce cas, je vais attendre. À propos de votre maman, elle va mieux. Elle a repris goût à la lecture. Elle veut relire, m'a-t-elle dit, toute la série des Rougon-Macquart.

— C'est bien. Ça prouve en effet qu'elle va mieux.

— Moi, je déteste ce Zola. Il écrit des choses horribles. Je préfère des romans plus doux qui me font du bien. Comme Frank Slaughter ou Guy des Cars. Mais chacun lit ce qu'il aime !

Elle raccroche.

Si je demandais à Jo de nous accompagner, les garçons et moi, en Normandie, samedi prochain ? Nous pourrions préparer Samuel et Camille, en douceur, à la séparation d'avec Matthieu. Le vert paradis de mon enfance agira comme un baume. En famille, en quelque sorte. Un père, une mère et leurs deux enfants. On nous regardera avec envie, un si beau couple, une si jolie famille.

Le monde n'est qu'apparences.

— La tricherie est la norme, m'a dit Adèle au téléphone. Tu n'as pas à culpabiliser de m'avoir servi de nègre. Je sais de source sûre que le dernier roman de Nathan X a été écrit par quelqu'un d'autre. Et ce ne serait pas la première fois. Seulement, on fait semblant de ne rien savoir. Ainsi tourne le monde.

Chapitre 26

Les moineaux de Paris me réveillent le matin, j'ouvre les yeux sur leurs murmures joyeux, et mon cœur se remplit de joie. L'été bientôt.

J'ai repris goût à l'écriture. Ma stratégie de l'attentat a eu un certain retentissement, comme l'atteste le courrier des lecteurs. Un seul élément discordant en la personne d'un historien qui s'est indigné de ma comparaison de la Fraction armée rouge avec le mouvement anarchiste et qui s'est longuement répandu sur les ondes de la radio pour me démolir. La polémique a enflé, ce qui a ravi Éric Muller. « L'article est tombé à pic, avec le kidnapping d'Aldo Moro pour conforter ta thèse. Ces gens-là veulent s'attaquer aux fondements du capitalisme et tous les coups seront permis. L'attentat a encore de beaux jours devant lui. Tuer pour attirer les regards. Et nous regardons. »

Aldo Moro n'a pas été relâché. Je crains d'avoir entrevu l'issue, fatale. Mais pour l'instant, tout le monde espère sa libération… Jusqu'au pape qui est un de ses amis et le tient en haute estime. « L'Italie retient son souffle en attendant de le perdre », a titré *Le Parisien libéré*.

Titre ambigu, mais qui en dit long sur les doutes de son auteur.

Printemps rouge qui suit un automne sanglant.

Une voix me fait sursauter.

— Oh, je croyais que tu étais sortie, alors je me suis permis d'entrer… Pardon, Jeanne.

Ava tente de sourire, mais le cœur n'y est pas. Elle contemple les notes que je suis en train de griffonner.

— Je te dérange en plein travail… je m'en vais…

— Mais non, reste ! Quelque chose ne va pas ?

Elle s'affale dans le canapé, se prend la tête entre les mains. Je comprends qu'elle n'est montée ici que pour trouver un peu de paix, de solitude, et que ma présence la gêne.

Elle relève brusquement la tête. Des larmes sur ses joues. Elle les essuie d'un geste rageur.

— J'ai besoin d'en parler à quelqu'un qui ne me jugera pas, alors ça tombe bien que tu sois là. Voilà, je suis enceinte de six semaines et j'ai pris un rendez-vous pour avorter. Demain, j'y passe.

Et elle raconte. Comment elle a perdu sa virginité et est tombée enceinte, dès la première fois, assure-t-elle.

— On n'a pas pris nos précautions et c'était trop tard. Nous ne voulons pas le garder, d'abord parce qu'on est trop jeunes, et sans argent, et que mon père me tuerait si je me mariais avec un gros ventre sous ma robe blanche ! Je dois être vierge au jour de mes noces, il me l'a assez répété. Et de toute façon il ne veut pas de ce mariage. Alors, soit on file tous les deux, soit j'avorte. Je n'ai pas le courage de m'enfuir et d'abandonner mes parents qui n'ont que moi. Heureusement la loi a été votée, je ne remercierai jamais assez Simone Veil. Disons que je n'ai pas le choix. Jamais je n'aurais cru qu'un jour je me retrouverais dans cette situation. Je veux des tas d'enfants, mais plus tard, quand notre situation se sera arrangée ! Parce que j'ai décidé de reprendre des études. On a un grand projet, ouvrir un hôtel-restaurant, quelque part en Normandie, pas trop loin d'ici pour que mes parents puissent venir facilement. Mais pour ça, faut que j'apprenne l'anglais, et la gestion, alors je vais m'inscrire dans une école hôtelière. Donc, un bébé m'empêcherait de faire ça, alors demain je m'en débarrasse…

— C'est toi qui choisis. Et toi seule. Mon père disait toujours que les hommes, dans ce domaine, n'ont pas voix au chapitre. Seules les femmes. C'est ton corps.

Son visage s'apaise peu à peu. Elle sort un mouchoir de sa poche, renifle, se mouche. Et je me dis qu'elle au moins ne tombera pas entre les mains d'un avorteur, au risque d'y laisser la vie.

— J'espère seulement que ma mère qui voit toujours tout ne se rendra compte de rien ! Tu peux me couvrir pendant vingt-quatre heures, dire que je dors ici pour garder les jumeaux ?

— Bien sûr. Tu peux rester ici autant de temps que tu le veux.

— Merci, dit-elle simplement. Tu es une vraie amie. Tu ne juges pas.

— Tu sais, j'ai vécu une grande partie de ma vie à côté de femmes enceintes, qui n'avaient pas la possibilité d'avorter mais qui l'auraient fait si elles l'avaient pu. Certaines le disaient ouvertement. D'autres abandonnaient leur enfant à la naissance. Mais mes parents ne jugeaient jamais. Enfin, mon père ne jugeait pas. Ma mère, elle, ne disait jamais rien.

Et je sais pourquoi. Elle pensait à son enfant, arraché à elle, emporté comme un paquet. Alors, elle avait opté pour le silence.

Enfin, la fin de la semaine approche, et avec elle la perspective d'un petit séjour en Normandie.

— Que c'est agréable de passer une journée en famille !

Nous revenons de la plage, tous les quatre, Jo, les enfants et moi.

Les garçons, sur la banquette arrière, serrés l'un contre l'autre, chantonnent dans leur langue intraduisible, *omi, moa, mili, balo*... Une langue qui leur appartient, à eux seuls, à laquelle nous n'avons pas accès.

Journée idyllique, déjeuner dans un restaurant au bord de mer, frites et poisson pané pour les petits, coquillages et crustacés pour les parents. Un samedi de mars splendide, avec soleil irisant les vagues, où Samuel et Camille ont trempé pieds et mains, sable fin et eau pour les pâtés traditionnels, aidés de leur papa Jo venu sans papa Mat dont il ne parle plus.

— La rupture est consommée, m'a-t-il signalé, je vis seul désormais. C'est pas si mal d'avoir tout l'espace à soi, de ne pas devoir partager.

— Et qu'as-tu dit aux garçons ? ai-je demandé.

— Que leur papa Mat est parti très loin, à l'autre bout du monde, ce qui va devenir vrai sous peu, Matthieu songe à s'expatrier en Australie... Il a un frère à Melbourne, disposé à l'héberger... Ce sera une nouvelle vie, et ça vaut mieux pour tout le monde.

Mattie est restée aux Genêts, trop fatiguée pour une journée en bord de mer, en compagnie d'Alice qui prend son rôle de gouvernante à cœur. Elle la conduit une fois par semaine au cabinet du docteur Hauteville, pour sa séance. Ensuite elles font les courses, et rentrent pour ne pas louper le journal de vingt heures, un rituel immuable. Ces soirs-là, elles dînent avec un plateau-repas devant la télévision.

— Mattie va mieux, tu ne trouves pas ? dit Jo en jetant un œil en arrière où les jumeaux se sont couchés sur la banquette.

— Oui, je crois. En tout cas, elle n'a rien dit qui puisse faire penser à un délire... mais elle parle peu...

— Faut dire qu'Alice bavarde pour deux ! Difficile de placer un mot ! Au fait, pendant que j'y pense, je la trouve tristounette en ce moment, notre petite Ava. Je l'ai vue hier, elle avait un visage tellement renfrogné que ça m'a fait peur ! Tu sais ce qu'elle a ?

— Demande-le-lui, si ça te soucie à ce point ! Moi je trouve qu'elle est juste un peu lasse... Elle se préoccupe de son avenir... Elle veut échapper à ses parents, aussi. Mais ce n'est pas si simple, avec le père qu'elle a !

Jo se tait, fixe la route.

Comment lui parler de cette affaire de femmes qu'est l'IVG ? De cette intimité féminine ? Que peut-il y comprendre, lui, un homme ?

Il reprend, changeant de sujet :

— Ça me fait un bien fou d'être en Normandie ! Merci de me l'avoir proposé. L'air des Genêts me requinque !

J'avais besoin d'être avec les garçons et toi, comme n'importe quelle famille normale.

Une famille normale. C'est la première fois que je l'entends prononcer ces mots avec comme une pointe de nostalgie.

— Le modèle traditionnel, finalement, a du bon, murmure-t-il. Quand je nous vois ensemble, avec les garçons, tous les quatre, j'ai envie de hurler de bonheur ! Nous sommes une famille, une famille !

Devant nous, les toits des Genêts, éclairés par le premier rayon de lune. Il est presque vingt heures. Nous avons dîné au bord de l'eau, Camille et Samuel refusant de rentrer, trop accaparés par leur château fort de sable.

— On va les trouver assises devant le poste de télé, s'amuse Jo. Et ta mère va vouloir faire dîner les garçons, qui à mon avis ont surtout envie de dormir, après cette longue journée ; mais moi j'accepterai bien un petit dessert...

Nous pénétrons dans la maison, chacun portant un enfant dans ses bras. Comme n'importe quelle famille qui rentre chez elle, après une journée heureuse en bord de mer.

Et, tout de suite, je comprends que quelque chose s'est passé en notre absence.

Chapitre 27

Alice est en colère. Son visage flamboie, littéralement. Ses cheveux permanentés semblent vouloir se dresser sur sa tête. Tout de suite, elle nous prend à partie.

— Elle est toujours là, cette fille… Elle est revenue. Je croyais qu'on ne la reverrait plus mais je me suis trompée. Cette fois, elle s'est encore rapprochée… Elle s'est carrément installée dans la buanderie de la Maison des femmes… C'est une violation de propriété. Vous devez appeler les gendarmes. Il le faut, insiste-t-elle. Heureusement, vous êtes là, madame Jeanne, vous allez pouvoir agir. Votre mère, malheureusement, n'en est pas capable !

— Ne criez pas, Alice, vous allez effrayer Mattie. Regardez-la, elle est toute recroquevillée dans son fauteuil !

Mais cette remarque n'apaise pas Alice.

— C'est sa faute, aussi ! Il aurait fallu être sévère dès le début, ne pas la laisser s'installer ici comme en terrain conquis. Votre mère est trop bonne, trop faible. Elle a laissé entrer le loup dans la bergerie. Et maintenant, va falloir les forces de l'ordre pour le jeter dehors.

— Pas si vite ! Demain, promis, j'irai lui parler. Pour l'instant, restons calmes, il n'y a pas péril en la demeure.

Alice ne répond pas. Mais son visage en dit long. Nous sommes de faibles gens, incapables de faire respecter l'ordre. Si elle en avait le pouvoir, le loup aurait été expulsé *manu militari*. Sans pitié, et surtout sans même lui demander la raison de sa présence.

Jamais mon père n'aurait agi de la sorte.

Pendant qu'Alice se rassied devant le poste, Mattie me rejoint dans la cuisine. Et chuchote après avoir fermé la porte derrière nous :

— Je l'ai aperçue à travers la vitre, mais elle ne m'a pas remarquée… Elle était occupée à se réchauffer une boîte de conserve sur un petit réchaud à gaz. Elle a mangé des lentilles et de la saucisse, à même la boîte, elle n'a sans doute pas d'assiette. Debout, face au mur. Je voyais son profil, la main qui tenait la fourchette, et ses longs cheveux un peu emmêlés qui pendaient dans son dos. Dans un coin, elle a disposé des couvertures et un sac de couchage, et des livres, aussi. Et une lampe torche, car l'électricité a été coupée depuis que la Maison des femmes est fermée.

Mattie avale sa salive.

— Elle a réveillé en moi tant de souvenirs ! Cette buanderie que Jeanne, ta grand-mère, avait fait installer, avec des machines à laver dernier cri. Elle en était très fière. Elle disait que le linge devait être propre, bien lavé, désinfecté, repassé, et sentir bon. Elle a toujours enseigné les règles d'hygiène. Elle avait fait installer des douches, des baignoires, des bidets, des lavabos… La propreté, c'était son credo. J'ignore comment elle s'appelle, cette fille, et je n'ai pas osé entrer, de peur de la déranger, de l'affoler. Et j'ai eu beaucoup de mal à dissuader Alice d'aller mettre bon ordre à cette histoire, comme elle dit. J'ai bien fait, non ?

— Oui, Mattie, tu as bien fait.

Ainsi, l'épouse de l'avocat parisien est revenue aux Genêts. Elle préfère une buanderie à sa belle villa anglo-normande de Deauville.

— Je reconnais la peur, chuchote Mattie, et elle a l'air de quelqu'un qui a peur. Qui fuit un danger. Qui veut se protéger. Alors, il faut attendre le bon moment pour s'approcher d'elle sans l'effrayer. Il faut l'apprivoiser, comme dans l'histoire du renard et du petit prince. Et puis, reprend Mattie, Alice m'agace, avec ses conseils imbéciles. Et ses gémissements. Depuis la mort de Claude François, elle n'arrête pas de pleurnicher… Cloclo, ce pauvre Cloclo, à longueur de journée, c'est fatigant… C'est sûr, c'est triste, à son âge, mais enfin les accidents ça arrive tous les jours, à plein de gens, et on n'en fait pas tout un plat ! En tout cas, on n'en parle pas à la télé !

— Ça va lui passer.

— Je l'espère, sinon je lui demanderai de rentrer chez elle. Je peux très bien me débrouiller sans elle et…

— Tu ne crois pas que c'est un peu rapide ?

Elle hausse les épaules.

— Je ne suis pas malade. Et je peux avaler mes médicaments et même aller à Deauville toute seule. Je suis même sûre que je serais mieux à vivre seule, qu'à la supporter…

— On verra ça plus tard. Pour l'instant, ça me rassure de la savoir avec toi…

— Comme tu veux, soupire Mattie. Tu sais que j'ai en toi une entière confiance, ma chérie.

Du premier étage résonnent des bruits de voix, de chant aussi. Jo chantonne à ses enfants un air de sa propre enfance.

— C'est joli, sourit Mattie. Jo a beaucoup de talent et c'est un excellent papa, tu ne pouvais pas trouver mieux.

Elle a l'air émue. Et soudain :

— Vous devriez vous mettre en couple, Jo et toi, ne serait-ce que pour le bien des enfants. Vous marier. Former une vraie famille. Tu ne pourrais pas leur faire de plus beau cadeau, à ces petits !

— Mais…

— Oui, je sais ce que tu penses. Jo est homosexuel. Et alors ? Ça ne vous empêche pas de vivre ensemble ! Et puis, qui sait ce qui peut arriver… Il est amoureux de toi, sans oser t'approcher… En vivant ensemble, ça peut évoluer…

— Oh pardon, je vous dérange…

Jo vient d'entrer dans la cuisine.

— Pas du tout, s'empresse de dire Mattie. Tu veux une tisane ? C'est du tilleul maison que j'ai cueilli au printemps dernier et fait sécher. Que du naturel.

— OK pour le naturel, alors, sourit Jo. Sam et Cam dorment déjà, cette journée les a épuisés, faut dire que fabriquer un château de sable n'est pas de tout repos ! Mais ils se sont bien amusés, et moi aussi. C'était vraiment sympa d'être tous les quatre !

Mattie me jette un coup d'œil qui dit : « Tu vois, tout le monde est content, alors vas-y, fonce, crée cette famille dont tes enfants ont besoin. »

Tisane dans la cuisine, la table en Formica dont Gaspard était si fier et que Mattie a tenu à conserver, et nous autour, en famille. Au premier étage, les garçons dorment, heureux, après une journée au grand air marin. Et si Mattie avait raison ? Si ma place était auprès du père de mes enfants ? J'éprouve pour Jo une grande amitié, une grande confiance aussi. Il ne m'a jamais trahie, a toujours tenu ses engagements. Il m'a entourée de tendresse pendant toute ma grossesse. A patienté dans le couloir de la clinique pendant que j'étais en train d'accoucher. J'ai vu sa joie quand il a pris ses fils dans ses bras.

Oui, Jo ferait un bon compagnon de route. Peut-être même un bon mari.

— Et comment va la jolie Ava ? Pas encore de fiancé ? Ravissante comme elle est, elle doit avoir beaucoup de soupirants !

Mattie s'exprime comme si le monde n'avait pas changé. Des soupirants, un fiancé… mais le modèle traditionnel a évolué. Mai 68 est passé par là… même si les gens continuent à se marier, à construire des familles.

— Ava a un petit copain, et ils envisagent de vivre ensemble, un jour. Pour l'instant, elle reste chez ses parents.

Mattie assène :

— Une femme n'est pas faite pour vivre seule. Un homme non plus d'ailleurs.

— Mais le couple, chère Mattie, si je peux me permettre, c'est aussi le mensonge et la trahison, parfois, souvent même. Je suis bien placé pour en parler !

— Qui ne risque rien n'a rien. Je persiste à dire qu'il faut au moins essayer.

Cette remarque s'adresse directement à moi qui n'ai jamais eu de compagnon officiel dans ma vie. Moi qui persiste à vivre seule, sans épaule où m'appuyer.

Mattie ne sait rien de Camille, de Patmos, de notre été au bord de la mer Égée. Elle me croyait à Paris et en Suisse en compagnie d'Africa qui a bien su garder le secret.

— Au fait, Jo, que fais-tu dans la vie ? Je veux dire, comme métier ? Tu me l'as dit mais j'ai oublié…

— Je suis graphiste mais, à mes heures perdues, je dessine, surtout le soir. Les rues de Paris sous l'éclat des réverbères, les passants… au fusain ou à l'encre de Chine. J'ai confié quelques dessins à une galerie, on verra bien s'ils trouvent acheteur ! J'aimerais bien, mais rien n'est sûr…

— Il faut toujours persister, toujours. Créer la Maison des femmes m'a demandé beaucoup d'efforts, mais nous avons fini par réussir. Et maintenant, je vous laisse, je vais me coucher…

Nous nous retrouvons face à face, Jo et moi.

— Mattie a eu de la chance de rencontrer son docteur, oui, de la chance. Rencontrer son âme sœur, sa moitié d'orange, c'est si rare ! Mais je suis un papa comblé, grâce à toi, et je ne te remercierai jamais assez de m'avoir donné deux fils.

Son regard est si doux, reflète une telle tendresse que j'en suis troublée.

Comment cela a-t-il pu arriver ?

Nous avons passé la nuit ensemble, Jo et moi, l'un contre l'autre.

Une nuit pleine de tendresse et de douceur qui ne se raconte pas, que l'on garde en soi comme un cadeau. C'est ce que nous avons vécu. Et quoi qu'il arrive, je ne l'oublierai jamais.

La première fois depuis Camille, depuis Patmos.

C'est la lueur de l'aube qui m'a réveillée, j'ai alors réalisé où je me trouvais. Avec un homme. Avec Jo. Sur le canapé du salon, où nous avons passé la nuit. Comme un couple.

Il dort, paisiblement. Suis-je dans ses rêves ?

Un bruit au premier étage, la galopade dans l'escalier ; je n'ai que le temps de me glisser jusque dans la cuisine, mes vêtements sur les bras, de me rajuster plus ou moins bien avant qu'ils ne nous sautent au cou.

— Papa, papa !

Je fais chauffer l'eau pour le café, et le lait pour les chocolats, comme n'importe quelle mère qui s'occupe de sa petite famille, un dimanche matin. Le cœur heureux.

Serais-je amoureuse ? Attachée, oui, liée à Jo par nos enfants. Un sentiment qui ne ressemble en rien à l'attraction que j'ai éprouvée pour Camille. Mais est-ce raisonnable de comparer ?

— On va à la plage ? demande Samuel en mordant dans sa tartine.

Du miel coule sur son menton. Il rit. Il est heureux.

— Peut-être, répond le père. Si le ciel reste calme, ajoute-t-il en désignant l'extérieur. Mais nous devons rentrer de bonne heure pour Paris. Les bouchons, et tout ça…

Les garçons grimacent.

— On peut pas rester encore un peu, papa ?

Jo soupire.

— J'aimerais bien, moi aussi. Mais ce n'est pas possible.

Rester. Quelque chose en moi m'y pousse. Aller voir la fille de la buanderie. Lui parler. Demander des explications.

C'est à ce moment que Mattie pénètre dans le salon, déjà vêtue de ses bottes en caoutchouc et de sa parka verte de jardinière. Son regard me demande de la rejoindre et je la suis dans la cuisine.

— Je l'ai vue, Jeanne, et plus encore je lui ai parlé. À l'inconnue qui est venue chez nous. Assieds-toi et écoute ! Je te préviens, c'est une histoire triste. Mais ça peut s'arranger. Nous (elle appuie sur ce nous qui m'englobe), nous pouvons l'arranger.

Chapitre 28

La voix de ma mère, ferme. Sa voix d'avant le délire, datant de l'époque où elle menait la Maison des femmes de main de maître.

— C'est fait, dit-elle simplement, hier, j'ai signé l'hypothèque. Je garde donc les Genêts, et je vais rénover l'ancienne pouponnière avec le prêt qu'on me consent. Samuel et Camille auront toujours un endroit où venir… Quoi qu'il arrive, la propriété sera là, prête à les accueillir, en cas de coup dur, mais aussi simplement pour le plaisir. Africa va être ravie, c'est ce qu'elle voulait ! Et toi, ma chérie ?

— Oh moi, je suis contente pour toi, Mattie ! Car je devine ce que tu veux en faire, de cette ancienne pouponnière !

Elle rit. Le rire d'avant, aussi. Celui qui l'illumine tout entière, qui fait du bien. Celui que j'aimais tant quand j'étais enfant. Le rire soleil, comme je l'appelais.

— Oui, je vais rouvrir cette maison… Pour les femmes, encore, pour les femmes telles qu'Élodie, et il y en a beaucoup, malheureusement.

Élodie, la protégée de Mattie. L'inconnue du parc qu'Alice voulait jeter à la rue, sous prétexte qu'elle violait la propriété. L'épouse de l'avocat parisien. Celle qui avait trouvé refuge aux Genêts, pour fuir un mari violent.

Mattie expose son projet. J'imagine, tout en l'écoutant, la maison en train de renaître de ses cendres. Les Genêts vont reprendre vie, on verra des silhouettes de femmes arpenter la grande allée, s'enfoncer dans le parc, entre les ginkgos.

Et Merlin… Merlin, de là où il se trouve, applaudira à sa manière.

En chantant.

— C'est un beau projet, Mattie, et je l'approuve. Mais il te faudra des autorisations, des…

Dans mon for intérieur – évidemment, je n'en parlerai pas, le silence s'impose –, je pense à l'ogre, au fils qui vit quelque part dans le vaste monde, à l'histoire personnelle de Mattie, qui m'importe bien davantage que tout le reste.

— Je m'en occupe, me coupe-t-elle. Mais j'ai besoin de toi. Il faut que tu alertes l'opinion publique. On l'avait fait, ton père et moi, autrefois, après la guerre, pour plaider la cause des filles mères. Aujourd'hui, il faudra que tu montres la réalité de ces femmes violentées par leur époux ou leur compagnon, et que personne ne veut croire. Apporter leur parole au grand jour. Élodie est d'accord pour te raconter son histoire qui est celle de millions de femmes à travers le monde. Mais les femmes se taisent, elles ont honte, elles se soumettent, subissent, et parfois meurent sous les coups. Devant leurs enfants qui devront vivre avec ces horreurs dans la tête.

Voix vibrante. Traversée par l'espoir. La grande dame des Genêts est de retour. Sans son mari, mais Mattie est capable de soulever des montagnes.

— Il faut y croire. J'y crois. Et d'autres y croiront avec moi. Toi d'abord. Quand tu auras écouté Élodie, tu n'auras plus aucun doute sur la nécessité de cette nouvelle Maison des femmes.

Elle raccroche, en me demandant de venir le week-end prochain pour rencontrer sa protégée. Laquelle s'est installée dans la petite remise, qui jouxte la maison de Gaspard. « Mais nous prenons nos repas ensemble, toutes les deux, c'est très agréable. Plus agréable qu'avec Alice qui me faisait des remarques sur tout et n'importe quoi. »

À peine ai-je placé le combiné sur son socle que l'on sonne.

Jo est sur le pas de la porte, avec le sourire aux lèvres et une bouteille de champagne à la main qu'il brandit triomphalement.

— Je peux entrer ? J'ai quelque chose à fêter et j'ai pensé que ce serait sympa de le faire avec toi.

Après être allé embrasser les garçons que les baisers paternels n'ont pas réveillés, il s'empresse de déboucher la bouteille.

— Je peux connaître la grande nouvelle ? Tu as rencontré quelqu'un ? C'est le début d'un nouvel amour ?

— Pas du tout ! C'est autre chose, bien plus important qu'un mec ! J'ai vendu mon premier dessin et, mieux, j'ai un article dans *Art Magazine* du mois de juin. Et mon galeriste envisage un vernissage !

— Magnifique ! Et que dit l'article ?

— Qu'un artiste est né, qui risque de surprendre. Enfin, que des trucs positifs, du genre à te faire du bien, à te donner la force de continuer. Hector, mon galeriste, est très content que ça démarre pour moi. Remarque, c'est grâce à lui que ça démarre ! Il a fait son travail, contacté qui de droit, et m'a défendu en vrai pro !

— Et Matthieu, tu as des nouvelles ?

— Oh ne parle pas de ce qui fâche ! Il essaie de me persuader de revenir sur ma décision. Il estime que nous ne sommes pas allés au bout de ce que nous avons à vivre ensemble. Donc, il réclame des prolongations, mais pour moi c'est fini. Seulement il refuse de l'accepter et n'arrête pas de me harceler. C'est usant !

Deuxième flûte de champ'. Son visage se colore. Il rit. Un peu bêtement.

— Et si je dormais ici, avec toi ? Ça nous rappellera des souvenirs… Je n'ai rien oublié, tu sais, de notre nuit en Normandie. Impromptue, mais géniale. Je suis OK pour recommencer…

Il lève sur moi un regard brillant, qui me met mal à l'aise.

— Je croyais n'aimer que les hommes, n'avoir envie de faire l'amour qu'avec les hommes, mais je me rends compte que je me suis trompé, ou alors j'ai évolué… Avec toi, ça a été super. Je crois que je suis amoureux de toi, Jeanne.

— Tu n'es pas amoureux de moi, Jo. Tu étais triste, j'étais là, disponible, et on a fait l'amour. Mais ça ne se reproduira plus.

Il me dévisage avec un air déçu de petit garçon à qui on refuse un jouet.

— Mais… pourquoi ? C'était bien, et ça le sera encore… On peut vivre ensemble… Je te mitonnerai de bons petits plats, tu m'accompagneras à mes vernissages, je te présenterai comme ma compagne, ça en bouchera un coin à certains. Surtout à ceux qui me traitent en douce de sale pédé.

La bouteille est vide. Jo est pompette.

— Alors, tu en dis quoi ? C'est une bonne idée, non ? La meilleure que j'ai eue depuis longtemps. Une fois ensemble, toi et moi, Matthieu nous foutra la paix !

— Ce serait pratique, c'est vrai. Mais non, Jo, je ne veux pas. Je préfère te le dire clairement, je ne veux pas jouer avec toi. Tu mérites que je sois honnête. Et sincèrement, je t'aime bien, ce qui n'est pas suffisant pour vivre à deux.

Il a cessé de rire, baisse la tête. Fixe son verre vide. Songe qu'il en boirait un de plus, pour se consoler.

— Je ne veux pas te chasser, Jo, mais il faut que tu rentres. Demain, je me lève tôt, et toi aussi.

Il hésite, consent à s'extirper de ses coussins. Contemple une dernière fois avec regret la bouteille vide, jette un regard circulaire sur le salon encore en fouillis, je n'ai pas eu le temps de ranger après le dîner des garçons. Jouets sur le tapis, ours en peluche et petites voitures cohabitent dans un joyeux désordre. Une lueur de regret passe dans ses prunelles sombres. Il s'y serait bien vu, dans ce décor, père de famille avec femme et enfants, semaines de travail, soirées à deux ou quatre, week-end en Normandie pour se ressourcer.

— Tu rencontreras quelqu'un, tu ne resteras pas seul bien longtemps, mignon comme tu es...

Il consent à sourire. Et m'embrasse sur les deux joues, comme un vieux copain qui rentre chez lui, un peu éméché, retrouver son grand lit vide.

La porte refermée sur Jo, je crois entendre Mattie et sa voix un peu grondeuse : « On dirait que ça t'amuse de rejeter cet homme qui ne demande qu'à t'aimer et à vous rendre heureux tous les trois. »

Comment pourrais-je remplacer Camille ? L'idée, aujourd'hui encore, presque deux décennies plus tard, me paraît toujours aussi impossible. Quand on a connu la révélation, comment se contenter d'autre chose, forcément moins bien, moins intense ? Une espèce d'accommodement avec le réel ?

Alors, ce sera rien, ni personne.

Je rêverai notre vie, Camille. Tu seras toujours là, vivant. Je me souviendrai de tout. De ton sourire. De tes bras m'entourant, me plaquant contre ton torse, tes mains comme des coques sur mes seins. Ta douceur, infinie.

Le sable tiède, les faïences bleues, le lit découvert sur la fenêtre et la mer au-delà, comme une nappe repassée, bleu ciel, se confondant avec ton corps. Tu étais ma mer et mon amour, ma vie et ma mort. Tout était devenu unique, uni. Tout avait un sens, tu étais devenu mon sens. Les questions, les doutes, la peur s'étaient dilués dans la mer Égée, la mer de toutes les mers.

Rien d'autre. Nous.

Où tu es, ce que tu fais, qui tu es devenu m'importent peu. Je n'y pense jamais. Je suis restée fixée pour l'éternité dans ce dédale de ruelles blanches qui menaient à la mer, ta main dans la mienne, dans nos rires éclaboussant les vieilles pierres, s'écrasant dans les vagues. Tu étais moi et je vivais en toi. Je ne saurais mieux définir notre amour. Cette fusion complète. Cette unité absolue. Cette absence totale de besoin d'autre chose qui ne serait pas nous.

Tu es mon secret.

Et ce soir, dans le silence de mon logis sous les toits, ta voix monte, me pénètre. « Pourquoi ? as-tu demandé, dans le hall de l'aéroport, juste avant d'embarquer. Pourquoi veux-tu ça, nous séparer, nous tuer ? »

Je n'ai pas répondu. Tu as eu un dernier regard, presque immobile, si perçant que j'ai failli tomber, je me suis retenue, je t'ai regardé partir, j'étais aussi vide et glacée qu'une branche morte tombée de l'arbre.

« Vous allez bien, mademoiselle ? » J'ai souri, d'où ai-je tiré la force de sourire ? J'ai souri et dit : « Très bien, merci. »

J'ai pris le train pour Deauville, pour rejoindre mes parents, je me suis écroulée sur le lit, dans la chambre de mon enfance, et j'ai dormi, si longtemps que Mattie est venue voir si j'allais bien, et j'ai encore dit : « Oui, très bien. »

C'est fou, quand j'y pense, le nombre de fois où l'on dit, machinalement, « oui très bien, je vais bien », alors qu'on est en train de crever, de descendre dans un abîme si profond qu'on ne souhaite même plus remonter, car impossible de grimper depuis ce gouffre, alors je suis restée au fond, à regarder la lumière du jour, au loin. Dans mes souvenirs, dans cette histoire d'amour que je n'avais pas eu la force de vivre, parce que rien n'aurait été aussi beau que le couple parfait de mes parents, de l'image idéale, parce que j'avais peur, morte de trouille que la réalité me saute au nez, me nargue.

Autrement dit, j'ai eu peur d'échouer. De me ramasser, bêtement, de me prendre la réalité dans les dents. Le réel, cette chose qui tue.

Tu es parti, si droit, trop droit, dans la lumière de cette fin d'été.

Puis, j'ai continué à vivre, machinalement, l'oubli est venu peu à peu, la douleur me lâchait parfois, les études, mon premier stage d'apprentie journaliste, mon premier poste, les rencontres amicales, les cocktails dans les bars, j'avais envie d'un enfant, mais pas de compagnon, quand Jo m'a dit, « je donnerais tout pour qu'une femme me fasse un enfant », j'ai répondu, « je veux bien être cette femme ».

Nous avons une famille, bien qu'elle ne réponde pas exactement aux normes habituelles en vigueur dans notre société patriarcale. Les garçons n'ont pas l'air de s'en porter plus mal. Jamais ils n'auront à subir les disputes, les cris, les reproches que les maris lancent à leurs femmes et vice versa, les jours où la coupe déborde, où le dépit, la frustration se font trop lourds, si lourds que le besoin de les jeter vous saisit, n'importe où, dans la cuisine, sur le canapé, lors d'un dîner entre amis, tout ce tumulte leur sera épargné. Ils deviendront des hommes peut-être un peu plus sensibles que la moyenne, qui respecteront les femmes en général, leurs compagnes en particulier.

Quant à nous, Camille, nous resterons un rêve. Le rêve d'amour, comme l'a composé Liszt. Longtemps après notre séparation, j'écoutais ce rêve, des heures durant, en boucle sur le phonographe. *Liebestraüme.*

Chapitre 29

Camille et Samuel ont leur petit sac ficelé sur le dos. Leur père range les valises dans le coffre, installe les enfants sur la banquette arrière de la Renault.

Mes fils partent en vacances dans le Lot, dans la maison secondaire de leurs grands-parents paternels. Une grande demeure en pierre, fraîche en été, un jardin planté de chênes, une piscine pour les enfants, balançoire et toboggan. Ils joueront avec leurs cousines. Et les grands-parents fixeront sur pellicule ces moments d'été que l'on dit inoubliables. Je les verrai sur papier brillant, riant de plaisir.

Sans moi.

Ils m'ont quittée sans une larme. Trop excités, trop curieux de ce qui les attend au bout de la route. Camille m'a glissé à l'oreille « je t'aime, maman », et l'espace d'une fraction de seconde, j'ai cru entendre un autre Camille, « je t'aime pour l'éternité », léchant les gouttes salées sur mes lèvres, murmurant « je t'aime pour l'éternité, quoi qu'il arrive ».

J'ai secoué la tête, revenir au réel, moi plantée sur le trottoir de la rue Constance, la portière bleue de la voiture, la banquette de tissu sombre, mes fils serrés l'un contre l'autre, Jo qui se met au volant, signes de la main, au revoir, maman, au revoir Jeanne, à bientôt.

J'aspire l'air brûlant de Paris, en ce mois d'août, cette moiteur qui colle à la peau, et je regrimpe jusqu'à mon logis sous les toits, surchauffé, que le ventilateur sur pied ne ventile pas. Mattie m'a dit hier au téléphone : « Tu dois mourir de chaud, en ce moment, à Paris. J'écoute la météo le soir, on annonce une vague de chaleur sans précédent. Ma pauvre chérie, viens te réfugier aux Genêts, Élodie et moi serons heureuses de t'avoir avec nous. »

Élodie dont l'histoire a fait non pas la une mais un gros titre de *La Vie parisienne*. Bien sûr, sans photo, sans adresse, sans rien qui puisse l'identifier. Un portrait de femme, anonyme, qui se cache pour échapper à la violence. Je l'ai titré « Une femme comme vous ». Car cette femme pourrait être n'importe laquelle de ces passantes qui marchent dans la rue, blessées, mais rien ne se voit, elle ne dit rien, elle hurle en silence. Pleine de honte et de chagrin. Quand, parfois, elle se risque à montrer un bleu, on détourne le regard.

J'y ai parlé de notre société si patriarcale, qui laisse si peu de place aux femmes. « Nous sommes toutes des proies », ai-je écrit.

Élodie m'a remerciée. Beaucoup de femmes ont répondu à cet article. Elles se sont reconnues dans ce portrait de femme battue. Parfois la violence n'est que psychologique, parfois elle s'accompagne de coups. Certaines y laissent la vie.

Élodie, l'épouse non divorcée, se cache aux Genêts. Quand l'épicier arrive, sur son vélo, le mardi midi, elle ne se montre pas, d'autant plus qu'il ne la voit pas, que personne ne la remarque, elle est là incognito. Sa vie en dépend, martèle

Mattie. Hors de question de demander le divorce pour l'instant, il faudrait donner une adresse, et qui sait ce dont il est capable. Capable de faire disparaître à jamais celle qui lui échappe, qui ose s'élever contre lui, réclamer sa liberté. « Divorcer, jamais, tu m'entends, jamais, plutôt je te tuerai », c'est ce qu'il lui répétait quand ils vivaient encore ensemble.

Alors, Élodie se cache. Elle ne sort que le soir tombé, pour marcher dans le parc, loin des regards. Loin de ceux qui pourraient la trahir. Elle n'ose plus se risquer jusqu'à Deauville, où son époux légitime a dû prendre ses quartiers d'été, comme chaque année. Et où il la cherche, passionnément. Où il la traque d'hôtel en meublé, sans jamais la trouver, et pour cause.

Connaît-il l'existence des Genêts ? Sans doute, comme tout le monde dans les environs. Mais l'idée que sa femme puisse s'y cacher ne lui est pas venue.

Pas encore.

Mais elle surgira dans son esprit, tôt ou tard. Que se passera-t-il alors ?

Imaginer que Mattie puisse être mêlée à sa colère de mari bafoué, qu'elle puisse en pâtir. Cette idée m'est insupportable. Elle a déjà tant souffert, elle mérite la paix. Et surtout de ne pas subir les représailles d'un mari à l'orgueil blessé. Un mari à qui sa proie échappe. Une proie qui réclame sa liberté.

Mattie est en danger, me dis-je en me servant un verre d'eau tiède. Mon frigo est en panne. Je pourrais m'installer chez Jo, au rez-de-chaussée sur cour, où il ferait plus frais, mais l'idée de transporter mes valises me donne des sueurs, et lui donnerait, à lui, de faux espoirs. Il se dirait qu'un pas de plus est franchi, qu'il ne reste plus qu'à déménager deux ou trois affaires, et nous serions ensemble, tous les quatre.

— Je suis prêt à t'épouser, a-t-il proposé, hier soir, après deux verres de bière. Qu'en dis-tu ?

— Rien, ai-je répondu, je n'en dis rien. Que tu dois aller te coucher, car demain tu as une longue route jusqu'à Cahors. Et tu es seul à conduire. Avec tes enfants sur la banquette arrière.

La discussion a été close. Ou plus exactement n'a pas eu lieu, avortée dans l'œuf. Épouser Jo me paraît si invraisemblable. Si incongru.

— J'attendrai jusqu'à ce que tu changes d'avis, a-t-il encore murmuré en m'embrassant sur les deux joues. Je serai un bon mari, un père admirable.

Sur ces mots, il s'est engouffré dans l'ascenseur qui s'est ébranlé péniblement, mais a consenti à l'amener au rez-de-chaussée.

Le soleil s'est littéralement jeté dans l'appartement, occupant la place. Fermer les volets, tirer les rideaux, allumer la lampe. Travailler.

Naissance de Louise Brown, premier bébé-éprouvette, le 25 juillet 1978. En tirer 5 000 signes. Aborder le côté scientifique, une première mondiale perpétrée par un physiologiste et un gynécologue britanniques, sans oublier le côté éthique. Si on peut donner naissance à un bébé conçu *in vitro*, dans une éprouvette, rencontre entre un ovule et un spermatozoïde, jusqu'où ira-t-on ? Une question légitime. Cette formidable avancée scientifique signe-t-elle la fin annoncée des relations sexuelles entre adultes désirant se reproduire ?

Le sujet me touche, évidemment. De tout temps, les humains se sont débrouillés pour avoir des enfants, même quand la femme était stérile ou trop âgée pour concevoir. Il y avait toujours une sœur, une cousine, une servante, pour prendre sa place. Mais jusqu'à présent, il était nécessaire que le corps participe à l'action, peu ou prou, par relation sexuelle dite classique, ou par le biais, comme je l'ai fait moi-même, d'une pipette emplie de sperme injecté dans le vagin, le plus profondément possible. J'étais resté ainsi, étendue, les jambes repliées sur le ventre pour garder en moi le précieux liquide qui permettrait ce que j'appelais « le miracle ». Je n'y croyais pas, persuadée que cette méthode ne pouvait remplacer la bonne vieille manière traditionnelle qui consiste tout simplement à faire l'amour.

Mais deux mois plus tard j'étais enceinte. Deux tentatives, seulement.

Et aujourd'hui, un bébé-éprouvette, une petite fille. Qui aura sans doute des bébés elle-même, de quelle manière on l'ignore encore. Sera-t-elle fière d'être le premier bébé conçu *in vitro* et réimplanté dans le ventre de sa mère ? Ou trouvera-t-elle cette méthode un peu bizarre ?

Sonnette.

La concierge, la mère d'Ava, devant ma porte. Elle me tend un pli.

— Télégramme, il vient d'arriver. J'espère que ce n'est rien de grave.

Elle s'éclipse.

Je décachette : « Je suis à Berlin, viens, hôtel Mariano, baiser, Africa. »

Pourquoi n'a-t-elle pas téléphoné ? C'est alors que je remarque le fil qui pendouille, le combiné dans le vide, les jumeaux ont dû s'amuser avec l'objet, qui évidemment ne sonne plus.

Terminer mon article.

Trouver un billet d'avion.

Fourrer deux, trois robes dans un sac.

M'envoler vers Berlin.

Ce n'est que dans l'avion que je réalise le pourquoi de ce télégramme. Africa ne voulait pas de discussion, pas prendre le temps de m'opposer ses raisons. Le télégramme, c'est comme un ultimatum.

Viens.

J'obéis.

Aéroport de Tempelhof.

Immense, démesuré, comme le maréchal Göring l'avait exigé, pour proclamer à la face de l'Europe et du monde entier la puissance aéronautique de la nouvelle Allemagne.

— *Warum kommen sie nach Berlin ?*

Le regard est soupçonneux. Yeux si clairs, cheveux blonds. Pourquoi suis-je là ?

— *Ferien*, réponds-je calmement. Hôtel Mariano.

Le nom agit comme un sésame. Il doit avoir bonne réputation. L'Allemand aux yeux clairs me rend mon passeport, *gute Ferien.*

Me voici à Berlin, touriste devenue. La première fois que je viens en Allemagne. Tout ce que j'en connaissais jusqu'à ce jour avait trait à Ravensbrück. Dans ma tête, l'Allemagne, ce sont les camps de la mort, les nazis blonds à bottes lustrées, l'idéologie raciste. Et, à présent, la RAF, cette Fraction armée rouge et ses attentats meurtriers.

Les taxis exhibent leurs carrosseries lustrées, Mercedes et Volkswagen rutilent sous le soleil brûlant. J'en viens presque à regretter ma mansarde surchauffée.

— Hôtel Mariano, *sehr gut.*

Le chauffeur est tout jeune, plus jeune que moi. La nouvelle génération. Il me scrute dans le rétroviseur, curieux. Une Française. Parisienne. Le chic parisien, la tour Eiffel, les Champs-Élysées. Paris qui éclipse sans aucun doute possible ce Berlin en pleine reconstruction.

Le chauffeur parle français et est ravi de pouvoir le montrer. Il raconte en désignant les chantiers :

— Ça dure depuis la fin de la guerre, et ce n'est pas fini. Des montagnes de gravats. On en a fait des collines. Pas naturelles mais les touristes ne s'en rendent pas compte. D'ailleurs, il y a peu de touristes en ce moment…

Il rit.

— Vous êtes la seule à vous aventurer jusqu'ici. Je parie que vous êtes journaliste ! Il n'y a que les journalistes qui s'intéressent à nous ! Et ils ne viennent pas en été, trop chaud pour eux. Voilà, vous êtes arrivée, *liebe Frau.*

L'hôtel Mariano arbore une façade luxueuse, une porte impressionnante encadrée par des grooms qui s'empressent de saisir ma petite valise. Africa aime le confort. Une revanche sur ses années de pauvreté. « Je le vaux bien », dit-elle parfois en riant, comme pour s'excuser.

— Ma chérie, que je suis contente que tu sois venue ! Je t'attendais. Mais tu dois avoir soif, avec cette chaleur !

Je vais nous faire monter des rafraîchissements ! Tu veux un Coca-Cola ? Berlin-Ouest est passé à l'heure américaine. On y boit à nouveau le vrai Coca, plus le *Fantasiegetranck* fabriqué pendant la guerre !

— Même deux Coca, je soupire en m'affalant dans le fauteuil qui garnit la petite suite qu'occupe Africa.

Joliment meublée, canapé en cuir et télévision, grand lit, deux fenêtres ouvertes sur la ville. Kurfürstendamm, le cœur de Berlin, centre d'affaires et de commerces, avec ses grands magasins et ses cafés branchés. Le monde libre face au monstre communiste. Je distingue la flèche de l'église du Souvenir. Des bruits de voix. Des rires. Des cris. Des klaxons. Des injures proférées en allemand ou en anglais. Et moi, moite, le visage rouge, avalant le Coca glacé, avidement, lorgnant la salle de bains. Me doucher. Faire ruisseler l'eau froide sur ma peau. Changer de robe. Rester nue. Ce n'est pas l'envie qui m'en manque. Les ventilateurs du plafond ne parviennent pas à rafraîchir l'atmosphère. « Mais je ne peux pas vivre les fenêtres fermées, déclare Africa, j'étouffe. Alors, j'ouvre tout et tant pis pour le bruit et la chaleur. »

— Je te préviens tout de suite, ne te fais pas remarquer ! La police allemande voit des espions partout. Le climat de suspicion est généralisé. On a même érigé un centre d'espionnage ultraperfectionné sur le Teufelsberg. C'est la colline érigée avec les gravats de l'ancien Berlin. Endroit stratégique pour aller écouter ce qui se dit de l'autre côté du mur. Et bien sûr le fantôme de Baader rôde dans les rues, dans les parcs, jusque dans les cours des immeubles. Bien que mort, on le voit à tous les coins de rue. Le monstre rouge a fait des petits, lesquels peuvent être potentiellement dangereux. Mais on en discutera plus tard, va prendre une douche, je crois que tu en as besoin !

J'obéis, machinalement. La chaleur m'a coupée de toute volonté. Chape de plomb. Eau froide sur mes épaules, sur mon ventre, sur mes jambes, la vie revient. Et la question qui va avec, pourquoi Africa m'a-t-elle fait venir à Berlin ? Ce n'est certes pas pour manger des *currywurst* et siroter des bières moussues dans un Biergarten, sous les tilleuls. Quoique.

Rester dans cette baignoire, avec le jet bienfaisant de la douchette qui éloigne la moiteur, ravive la peau, mes muscles se détendent, ce voyage est une épreuve, et ça ne fait que commencer. J'appréhende le pire.

— Je vois que tu es requinquée ! s'exclame Africa. Alors, je vais tout te dire, et surtout l'essentiel.

Elle parle. J'écoute. Je suis venue pour écouter. Procès de Hambourg, où furent jugés les bourreaux de Ravensbrück, procès voulu et organisé par les Britanniques.

— Ça a été le procès des surveillantes, les *Aufseherin*, qui ont travaillé à Ravensbrück. Plusieurs d'entre elles ont été condamnées à mort. J'ai obtenu la liste de ces femmes par l'intermédiaire de mon avocat. J'ai repéré une certaine Anna Klein, qui est restée à Ravensbrück jusqu'en septembre 1944, à la suite de quoi elle a été mutée dans le camp d'Orianenbourg-Sachsenhausen. Elle est une des rares à avoir obtenu le titre d'*Oberseherin*, le grade suprême pour une femme. Elle supervisait toutes les autres surveillantes. Elle a été acquittée faute de preuves.

— Et tu l'as retrouvée ? Ici à Berlin ?

— À Kreuzberg, très précisément. Elle y vit actuellement.

— Et elle a connu Mattie ?

Ma voix tremble. Les yeux sombres d'Africa sur mes tremblements. Je frissonne comme les femmes sur la grande place, au petit matin, pour l'appel en plein hiver. Le froid glacé sur elles. Sur moi.

— Elle ne l'a pas rencontrée personnellement. Mattie, tu le sais, avait une position, disons, privilégiée. À l'écart des autres prisonnières. Personne ou quasiment ne soupçonnait son existence. Cette Anna Klein ne l'a pas vue, mais elle supervisait la femme qui gardait Mattie. Celle qui lui apportait ses repas, confectionnés, m'a-t-elle dit, pour les gardiens SS et non pour et par les déportées, déjà un statut spécial réservé à quelques-uns. Cette Anna Klein y avait droit, comme à de nombreuses autres gratifications.

Africa avale une gorgée d'eau.

— Je me suis confrontée au dossier, parce que j'ai bien vu que tu y mettais de la mauvaise volonté, que tu n'avais pas vraiment envie de savoir… Je peux comprendre. Mais je sais aussi que les délires dont souffre Mattie ne naissent pas par hasard. Ils sont directement issus de ce qu'elle a vécu. Alors, je me suis dit que moi j'avais le temps de me pencher sur cette histoire, et j'ai fouillé. J'ai eu la chance de pouvoir me plonger dans les notes du jugement, celui du septième procès de Hambourg, et de retrouver cette Anna Klein, une femme très banale qui mène une vie des plus rangées. Elle a presque quatre-vingts ans à présent, mais en forme physique excellente et toute sa tête. Elle m'a ouvert sa porte, comme si elle était contente d'avoir de la visite. Elle en a très peu. Elle s'est coupée de tous ceux qu'elle a connus autrefois, comme elle dit. Je n'irai pas jusqu'à dire que c'est une personne charmante, mais elle n'est pas désagréable. Elle s'est hâtée de préciser qu'elle a été acquittée. Ça doit la conforter dans son idée qu'elle n'a rien fait de mal. Je l'écoutais et la regardais, et je voyais ces milliers de femmes soumises à son autorité, tremblantes d'effroi, qui avaient tout perdu, et jusqu'à l'espoir pour beaucoup d'entre elles. Mais je suis restée calme. Il le fallait si je souhaitais obtenir quelque chose, un élément nouveau, un détail qui me permettrait de remonter jusqu'à l'ogre.

— Et tu l'as obtenu ?

— J'ai obtenu un nom, celui d'une gardienne. Elle s'en souvient encore aujourd'hui, sans même avoir eu besoin de consulter des notes. C'est dire que sa mémoire est excellente. Et qu'elle n'a pas du tout envie d'oublier son passé. Je la soupçonne même de le regretter. Comme beaucoup d'ex-nazis. Pour eux, c'était la belle vie. Cette Anna Klein percevait un bon salaire, avait un poste à responsabilités, un bon logis, une nourriture copieuse. Enviée sans doute par ses collègues. Et crainte surtout. C'est cette crainte qu'elle aimait par-dessus tout. Elle adorait faire peur.

Fermer les yeux. La lumière m'aveugle. Tirer les rideaux, faire taire Africa. Mais en même temps savoir qu'elle ne se taira plus, qu'elle a enclenché un processus, mis en marche une machine infernale censée nous amener à la vérité. Mais quelle vérité ? Que Mattie a servi de mère porteuse à un assassin aux bottes cirées, à la croix de mort épinglée sur l'uniforme si seyant, dessiné par Hugo Boss pour les SS, cette race de demi-dieux qui devaient faire briller l'Allemagne dans le firmament ?

Et maintenant cette Anna Klein. Un nom si banal. Une femme qui vieillit, paisiblement, dans son quartier berlinois, entourée de l'estime de ses voisins.

Et les victimes, innombrables, sans sépulture. Et celles qui sont revenues, mais qui sont restées là-bas, malgré tout, à jamais. Mattie me l'a murmuré : « J'ai emporté le camp en partant. En moi. Tout mon corps, des pieds à la tête, est le camp. Je suis prisonnière de moi-même. »

— Je n'agis pas pour venger Mattie. Elle n'en demande pas tant. Je veux juste retrouver son enfant. C'est lui seul qui m'importe. Par justice. Alors, demain, ma chérie, on ira faire une visite à cette Christine Ast. C'est le nom de la femme qui a connu Mattie. Qui s'est occupée d'elle, qui a assisté à l'accouchement. Qui sans nul doute connaît aussi le nom de l'ogre. Car, étrangement, Anna Klein ignore de qui il s'agit. Question de timing sans doute.

Elle avale encore une gorgée d'eau. Presque solennellement, comme si elle accomplissait un geste essentiel. Je vois ces femmes assoiffées dans l'été étouffant de Ravensbrück. Pas loin de Berlin. Climat continental. Glacé l'hiver, caniculaire en été. La chaleur, la poussière, la gorge sèche. Même plus de larmes. Les os pointant sous la peau. La mort devant soi. Comme seule porte de sortie. Les femmes de Ravensbrück. Je les vois.

— Elle habite à Berlin. À côté de la gare Zoologischer Garten, Berlin-Ouest, heureusement pour nous. D'après Anna Klein, cette Christine Ast n'a pas été jugée. Elle est passée entre les gouttes, comme beaucoup. Les deux femmes ne sont pas restées liées, mais elles se sont croisées par hasard, un jour, dans la rue, et ont échangé quelques mots. Mais elles ne se sont pas revues, elles n'ont pas jugé bon de se remémorer le passé ensemble autour d'une chope de bière ou d'une tasse de thé.

Sa voix grince.

— C'est très dur, murmure-t-elle. Mais il le faut. Au fait, comment vont tes garçons ?

— Ils sont dans le Lot, plus au frais que nous, j'imagine. Avec piscine et arbres. Leur père est avec eux.

— Tu as réussi ça, donner un père à tes enfants. Un bon père.

— Qui ne sera jamais mon mari, si c'est ce que tu veux savoir. Et je ne veux plus entendre parler de ça, ma relation avec Jo. Il est le père de mes fils, point final.

Elle sourit.

— Finalement, tu es sans doute seulement en avance sur ton époque qui est en train d'évoluer à une vitesse vertigineuse. Mais je me garderais bien d'émettre un jugement quel qu'il soit ! De quel droit ? Je n'ai même pas d'enfant !

Sourire triste. Elle regrette l'enfant qui n'est pas venu. Est-ce pour cette raison qu'elle souhaite si ardemment retrouver celui de Mattie ? Comme une revanche sur le destin ?

— Je devine ce que tu penses… Oui j'aimerais connaître cet enfant, qui est un adulte à présent. Savoir ce qu'il est devenu. Comment il a été élevé. S'il connaît le passé de son père.

— Et s'il l'ignore ? S'il croit que son père a été un brave fonctionnaire sans reproche ?

— Je lui dirai la vérité…

— Je ne sais pas si tu as raison, Africa. Je doute tellement. Encore plus maintenant qu'on approche du but. Qu'on risque d'avoir des réponses. Et si on ouvrait la boîte de Pandore ? Et que tous les maux se déversent sur nous ? Si le fils de Mattie est un sale type, comme son père ?

— C'est un risque à prendre, effectivement. Mattie a surmonté tant d'épreuves, elle surmonterait celle-là aussi. L'absence de réponse serait bien pire. Je pense et j'en suis même sûre que Mattie aimerait mourir en paix, en pouvant poser un visage et un nom sur le bébé qu'on lui a arraché...

La clameur du Kurfürstendamm pénètre dans la pièce. Envie de me mêler à la foule, entrer dans les magasins, acheter des choses inutiles, vivre. La rencontre avec cette femme, demain, me remplit d'appréhension. Là, je suis concernée de près. Rien à voir avec une enquête journalistique. Cette fois, je suis dedans. Une partie intégrante de cette histoire. Fille de la femme à qui c'est arrivé. Et je réclame des comptes en son nom, donc au mien.

— Mattie sait que je suis à Berlin, et ce que j'y fais, je n'ai pas voulu lui mentir. Mais je lui ai demandé de ne pas trop espérer, il se peut que cette quête ne mène à rien ou plus précisément à personne. Et si on sortait ? On peut marcher jusqu'à l'église du Souvenir. Le concierge de l'hôtel m'a raconté que les Berlinois se sont opposés à sa destruction totale et qu'on a donc gardé cette vieille partie complétée par de l'ultraneuf. Le contraste est assez saisissant... Ensuite on ira faire quelques achats typiquement féminins, et après on ira dîner, au frais, sous des arbres, Berlin a quelques jolies placettes. Que dis-tu de ce programme ? Puisque tu es là, autant allier l'utile à l'agréable !

— OK, ça me va. Mais je t'avoue que rencontrer cette Frau Ast me donne des frissons. Quand je pense qu'elle a connu Mattie, dans ces circonstances… Comment une femme a-t-elle pu cautionner un tel système ? Elle y a trouvé des avantages, c'est sûr, mais à quel prix ?

— Elle voulait peut-être tout simplement s'en sortir vivante et elle a accepté ce poste de gardienne. Mais nous en saurons davantage demain… Allez, viens, il faut qu'on se change les idées ! Berlin est en train de redevenir une grande ville, et j'aimerais te la montrer !

Chapitre 30

Gare Zoologischer Garten. De longs bâtiments rectilignes et tristes, comme dans n'importe quelle gare.

— Ce n'est pas une gare comme les autres, murmure Africa. Regarde et tu verras ! Je l'ai appris il y a quelques jours, en lisant le *Stern* qui leur consacre un long reportage. Le livre[1] paraîtra bientôt. C'est assez stupéfiant, pardonne-moi l'expression, elle m'est venue naturellement !

Sous le soleil de Berlin-Ouest, des filles et des garçons, vautrés sur le sol, au visage blême, cernes sous les yeux, regards hallucinés pour certains, d'autres sont couchés, en chien de fusil, des seringues circulent, ils ne se cachent pas ; en plein jour, ils se livrent à leurs petites affaires.

Ce qui frappe d'emblée c'est leur âge. Si jeunes. Certains sont presque des enfants.

— Des journalistes se sont intéressés à leur sort, et au dédain dont les entoure le gouvernement trop occupé à

---

1. *Moi, Christiane F., 13 ans, droguée, prostituée* (titre allemand : *Wir Kinder vom Bahnhof Zoo*, « Nous, les enfants de la station Zoo ») est une biographie de Christiane Felscherinow, écrite par les journalistes Kai Hermann et Horst Rieck.

traquer les terroristes pour s'occuper des enfants SDF en voie de perdition ! Là encore, personne ne veut rien voir. On détourne pudiquement les yeux. Mais il semblerait que c'est toute une génération qui est en train de se détruire. Ils ont entre douze et vingt ans. Le *Stern* décrit bien l'engrenage qui les a conduits devant cette gare. Entre eux, et devant nous. Ils ne se cachent pas, comme s'ils voulaient nous montrer ce qu'on a fait d'eux. Et l'on peut s'interroger sur le pourquoi l'Allemagne fait comme s'ils n'existaient pas. Mais je pense que ce reportage dans le *Stern* va changer la donne ! Maintenant que l'affaire est étalée sur les pages du journal, on va enfin se préoccuper de ce phénomène, car c'en est un ! Qui devrait intéresser la journaliste que tu es. Tu pourrais être la première à en parler en France... Ce livre va avoir un gros impact au-delà des frontières et dans le monde entier, j'en suis convaincue.

Africa cligne des paupières, éblouie par la lumière et horrifiée par la vision apocalyptique qui se joue devant nous. Des enfants qui ont choisi l'héroïne comme manière de vivre, ou plus exactement de fuir la vie. Combien d'entre eux y laisseront leur peau ? Ils sont si maigres... visions cauchemardesques qui en rappellent d'autres, venues tout droit des camps de la mort. Les deux visions se télescopent dans ma tête.

Nous marchons.

Mais je reviendrai. Les écouter. Faire mon travail de journaliste. J'écrirai sur eux. Une sensation, très étrange, me parcourt, ne suis-je pas venue pour eux ? Pour les montrer, pour faire entendre leur douleur, pour les faire exister, eux qu'on a abandonnés ? Abandonnés à leur sort, abandonnés à une mort certaine. Les enfants de l'Allemagne d'après guerre, vautrés sur la chaussée, s'injectant des substances mortelles pour échapper à la réalité. À leur réalité ou à celle de leurs parents ?

Contre qui, contre quoi se battent-ils ? Ou ont-ils cessé de se battre, vaincus d'avance ? Ne portent-ils pas en eux, tatouées comme des matricules, les horreurs perpétrées par la génération précédente ? Comment extirper ces non-dits, ce sentiment d'horreur qu'éprouve cette jeunesse qui a perdu ses illusions et à qui on n'offre rien d'autre que le miracle économique dont ils ne veulent pas, les tours montées à la hâte pour leur fournir des clapiers qu'ils ont fuis pour se retrouver entre eux, contre les murs de la gare, en partance pour un monde meilleur ?

— Les journaux annoncent presque chaque jour un nouveau décès… Le gouvernement va finir par se pencher sur le problème, mais en attendant ils meurent, au vu et au su des passants qui détournent le regard. Tu sais, Jeanne, ce mal-être, ce désespoir, ne naissent pas de nulle part, ils plongent leurs racines dans le nazisme. Comment veux-tu que ces jeunes, qui commencent à comprendre les réalités de leur passé, puissent se construire ? Le dégoût, la honte, le sentiment d'horreur, la colère aussi les submergent, et en même temps ils sont incapables de mettre des mots sur leur souffrance, alors ils s'évadent dans la drogue. « Emporte-moi wagon, enlève-moi frégate, ici la boue est faite de nos pleurs… »

— Paradis artificiels, refuges contre les réalités du monde, ce n'est pas nouveau, Baudelaire en parle, François Villon bien avant lui, et tant d'autres.

— Oui, mais il n'y a eu qu'un Auschwitz dans l'histoire du monde. Et ces gamins sont les enfants des morts d'Auschwitz, symboliquement bien sûr, puisque les morts ne peuvent avoir, réellement, de descendance. Et pourtant…

Une fille soudain lève les yeux vers moi, elle porte une robe bariolée, des sandales ouvertes sur des pieds maculés de poussière. Ce regard. Si lointain et pourtant qui scrute, qui cherche, l'espace d'un instant, bref. Le regard retombe, il ne reste rien qu'une chiffe molle sous le soleil qui l'enveloppe.

— Ne restons pas là à les regarder comme des bêtes de foire, murmure Africa. C'est tellement triste que je me sens presque mal. Je n'aurais pas dû boire tant de café ce matin… il me faudrait un verre d'eau.

Je l'entraîne vers le bistrot qui offre une terrasse minuscule, juste en face de la gare. Deux chaises, une table en fer et un grand parasol qui nous procure un semblant de fraîcheur. Ville caniculaire, climat extrême, même à Paris le mois d'août est plus supportable.

Le garçon nous apporte des Coca, assortis des verres d'eau que nous avons demandés. Un petit jeune, pas encore vingt ans, le fils du patron peut-être. Il parle quelques mots de français dont il se sert avec satisfaction.

— Je suis allé à Paris, dit-il. Magnifique. La plus belle ville du monde. J'ai envie d'y vivre, mais mon père me retient ici. Au moins jusqu'à la fin de mes études, après je m'enfuis…

Rire qui éclate, comme un zeste de fraîcheur dans cette ville qui m'enserre comme un étau.

— À Paris, reprend-il, c'est mieux. Ici…

Il esquisse une grimace qui tord le visage en deux. Ses yeux brillent exagérément.

— Comme on dit, en français ? J'en ai marre... oui c'est ça, j'en ai marre.

Il s'apprête à parler encore, mais déjà son père le rappelle à l'intérieur, « Johann, crie-t-il, *komm schnell!* ».

Le fils obéissant s'empresse de répondre à l'ordre paternel.

Encore un qui ne rêve que de s'enfuir...

Christine Ast.

Elle est devant nous, campée sur le pas de sa porte.

D'une banalité totale. Rondouillette, de taille moyenne, yeux bleus, cheveux blond platine. Un corsage qui moule ses seins, des auréoles sous les aisselles. Coiffure bouclée, permanentée et colorée de frais. Une femme qui essaie de garder de l'allure, mais qui déjà arbore les signes de l'âge, taches sur les mains, plis dans le cou, que tente de dissimuler un épais collier en or.

C'est Africa qui engage la conversation. Elle parle l'allemand de manière plus fluide que moi. Mais déjà la femme lève un bras.

— Je parle français. Je suis allemande mais j'ai épousé un Français, après guerre, qui s'était porté volontaire pour travailler dans les usines allemandes. Il est mort voici deux ans, et depuis je vis seule.

Elle nous fait entrer. Logis propre, voire confortable, avec sa salle de bains, ses radiateurs, ses parquets luisants de cire.

— L'immeuble est un des rares qui n'a pas été bombardé à la fin de la guerre, je vis ici depuis que j'ai quitté Ravensbrück.

Elle prononce ce mot sans trembler. Elle était du bon côté, et sa voix l'affirme. Aucun cauchemar ne trouble ses nuits. Enfin, peut-être…

Elle veut nous offrir un café, mais nous refusons. S'asseoir, oui, boire, non.

— Figurez-vous que je me doutais depuis longtemps qu'un jour vous viendriez… Il faut que je vous dise, j'ai été envoyée dans ce camp en guise de punition… J'ai fréquenté un Polonais pendant la guerre, un travailleur forcé, et on nous a surpris et dénoncés à la Gestapo. Mon amoureux a été pendu, et moi seulement envoyée dans ce camp… Je suis devenue kapo rapidement, grâce à la surveillante en chef. Elle m'aimait bien… elle m'a protégée et donné cet emploi, surveiller cette déportée française qu'un officier maintenait à l'écart.

Elle ne baisse pas les yeux. Elle raconte, d'une voix précipitée soudain, comme si elle se délivrait :

— Je croyais que ce serait elle qui viendrait vers moi… Je me souviens très bien d'elle ; je ne lui ai jamais fait aucun mal, vous savez, j'ai toujours été correcte…

— Sauf que vous l'appeliez « putain »… *Hure*. Est-ce vrai ?

Elle admet.

— C'est la seule chose que je me permettais. Mais je ne suis pas seule fautive. Elle y avait sa part, aussi. Elle était… provocante. Elle a bien réussi à l'embobiner, lui… Il était fou d'elle, littéralement fou. Et elle faisait tout pour entretenir cette folie.

Elle inspire largement, reprend, le regard lointain :

— C'était un très bel homme, un vrai aryen, blond aux yeux bleus. Du genre à servir d'étalon dans les Lebensborn d'Himmler, pour faire de beaux enfants qu'on confiait aux familles allemandes. Un officier strict, toujours impeccable, mais poli. Avec moi et surtout avec elle… Il lui apportait des cadeaux… Et ça c'était insupportable. J'aurais voulu les lui arracher des mains. Des cadeaux pour cette femme ! Ça me mettait hors de moi. Car, nous les Allemandes, quoi qu'on en dise, on n'avait pas grand-chose, pas de bas de soie, pas de savon à la violette ! Mais elle, si !

Elle se tait, nous contemple tour à tour, Africa et moi. Regard hautain. Presque du mépris. Elle nous hait sans même nous connaître. Nous faisons partie des vainqueurs, ceux qui ont détruit le Reich millénaire, qui ont dénazifié son peuple.

— Vous voulez savoir qui il est, et c'est pour lui que vous êtes venues jusqu'à moi. Je voudrais vous aider, mais j'ai des problèmes de mémoire depuis quelque temps… j'ai oublié son nom. Même sous la torture, je ne m'en souviendrais pas. Mais je sais quelque chose qui pourrait vous aider, sa femme était native de Francfort, il me l'a dit, un jour : « Je retourne à Francfort, mes beaux-parents sont âgés et malades et ma femme refuse de les quitter, alors je fais les allers-retours. » Je ne sais pas pourquoi il m'a raconté ça, c'était vers la fin, peut-être qu'il en avait marre…

Elle avale une gorgée d'eau. Se racle la gorge.

Elle a l'air d'une femme qui en sait plus qu'elle ne veut le dire, qui retient, garde, conserve et s'amuse. Notre déception lui procure une certaine jouissance. Nous sommes ses jouets. Qu'elle manipule sans précaution. Elle est la maîtresse, comme, autrefois, dans ce camp…

— Vous ne parlez pas sérieusement, Frau Ast... Vous devez avoir un nom, un grade, vous devez savoir...

Mais l'autre persiste, insiste, les yeux fixés sur Africa.

— Je n'étais qu'un pion qui obéissait aux ordres, comment voulez-vous qu'un officier me fasse confiance, m'accorde quelque intérêt ? Il ne me parlait pratiquement pas, sauf pour me demander si sa protégée allait bien... Ah, on peut dire qu'il y tenait, à sa protégée française ! À croire qu'il en était fier ! En tout cas je n'avais pas le droit d'en parler. Je ne sais même pas combien de personnes dans le camp connaissaient sa présence. Et ce n'est pas ma faute si aujourd'hui j'ai des trous de mémoire.

Dit-elle vrai ? Mais comment discerner le vrai du faux ?

— Vous étiez présente à la naissance de l'enfant ?

— Oui, admet-elle, avec la sage-femme. Mais moi j'ai juste apporté du linge propre, de l'eau chaude, c'est elle qui a pratiqué l'accouchement. Ça s'est passé assez vite, il me semble. Elle n'a pas beaucoup crié, en tout cas. Sauf quand la sage-femme est partie avec lui...

— Avec lui ?

— Avec l'enfant, c'était un garçon. En pleine forme, rien à voir avec les petites portions qui naissaient dans le camp et qui mouraient aussitôt... Lui, il était vigoureux. Je ne l'ai pas pesé, je n'avais pas de balance, mais il devait bien faire six livres minimum. Bien en chair, quoi, avec des touffes claires sur le crâne. Je m'en souviens parce que je me suis dit, c'est un vrai nazi. Ce que je sais, c'est qu'il est parti peu après, avec l'enfant. Sa femme l'attendait. Ils se sont enfuis avant l'arrivée des bolcheviques, et ils ont eu bien raison, j'aurais fait pareil si j'avais été à sa place... Et moi, j'ai été libérée.

Mais je suis restée à Berlin où j'ai rencontré mon mari. Il a été assez malin pour s'assurer la protection d'un soldat russe, qui m'a protégée moi aussi. Alors je peux dire que je m'en suis pas si mal tirée par rapport à toutes ces Berlinoises qui ont été violées jour et nuit pendant des semaines…

Elle se lève. Lorgne la porte de la cuisine, d'où sortent des relents de viande mijotée. Midi approche. L'heure du déjeuner. Elle le prendra seule, sans doute.

— Vous avez des enfants ?

La question la prend au dépourvu.

— Non, je n'en ai pas voulu. Ça ne donne que des soucis. On était bien mieux tous les deux, mon Robert et moi. Quand je vois ces jeunes vautrés par terre autour de la gare, je me dis que j'ai eu raison. Et maintenant faut me laisser. Je passe à table. L'heure c'est l'heure. J'ai du goulasch, mon pauvre Robert adorait le goulasch, alors j'en fais en souvenir de lui. C'est comme s'il mangeait avec moi. Ensuite, j'irai faire ma sieste, par cette chaleur c'est ce qu'il y a de mieux. Je vous souhaite un bon séjour à Berlin.

Elle hésite, puis lance comme un ultime au revoir :

— Elle n'a pas été malheureuse, dans sa chambre, elle ne manquait de rien. Je n'ai jamais été méchante avec elle. Elle s'en est bien tirée. Ça s'appelle la chance. Sa chance à elle, ça a été cet officier, un bel homme vraiment, pas étonnant qu'elle soit tombée amoureuse de lui… car, ça au moins c'est certain, elle était amoureuse pour de bon, elle ne faisait pas semblant !

Elle ferme la porte. Nous nous retrouvons sur le palier. Ahuries. La gorge sèche. Africa me prend par la main, comme une enfant.

— Sortons !

Elle m'entraîne vers la rue. Soleil. Des enfants jouent dans l'allée. Silencieusement, comme s'ils craignaient de déranger. Sans doute ont-ils reçu l'ordre d'être sages, de ne pas faire de bruit. Ordre et propreté. Elles portent des petites robes claires, impeccables, cheveux nattés dans le dos qui tressaillent au moindre mouvement. Elles sautent à la corde, à tour de rôle. Sans se disputer. Petites filles modèles.

Africa avise un banc, sous le platane. Repos et silence.

— Aucune honte. Elle a exercé son pouvoir sur les autres femmes, les a traitées de putes, du moins en ce qui concerne Mattie, et n'en a gardé aucun regret et encore moins de remords. Comme si tout cela avait été normal.

— Ça l'était, dans l'ordre des choses de leur monde qui n'avait plus rien à voir avec le nôtre.

— Oui, murmure Africa. Tu as raison. Aucune comparaison n'est possible. C'était un autre monde que nous ne pouvons pas même envisager, imaginer, il est au-delà de toute comparaison.

L'été berlinois chauffe à bloc. Ravensbrück est à moins de cent kilomètres. Louer une voiture, rouler vers le camp, essayer d'imaginer. La soif des femmes travaillant sous le soleil, harcelées par les kapos, affamées, épuisées. Un geste, un pas de plus, avant la mort, inéluctable ou presque. Mattie dans sa chambre, à l'abri. Attendant l'ogre. Posant sa main sur son ventre. Il gonfle, quelqu'un pousse à l'intérieur, invisible. Elle l'imagine. La première fois qu'elle est enceinte. Et pas de son mari. Un enfant né d'un viol. Abomination. Espoir. Mattie n'a pas perdu foi en la vie, elle porte la vie. Elle la sent au bout de ses doigts. Elle palpite. Oiseau pas encore blessé, ne se doutant de rien. Bientôt il va éclore, se dit-elle. Briser sa coquille. Une coquille vide. Moi. Après lui, je serai une coquille brisée, qu'on jettera, n'importe où, comme un déchet. Une merde, se dit Mattie. Qui a rempli son office et peut disparaître. Elle pose ses doigts sur son nombril distendu. Son ventre a pris du volume. Elle n'est pas dénutrie, l'ogre y veille, il veille sur l'enfant à venir qui sera le sien. Sa propriété. Le dévorera-t-il ? se demande Mattie.

Et cette lumière, tout autour de moi, qui m'enserre, à travers les feuilles des platanes qui ne protègent de rien. Berlin est devenue tentacule. Une ville hallucinée, sanglante, où les enfants meurent dans la rue, drogués, oubliés, abandonnés.

Mattie, amoureuse de son bourreau. Syndrome de Stockholm ? Qu'a-t-elle éprouvé pour l'ogre ? Ne s'est-elle pas attachée à lui, au fil de ses visites ? Quelle relation ont-ils créée, ensemble ? Mattie était une femme séduisante, intelligente, consciente de son charme. Une résistante aussi, capable de mener plusieurs jeux à la fois. Il est possible qu'elle ait réussi à l'embobiner. À se faire aimer ? Et si l'ogre avait été réellement amoureux ?

— Et tes recherches sur la Fraction armée rouge ? demande soudain Africa. Puisque la piste Mattie ne débouche sur rien de tangible, tu devrais en profiter pour te documenter. Berlin peut t'aider… J'ai des contacts ici, ces gens rencontrés dans un café, avec qui j'ai sympathisé. Nous correspondons ensemble, de manière régulière, et j'ai rendez-vous demain avec deux d'entre eux qui restent à Berlin pour l'été.

Africa parle doucement. Elle me raconte l'Allemagne telle qu'elle la voit, l'Allemagne d'aujourd'hui, qui essaie de panser ses plaies, mais les plaies suintent, suppurent, corps malade à l'esprit infecté, elle n'a pas été malheureuse, j'entends la voix de Frau Ast, pas malheureuse.

La guerre est finie. Aujourd'hui les corps se diluent dans l'héroïne, rien ne les atteindra plus, aucune balle, aucune bombe, ils se fondront au bitume, à la pierre, devenus pierres, un morceau de l'Allemagne pantelante, un résidu du miracle économique, la République fédérale d'Allemagne est revenue dans le chœur des nations, ai-je entendu, mais elle reste l'ennemie. Quoi qu'en disent les chantres de la réconciliation.

— OK, je viendrai avec toi. J'avoue que ce pays me déconcerte. Je n'arrive pas à le comprendre.

— Les pays sont comme ceux qui y vivent, incompréhensibles. On ne peut pas comprendre comment un Hitler a réussi à conquérir des millions de gens, à étendre sa main furieuse sur l'Europe tout entière, sous les acclamations hystériques de son peuple. On ne peut pas comprendre les membres de la Fraction armée rouge qui veulent faire régner le chaos. Et on ne peut pas comprendre ces pauvres gamins qui ont choisi de ne plus rien voir ni entendre, de ne plus être là. *Out.* Et tu sais pourquoi on ne peut pas comprendre ? Parce que ça nous bouleverse trop, parce que tout ça, ces germes, ils sont en nous, nous aussi nous sommes des monstres en puissance capables de hurler des ordres, de frapper, de tuer, nous aussi nous sommes capables de placer des bombes, nous aussi nous sommes capables de nous injecter ce qui nous permettra d'oublier. Nous sommes eux, et ils sont comme nous.

Le soleil toujours. Impudique. Même pas voilé. Un soleil nu. Implacable. Qui ne vous demande pas votre avis, s'impose et dicte sa loi unique. Prise dans son emprise. Mattie dans l'emprise de cette Christine Ast, kapo allemande qui aime l'humilier, *Hure*, putain, tout est dit, l'autre est la putain, la salope, elle est du bon côté, elle est devenue la maîtresse de la putain. Le maître et l'esclave.

— Si on allait manger ? Mais pas du goulasch !

Une salade, oui, à l'ombre. Dans une Biergarten. Ou au fond d'une cave, avec un verre de vin blanc qui embrume, et la sieste ensuite, à l'hôtel Mariano, fenêtres fermées, sous le ventilateur qui brasse les miasmes de l'ancienne capitale du grand Reich. Et, l'espace de quelques heures, l'oubli.

— Tu es déçue, souffle Africa que la chaleur commence à fatiguer, mais je me doutais que ce ne serait pas si facile, que cette femme ne voudrait sans doute pas coopérer. Pourquoi le ferait-elle ? À mon avis, elle connaît très bien l'identité de l'ogre mais ne la livrera jamais. Ça lui appartient. Si elle la donnait elle se sentirait dépouillée. Mais il ne faut pas te décourager, ma chérie, nous le retrouverons...

De qui parle-t-elle ? Du fils de Mattie ou de l'ogre ? Je n'ai pas la force de poser la question. Les deux, de toute manière, sont indissociables. Si nous retrouvons le père, nous tomberons sur le fils.

— Oui, allons déjeuner ! Je ne vais pas laisser cette horrible Frau Ast me couper l'appétit. Quelle salope, quand même ! Oser prétendre que Mattie est tombée amoureuse de ce type ! C'est elle qui l'était, amoureuse, et pas Mattie !

Africa hoche la tête, silencieuse. Puis, doucement, prononce :

— On ne peut pas comprendre ce qui se passe entre deux personnes… Elles seules le savent. Mattie ne reconnaîtra jamais, si c'est le cas, qu'elle a pu aimer l'ogre. Ce serait un phénomène courant, souvent les victimes s'attachent psychologiquement à leur agresseur. C'est un psychiatre suédois qui a révélé cette attitude, qu'on appelle désormais syndrome de Stockholm, parce que des victimes kidnappées ont refusé de porter plainte contre leur ravisseur. Comme si elles avaient développé une forme d'empathie avec lui. Ça a pu arriver à Mattie. Dans l'état de délabrement psychologique où elle se trouvait dans cette chambre, ignorante de tout ce qui se passait à l'extérieur, elle a pu s'attacher à cet homme qui représentait le seul lien vivant qu'elle avait avec le monde. Et puis c'était un bel homme, selon Frau Ast, ce que je crois volontiers. Et Mattie a toujours été sensible à la beauté…

L'hypothèse d'Africa est plausible. Et, lors de son épisode délirant, Mattie a fait revenir l'ogre aux Genêts… dans l'espoir de tomber dans ses bras ? Mais elle l'a aussi tué…

L'âme humaine est pleine d'ambiguïté. Ombre et lumière…

Chapitre 31

Ils sont trois. Deux hommes, une femme. La femme, en dépit de la chaleur, porte un jean serré, des baskets, une chemise large aux manches longues. La petite trentaine, comme ses amis. Une casquette enferme ses cheveux châtain clair, bouclés.

Ils sont venus en trio. Plus je les observe, plus je les imagine vivant ensemble, en couple à trois, elle entre les deux garçons, libre et au-delà de toute morale, en rupture de ban avec la tradition, et avec ses parents, aussi, d'après ce que j'entends.

Nous parlons en anglais, la langue que nous maîtrisons tous les cinq, et pour ma part bien mieux que l'allemand.

— La langue des vainqueurs, déclare Ilse, qu'on a apprise en écoutant les groupes anglais, surtout les Beatles, nos héros de jeunesse. Bien sûr, on n'écoutait pas les chanteurs d'origine germanique, qu'on trouvait ploucs. Les Britanniques, c'était de l'air frais venu d'outre-Manche. On rêvait tous de partir… de franchir la Manche ou l'Atlantique pour fuir ce pays où l'on étouffait.

— En France aussi, je suppose, reprend un des deux hommes qui répond au prénom de Miguel. Moi, je suis très attiré par la France, je n'y ai jamais mis les pieds. Mon père m'en parlait… il est allé à Paris dans sa jeunesse, et a été ébloui… Le Moulin Rouge, les Champs-Élysées, et l'élégance des jeunes femmes dans les rues, ça l'avait frappé. Ça a été une de ses rares confidences, car il n'était pas loquace.

Il sourit. Un air lointain, qui lui va bien. Beau garçon. Pas l'air d'un homme comme on les imagine, sérieux, investis dans une vie de famille.

Aucun des trois n'est marié. Célibataires sans enfants.

La conversation saute d'un sujet à l'autre. Trop chaud pour se lancer dans des discussions philosophiques. Avaler des bières moussues. Fraîches. Qui n'apaisent pas la soif. Je demande un verre d'eau. Et un café pour me requinquer. Frau Ast, hier, m'a épuisée. J'ai passé une mauvaise nuit, peuplée de rêves étranges. J'ai vu Mattie batifoler dans le parc des Genêts, au bras d'un homme qui ne ressemblait pas à son mari. Elle riait, éperdue de bonheur. Ils couraient main dans la main, comme des amoureux. Je me suis réveillée hagarde, suante, avec la nette sensation que Mattie n'est pas celle que je crois qu'elle est. La mère dévouée, l'épouse fidèle, la déportée survivante. Tout cela est vrai, sans doute, mais ce n'est pas Mattie. Pas seulement.

La Bierstube est plantée de tilleuls qui nous protègent de la rue. Jardin en pleine ville, comme Berlin en recèle quand on la connaît bien, aussi intimement que notre trio.

— Nous vivons ici depuis nos études, déclare Miguel. Nous nous sommes rencontrés à l'université. Et vous ?

— Je suis journaliste, et j'enquête sur la Fraction armée rouge, c'est une des raisons de ma présence en Allemagne. J'essaie de comprendre… ce qui a pu motiver une journaliste mariée, avec enfants, à se lancer dans une telle aventure. À tout abandonner pour suivre un terroriste…

— Tout de suite les grands mots ! s'exclame Ilse. Moi aussi je suis sympathisante, et je le cache à peine. Tant pis si on vient m'arrêter, si on me jette en prison. J'ose dire que cette société est malade et que je veux utiliser toutes les armes pour la changer. Les juges, eux, diront que c'est moi qui suis malade et en un sens c'est vrai aussi, comment être en bonne santé dans une société malade qui n'a jamais rompu avec ses démons ? Je peux vous trouver des tonnes de personnes qui ont vécu pendant le Troisième Reich et en gardent la nostalgie.

— Il n'y a pas qu'eux, continue Miguel. Il y a la génération comme la mienne qui a grandi après guerre, et à qui on a opposé le silence sur toutes ces horreurs. Comme si ça n'avait pas existé. Et sans mot pour la nommer, la chose n'existe pas. Et ça continue, peu ou prou. Une société malade et qu'Andreas Baader a voulu régénérer.

— En s'alliant avec les terroristes palestiniens comme ceux qui ont perpétré les assassinats de Munich, pendant les Jeux olympiques ? En tuant des jeunes athlètes juifs innocents ?

— Il n'y a pas d'innocents. Et puis, même les anarchistes en ont convenu, la lutte armée est parfois nécessaire. Pour éveiller les consciences et rappeler que le peuple palestinien a lui aussi le droit de vivre sur ses terres.

Des rues alentour nous parviennent des bruits de voix, des rires d'enfants qui jouent.

— Nous n'arriverons jamais à éradiquer la guerre, murmure Miguel. Elle est au cœur de l'homme, la guerre peuple son inconscient. L'humain veut y aller, en découdre. Tuer pour vivre. La Fraction armée rouge ne s'est pas ralliée à l'idéologie pacifiste d'un Gandhi. Ce sera par la force qu'elle imposera ses idées.

— Comme Hitler.

Africa a prononcé ces mots d'une voix douce.

— À quoi rime une société qui naîtra de la violence ?

— Comment sont nés les États-Unis d'Amérique ? s'écrie le troisième du trio, un certain Richard. Par la violence, il me semble. Je comprends même si je n'y participe pas que l'on peut tuer pour imposer ses idées. Abattre le capitalisme triomphant ne se fera pas par des mots, mais par le sang.

La voix grince.

— Nous sommes nombreux à avoir de la sympathie pour ce mouvement. On ne peut pas rester les bras croisés, alors oui j'aide comme je le peux, je transmets, je donne de l'argent, je rédige des tracts. Et j'assume, même si je risque de le payer par un long emprisonnement dans une de leurs prisons ultrasécurisées où on me suicidera… ou bien je me pendrai de mon plein gré parce que je n'aurai pas d'autre choix.

Je les contemple. Si jeunes, si bourgeois. Même si leur allure bohème tente de plaider contre leur naissance, leur bonne éducation, leurs études universitaires, ils sont insérés dans cette société qu'ils maudissent. Miguel enseigne la philosophie à la fac, Ilse est bibliothécaire et Richard ingénieur.

— Vous ne pouvez pas savoir ce que c'est, reprend Ilse, d'apprendre que votre père était un nazi. Le mien était fonctionnaire, un bon et zélé fonctionnaire qui a fait son devoir. Il a envoyé des gens à la mort et n'a jamais eu à répondre de ses actes. La République fédérale a trop besoin de gens de son espèce. À moi, on ne m'a rien dit, pour me préserver sans doute. Mais je sais que mon cher père que tout le monde estime garde dans sa table de nuit un portrait de son idole. Hitler en personne, en train de vociférer.

— On porte ce poids sur notre dos, murmure Richard. Le poids de toutes ces cendres qui se sont échappées des cheminées des camps. Le poids des cadavres jetés dans les fosses d'Ukraine et d'ailleurs.

— Qu'allez-vous écrire ? demande brusquement Miguel. Vous allez présenter Baader comme un fou furieux narcissique, préoccupé de sa propre grandeur, et les femmes autour de lui comme des passionarias manipulées par le grand homme ? Il y a eu des articles de ce genre, guère objectifs. La situation est bien plus ambiguë. Nous ne sommes ni de doux rêveurs, ni des terroristes sanguinaires. Nous nous élevons seulement contre les injustices, les inégalités, qui constituent le socle de notre prétendue démocratie que l'on veut montrer comme exemplaire.

Les bières se succèdent sur la table, accompagnées de bretzels. Africa a fermé à demi les paupières. Elle a l'air lasse. Traits tirés, mains qui tremblent. Elle a retrouvé l'Allemagne de sa jeunesse, mais elle ne l'aime pas. Pas plus que l'autre. Pourtant elle est revenue. L'Allemagne l'attire, irrésistiblement. Elle pourrait s'abstenir, aller faire sa cure de jouvence en Suisse, parcourir la Grèce ou l'Italie, s'imprégner des beautés du monde, mais non elle revient là, sur les traces d'un passé qu'elle déteste.

— Nous allons vous laisser, prononce Ilse. Nous partons demain, à l'aube, pour l'Italie. Un voyage d'agrément… Florence, Rome, Venise au retour…

Elle sourit, et je pense Brigades rouges, Aldo Moro, assassinat. Bombes, terreur. Des actes qu'Ilse et ses comparses doivent approuver, sans nul doute. Éliminer les représentants emblématiques d'une société malade, policiers, magistrats, hauts fonctionnaires, industriels. La liste est longue et ils sont prêts à l'allonger encore.

Ils se lèvent, on se serre la main, Miguel dit « à bientôt peut-être ». Il a l'air plus effacé que les deux autres, comme pris dans le trio, prisonnier de leur trinité. Il respire l'intelligence et une certaine empathie, il est le seul à m'avoir demandé d'où je viens, et son visage s'est éclairé quand je lui ai parlé des Genêts, notre maison de famille en Normandie, près de la mer. Il a l'air d'un homme qui aimerait être heureux.

— Je viendrai un jour, peut-être, vous rendre visite… J'adore les maisons de famille, comme tous ceux qui n'en ont jamais eu.

Son regard, d'une grande douceur, se pose sur moi. Je suis l'héritière de cette maison de famille qu'il regrette tant. Une sorte d'aristocrate, avec manoir, arbres centenaires, grille de fer forgé, maison de gardien. Une enclave dans la violence du monde. Je n'ose lui dire que cette enclave a été malmenée, souillée, pendant la guerre. Que du sang a coulé entre ses murs.

Que peut-il comprendre des douleurs d'une nation qui a gagné la guerre ? Nous sommes les vainqueurs, nous avons résisté, enfin pas toujours, nous avons opposé au nazisme un non catégorique venu d'outre-Manche, sur les ondes de la BBC, ce fameux appel du 18 juin 1940 lancé par le général de Gaulle. Du bon côté. Celui qui n'a pas voulu collaborer avec les nazis.

Je me tais, ils s'éloignent, Ilse entre ses deux hommes. Une sorte de Lou Salomé de la seconde moitié du vingtième siècle. Une femme libre.

— Quel drôle de trio, murmure Africa. Une entité. Quand l'un parle, on croit entendre l'autre. Sur la même longueur d'onde. J'espère qu'il ne leur arrivera rien de fâcheux. Je les aime bien, même si je peine à les comprendre.

Je commande une énième bière. Je dois être un peu pompette, tout cet alcool, cette chaleur, ces rencontres au cœur de Berlin. Et la présence de Frau Ast qui me hante. Celle qui n'a pas tout dit, qui a gardé l'essentiel. Par haine envers Mathilde Bellanger, la préférée de l'ogre.

— Il faut que j'aille voir de plus près du côté de cette Frau Ast, et d'abord vérifier les raisons pour lesquelles elle a atterri à Ravensbrück. Je n'y crois pas, à son histoire, qu'elle aurait été déportée parce qu'elle a couché avec un Polonais… Ce n'est pas son genre, de coucher avec quelqu'un qui ne lui rapporte rien, et ce Polonais ne lui servait strictement à rien.

— Elle était jeune… les hormones… Le Polonais était sans doute un beau garçon, et comme les hommes de son âge étaient sur le front, elle a succombé.

— Non. Il y a autre chose, et je le découvrirai. Je sais qu'elle vient d'un petit village qui se situe entre Berlin et Ravensbrück. Elle l'a dit, au détour d'une phrase tout à fait anodine, sans même s'en rendre compte. Je vais y aller.

— Sans moi, articule Africa. J'ai besoin de repos. L'âge sans doute… mais tu fais bien d'aller vérifier. Qui sait ce qui peut encore surgir ? Il y a tant de choses à découvrir !

Chapitre 32

C'est un petit bourg qui s'étale le long de la grand-route, à une quinzaine de kilomètres du camp de Ravensbrück. Une pancarte en indique la direction, *Fürstenberg – Havel,* son nom actuel. Des gens y vivent. On y naît, on y meurt. La vie ne s'arrête jamais.

Paysage champêtre du Brandebourg, pas si différent du paysage normand. En dépit de la chaleur, des paysans travaillent dans les champs, des vaches ruminent à l'ombre des aulnes qui bordent le ruisseau. Des enfants jouent entre les tas de fumier et les poules. Les maisons sont pimpantes, ornées de géraniums. Une vie simple, vouée à l'agriculture et à l'élevage, loin du bruit de la ville. Avec chiens, chats, cochons et couvées.

J'ai loué une voiture. Je n'irai pas jusqu'au mémorial ; ma destination est le lieu de naissance de Frau Ast, tel qu'elle me l'a donné. Un bourg qui s'appelle Niederbrück. Là-bas on m'en apprendra davantage sur cette femme et ce qu'elle cache.

J'ai ouvert les vitres de la Volkswagen. L'air saturé de chaleur et d'odeur d'herbe envahit l'habitacle. Est-ce cet air que respirait Mattie, dans sa chambre fermée ? Ou les relents du crématorium arrivaient-ils jusqu'à elle ?

Ce besoin de comprendre. Ça me tenaille. J'en ai presque le vertige. Ou alors c'est la chaleur qui me terrasse. Veut m'empêcher de poursuivre. Me pousse à rebrousser chemin. Laisser tomber. Mieux vaut ne pas savoir, rester dans l'ignorance plutôt que de connaître une vérité qui risque de bouleverser ma vie. Faire une croix sur ce frère que je ne connais pas. Me passer de lui. Il n'a pas existé pendant trois décennies, pourquoi vouloir à tout prix le faire naître ?

C'est un adulte, avec ses croyances, ses certitudes, ses choix.

Trop tard. *Zu spät. Too late.*

C'est ce que je prononce à mi-voix. Je m'arrête. Niederbrück. J'y suis. Mais je peux ne pas sortir de la voiture, braquer le volant, m'enfuir. Berlin. Africa. Bierstube. Hôtel Mariano. Le lit sous le ventilateur qui brasse un semblant de fraîcheur. Coca glacé.

Je trouve sans peine le bâtiment qui abrite la mairie. *Rathaus.* La maison du conseil. Une appellation qui en dit long sur sa fonction. On y vient pour chercher conseil.

— Journaliste, française, résume la femme qui m'accueille. Moi je suis la femme de ménage, comme vous voyez. (Elle désigne du menton le balai qu'elle tient devant elle.) La mairie n'est pas ouverte à cette heure, mais je vous rassure, vous pourrez aller voir monsieur le maire chez lui, à domicile. Il reçoit tout le monde. Charmant, vous verrez. Il vous sera de bon conseil.

Remercier, me souvenir de l'adresse, prendre la rue à droite, dernière maison à gauche avant les champs. Une maison neuve construite à côté d'une grange à moitié détruite pendant la guerre et qu'on a laissée telle quelle.

Elle abrite les poules et les clapiers des lapins. C'est un maire paysan. La race des gens de la terre. Sans doute dévoué à ses électeurs. Un Allemand soucieux d'aider ses compatriotes.

C'est dans ce bourg champêtre qu'a été pendu l'amoureux polonais de Frau Ast. Pour cause de rapprochement avec une représentante de la race supérieure. Il n'avait pas le droit de poser la main sur elle, encore moins de pénétrer son corps, pourtant consentant. Crime de lèse-majesté, puni de mort pour lui, de camp de concentration pour elle.

C'est une maison couleur crème, fermée par un portail et un muret. Rien d'ostentatoire. Derrière ce pavillon banal, les granges, tracteur et fenil, silo à grain. Une exploitation agricole en pleine activité, mais qui a l'air de sommeiller en cet après-midi d'août. Seules quelques poules s'agitent sous le soleil, cherchant obstinément des vers invisibles, enfermées dans leur enclos grillagé.

Rien ne bouge. Et je n'ose sonner. Tétanisée soudain sur le pas de la grille. La porte s'ouvre. Une femme apparaît sur le perron du pavillon propret. Elle descend les quelques marches, avance vers moi. Elle a une petite cinquantaine d'années. Elle a traversé la guerre. Elle est pleine de souvenirs. Elle racontera. Peut-être même a-t-elle été en classe avec Frau Ast.

— Mon mari fait la sieste. Il sort d'une mauvaise bronchite. En plein été, je sais que ça peut surprendre, mais c'est pourtant la vérité.

Elle me fait entrer, m'installe dans le salon. Un canapé vert pomme et deux fauteuils assortis, le poste de télévision à l'angle de la pièce, tapis recouvrant le parquet. Elle écarte les lourds doubles-rideaux en velours sombre.

— Je peux vous offrir un café en attendant que mon mari se réveille ?

J'acquiesce. Elle a l'air surprise de ma visite, mais est suffisamment discrète pour ne pas m'accabler de questions. Je lui ai dit que je suis journaliste, et ça lui suffit.

La pièce sent l'encaustique que tente de dissimuler le parfum des lys disposés sur la longue table qui doit servir de table à manger les dimanches et jours de fête. J'imagine la famille se rassembler tout autour, avec le rôti au milieu. Le bruit des mâchoires en train de déchiqueter la viande. On parle du temps et des récoltes, des enfants qui poussent, en évitant soigneusement tout ce qui peut rompre cette belle harmonie. Pas de politique, ni récente et surtout pas ancienne. Le passé sous boisseau, sous la belle nappe brodée par la maîtresse de maison.

Une famille banale.

— Me voici.

Monsieur le maire se dresse sur le pas de la porte, hésite à faire un pas en avant, comme intimidé par ma présence. Il sourit.

— Que me vaut l'honneur de votre visite ? Ma femme m'a dit que vous étiez journaliste. Je pense que vous venez pour l'affaire…

Sa voix se fait basse. Son visage se crispe. L'affaire ne semble pas lui faire plaisir.

— Je me doutais que tôt ou tard un journaliste viendrait me voir… Ça m'étonne que ça ne soit pas arrivé plus vite… Mais je ne pensais pas qu'il viendrait de si loin, la France… Qui vous a parlé de nous ?

— Une certaine Frau Christine Ast. Elle est née ici, dans votre village.

Son front se plisse.

— Connais pas de Frau Ast. C'est son patronyme d'épouse ? Ast, ce n'est pas un nom de chez nous. Vous connaissez son nom de naissance ?

— Non. Mais je sais qu'elle a environ cinquante-cinq ans, qu'elle vit à Berlin depuis la fin de la guerre, que son mari était français, qu'elle a été déportée à Ravensbrück pour avoir enfreint la loi du Reich en entretenant une relation avec un travailleur polonais.

— Ah nous y voilà, à ce que j'appelais l'affaire ! Mais vous vous trompez de personne, cette jeune fille n'est pas cette femme dont vous me parlez. Elle a un autre nom que je ne tiens pas à divulguer, et habite dans un bourg voisin. Elle est mariée, elle a une famille, et aucune envie de réveiller le passé, ce que je peux comprendre avec ce qu'elle a vécu.

Il explique.

— Elle a été dénoncée par un voisin, un bon nazi soucieux de plaire à la Gestapo locale, et expédiée au camp qui n'est pas très loin. Elle a survécu. Mais le gamin, lui, a été exécuté. Dans la forêt. Je n'y étais pas, bien sûr, mais tout le monde savait. On n'a rien dit. Faut dire qu'on avait tous peur. C'était après la chute de Stalingrad, et la Gestapo devenait de plus en plus irritable. Une dénonciation et votre compte était bon ! Moi, je suis resté au village pendant toute la guerre, j'ai un souffle au cœur, inapte au combat. Et puis il fallait encore quelques paysans, on pouvait pas tout confier aux travailleurs étrangers, polonais et français. Je me souviens très bien de cette affaire. Vous voulez que je vous montre l'endroit ?

Je secoue la tête. Non, je ne suis pas venue pour ça, même si l'affaire, comme il dit, est intéressante. En France, on connaît très peu le quotidien de la population allemande pendant la guerre. Tous nazis, pense-t-on, tous ralliés au Führer. La vérité est un peu plus complexe.

— Cette fille était si jolie… Tous les garçons en étaient amoureux, mais ils étaient tous partis à la guerre, sur le front russe ou à l'Ouest, alors ce Polonais, elle a succombé… mais elle l'a payé cher. Et lui encore plus. Elle disait que pour elle c'était un garçon comme les autres, comme les Allemands. Ça a beaucoup irrité les sbires de la Gestapo. Qu'une authentique Allemande, de pure souche, ose coucher avec un chien polack, c'était inadmissible. Elle a échappé de peu à l'exécution ; elle a eu de la chance.

Il se tait. Il respire difficilement, séquelles de la bronchite. Il fouille sa poche, se ravise.

— Ma femme ne veut plus que je fume à l'intérieur. Ah, voilà le café ! Rien que l'odeur me réveille déjà !

Nous buvons. Le café est délicieux, du pur arabica finement moulu qui exhale un arôme puissant.

— Mais si ce n'est pas pour cette affaire, en quoi je peux vous aider ? reprend monsieur le maire.

— Identifier cette Frau Ast. Je suppose que vous avez des registres d'état civil. J'aurais besoin de trouver toutes les Christine qui sont nées dans ces années-là, c'est un petit bourg, ça ne devrait pas être si difficile.

— Il n'y avait pas de Christine dans le bourg, je suis catégorique. Aucune. Je me souviens très bien des filles, je n'ai jamais quitté Niederbrück, nous étions une communauté soudée, tout le monde se connaissait, on allait les uns chez les autres, on s'entraidait... On organisait même des veillées, avant guerre.

— On peut vérifier ?

— Si vous y tenez, mais je sais ce que je dis. Vous ne trouverez aucune Christine. J'ai gardé les registres dans mes petites archives, à la mairie. Avant moi, c'était mon père qui était maire, alors vous voyez, on est implantés à Niederbrück depuis au moins six générations !

Il bombe le torse, satisfait, et demande à sa femme de lui chercher sa veste. Pour sortir, monsieur le maire s'habille. Veston malgré la chaleur, col boutonné, mais sans cravate. Son ventre se dessine, proéminent sous le tissu sombre. C'est un homme qui s'en est bien tiré, a évité le front russe, a pu cultiver ses terres avec l'aide de quelques prisonniers de guerre. Il y en a des gens comme lui, chanceux, qui sont passés entre les gouttes, se sont à peine mouillés dans les tempêtes. Prudents et passifs, obéissants et soumis aux règles.

— Vous savez, ma petite dame, pour le Polonais, évidemment, c'est triste, si jeune, mais il l'avait bien cherché quelque part... Il savait ce qu'il risquait en s'attaquant à une jeune fille allemande. Beaucoup de gens ont trouvé qu'il n'a eu que ce qu'il méritait... J'ai proposé au conseil municipal d'élever une stèle en sa mémoire, mais on m'a opposé un refus catégorique. Nous étions trois à voter pour ! Il faudra sans doute encore beaucoup de temps avant que l'on soit capables de regarder tout ça en face. Faut dire que c'est un gros morceau, pas étonnant qu'il nous reste en travers de la gorge !

La mairie. Ce gros bloc, uniforme, avec sa partie école et sa partie administrative. Une petite bibliothèque complète l'ensemble.

— Nous nous efforçons de faire vivre la commune, d'attirer du monde, surtout des jeunes couples avec des enfants en bas âge. C'est une question de survie, explique le maire, qui sue à grosses gouttes sous son veston de laine.

Archives, au rez-de-chaussée, attenantes aux deux pièces qui constituent la mairie. Une sorte de gros cagibi rempli d'étagères qui croulent sous les dossiers soigneusement numérotés.

Il sort triomphalement le registre qui nous concerne, l'étale sur la table dans le bureau, et passe son doigt sur les lignes. Il énumère :

— Christian, Conrad, c'est moi, Hildegarde, ma cousine qui vit toujours à Niederbrück, Erika qui est partie pour Francfort, elle a suivi son mari, elle revient de temps à autre passer quelques jours dans son *Heimat*, Magdalena, qui est morte l'année dernière, d'ailleurs la date de décès est là, je suis allé à l'enterrement, et…

Il se tait, scrute le registre, les yeux exorbités, et annonce d'une voix presque timide :

— Si, il y a une Christine, Marie-Christine Maurer… mais je ne vois pas qui c'est !

Il réfléchit un moment, les yeux dans le vague, et soudain s'exclame :

— J'y suis ! En fait, elle se faisait appeler Tina, c'est comme ça qu'on disait, Tina ! Elle est née en septembre 1922, quatre ans de moins que moi. On ne se fréquentait pas…

Son visage se rembrunit. Il hésite, mais lance :

— Une drôle d'histoire. C'était tellement moche qu'on n'en parlait pas… Elle a été fille unique pendant longtemps, et un jour sa mère a accouché d'un second enfant, un garçon, c'était en 1942, je vérifierai dans le registre mais je suis sûr de ne pas me tromper… Tina s'occupait de l'enfant pendant que sa mère était aux champs et un jour, quand elle est rentrée, elle n'a trouvé ni sa fille ni son fils. Elle les a cherchés, pendant des heures. Rien. Personne. Elle a alerté les gendarmes. Il y a eu une battue. On a retrouvé Tina, au bord de l'étang, et le gamin qui n'avait pas deux ans, la tête dans l'eau. Mort noyé. Sa sœur n'a pas réussi à expliquer comment ça s'est passé, elle a dit qu'elle s'était endormie, qu'il en avait profité pour aller dans l'étang… Mais le médecin a trouvé l'histoire louche car le petit avait des hématomes autour du cou et sur les bras, et Tina avait la joue balafrée, des traces de griffure qui correspondaient à des blessures de défense, sans doute les ongles du petit garçon… Il y a eu un procès, rapide, et on l'a envoyée en prison, puis à Ravensbrück, parce qu'on avait besoin de kapo dans le camp et qu'elle était une prisonnière de droit commun.

— Mais… elle a avoué ?

— Je ne sais pas. En tout cas ses parents n'ont plus jamais voulu la revoir, ils l'ont reniée. Ils étaient persuadés qu'elle l'avait tué, de ses propres mains. Caïn et Abel, sauf que là c'était une fille et un garçon.

Nous nous taisons, aussi abasourdis l'un que l'autre, lui de réveiller des souvenirs lointains, et moi de découvrir une partie de la vérité.

— Vous ne l'avez jamais revue ?

— Jamais, affirme le maire, sinon je m'en souviendrais, après ce qu'elle a fait ! Disparue ! Et pour cause ! J'espère avoir répondu à vos interrogations… Puis-je savoir, curiosité oblige, si vous comptez écrire un article ? Dans ce cas, j'espère surtout que vous ne direz pas trop de mal de notre village ! Vous savez, on a essayé de survivre, et on ne savait rien de ce qui se passait dans les camps. Maintenant on voudrait faire de tout le monde des nazis ! Moi j'étais pas affilié au Parti, par exemple, et je connais bien des gens qui n'y étaient pas ! Grâce à mon problème cardiaque j'ai pu échapper aussi aux *Hitlerjugend*, ce qui à l'époque, je dois avouer, ne m'a pas fait très plaisir. Mes petits camarades s'amusaient bien, et moi j'étais obligée de rester à la ferme, à servir de valet à mon père ! Je ne vous dis pas les moqueries que j'ai subies !

Il soupire. Je le sens prêt à s'émouvoir sur son sort. Pauvre petit, sans poignard à la taille, sans uniforme nazi, contraint de voir défiler ceux qu'il admirait. Sans lui.

— Je vous remercie, monsieur le maire.

— Alors c'est d'accord, vous n'accablerez pas le village à cause de cette histoire de Polonais qu'on a pendu ? Vous savez, un jour, il aura sa stèle, et on se recueillera devant… On n'est pas des monstres ! Vous êtes la première journaliste à vous intéresser à nous, murmure-t-il encore, de plus en plus rouge et suant. Ne soyez pas trop dure ! Les Allemands aussi ont souffert, les privations, les morts, les bombes, presque tout le village a été rasé pendant la guerre. On a dû tout reconstruire, de nos mains. Ça n'a pas été facile.

La voix vire vers la plainte, monsieur le maire s'autoapitoie. Déverse sa rancœur, aussi.

— Et les Russes… des brutes. Des sauvages. Si, si, je sais ce que je dis. Je connais personnellement une jeune fille qui s'est suicidée après avoir été violée pendant des jours par des dizaines de soldats de l'Armée rouge. Mais ça, on en parle ?

Il me prend à témoin.

— Évidemment, je n'approuve pas ce comportement, si c'est ce que vous voulez me faire dire. Les Russes ont commis des exactions, personne ne le nie. Les guerres sont accompagnées de viols, je ne vous apprends rien.

Son visage s'apaise.

— Je vous ramène à votre voiture. Et je vous souhaite encore un bon séjour en Allemagne ! Et ne parlez pas de moi à cette Frau Ast, je n'ai pas du tout envie qu'elle vienne me voir ! Tina… Qui l'eût cru, à l'époque, qu'elle serait capable de tuer son petit frère ? C'est peut-être la guerre qui l'a chamboulée plus que de normale. Enfin, je ne lui cherche pas d'excuses… Elle a purgé sa peine, alors…

Il lève les bras au ciel, pour le prendre à témoin. Le ciel, cet innocent. Condamné à regarder les agissements des sauterelles que nous sommes, nous débattant dans le mal, oscillant entre bonté et vengeance, entre barbarie et humanité.

Chapitre 33

— Tu as l'air de quelqu'un qui vient de toucher le jackpot ! Alors, tu as retrouvé la trace de l'ogre ?

Africa m'écoute, confortablement installée dans le hall de l'hôtel Marciano. D'énormes ventilateurs brassent l'air, apportant un peu de fraîcheur.

— Et que vas-tu faire maintenant ? demande Africa en portant la paille orange à sa bouche pour aspirer son soda, orange lui aussi.

— La faire chanter. J'ai des armes, à présent. Elle n'a sans doute pas envie qu'on réveille cette vieille histoire qui l'a conduite en prison et en l'occurrence dans ce camp, où à mon avis elle n'a pas eu une conduite exemplaire envers les prisonniers. Le contraire serait étonnant. Alors, je vais l'obliger à me donner ce que je veux. C'est-à-dire un nom. C'est la moindre des choses, et elle va filer doux, je te le garantis.

— Quelle certitude ! J'espère vraiment que tu ne déchanteras pas, car cette Ast m'a l'air coriace !

— J'irai demain matin, très tôt, quitte à la sortir du lit. Quand elle se réveillera, je serai là, comme la statue du Commandeur, devant sa porte. Et elle parlera.

— Tu n'es pas flic, ma petite Jeanne ! Mais c'est vrai que flic ou journaliste ont parfois recours aux menaces et intimidations pour entendre ce qu'ils veulent entendre.

Elle grimace. Ces méthodes ne lui plaisent pas. Elle a le cœur tendre. Plus tendre que le mien. Je suis prête à tout, au nom de la vérité, à TOUT.

— Ne la brutalise pas trop, quand même ! Elle risque de se rebiffer, et ça pourrait dégénérer…

— Je ne la tuerai pas. Morte, elle ne me sert plus à rien. Et croupir dans une prison à cause d'elle me semblerait absurde.

— Exactement. Il est l'heure d'aller dîner. J'ai repéré un endroit charmant, sous une tonnelle. Idyllique. Fait pour les amoureux. Au fait, où en es-tu, côté sentimental ?

— Au point mort. Et je compte bien y rester.

— Pourquoi ?

Les yeux incisifs d'Africa sur moi, dans ce hall d'hôtel, parfaitement anonyme, mais où étrangement je me sens chez moi. Et où brusquement il surgit.

— Je t'avais parlé de Camille, tu te souviens ?

Et ma mémoire, soudain, nette, lumineuse.

Dix-huit ans. Bac en poche, Paris. Cette terrasse. Le soleil sur les parasols. Lui. Je m'appelle Jeanne. C'est un joli prénom, j'adore, il vous va bien. Le prénom d'une femme à la fois forte et fragile.

Sa voix. Mon premier homme. Je n'en avais jamais connu. Jusqu'alors ils ne faisaient que passer. À l'école, une école privée, que des filles. Aux Genêts, les amis de mes parents, vieux, du moins me semblaient-ils vieux. Jamais éprouvé le moindre désir. Et soudain l'explosion. Dans mon ventre, ma tête, mon corps entier explosait.

Africa écoute, les yeux brillants, attentive, souriante. Elle ne jugera pas. Même si elle ne comprendra pas. Qui pourrait comprendre ?

Je riais. Il me regardait rire. Amusé. Troublé. Je n'y connaissais rien, mais je sentais son trouble. Il me voyait nue. Je portais une robe en vichy orange, très sage. Des sandales en cuir. Une petite culotte en coton. En coton blanc. Une culotte de vierge.

Je bois. Ça pétille dans ma gorge. Je suis dans l'instant du passé, à cette table, terrasse, soleil, parasol, Coca, son rire, je me lève, je le suis, il a une piaule, un studio, un lit, des mains, une bouche, un sexe. Plus vierge. Ma première cigarette. Nous fumons ensemble. Puis, ses mains, sa bouche, son sexe. Et ce sera pour toujours. Il n'y aura jamais personne d'autre que lui. Je le jure.

Nous ne parlons pas, ou si peu, « tu es mon rêve, ma Jeanne ».

Et le dîner, plus tard, dans la nuit, un restaurant au fond d'une cour, et il parle, me dit : « Je suis fiancé, officiellement, dans sa famille ça se fait, c'est même un passage obligé, nous nous marions en octobre. Mais je veux t'emmener sur mon île. Je veux faire ça avec toi. Ça te dit ? L'île s'appelle Patmos, c'est à une nuit du Pyrée en bateau, nous arriverons par la mer, je te ferai connaître la mer Égée, la mer de toutes les mers. »

Tout me semblait si juste, moi dans cet été que je devais passer avec toi, Africa, mais non je le passerais avec lui, Camille. Il va se marier, avec une autre, mais rien n'est grave, je suis avec lui, il est en moi, rien de grave, nous nous appartenons. Aucune fiancée, aucune épouse n'y pourra rien.

Raconter Patmos.

Nous sommes des dieux. À jamais. Rien ne peut détruire des dieux.

Des larmes dans les yeux d'Africa. Les miens sont secs. Je suis heureuse, je ne pleure pas. Je suis une femme, dans tout l'éclat de son avenir, rien de mal ne peut advenir, Camille me protège, notre amour est un mur qui défie le temps. L'amour seul. Seul l'amour.

J'ai dix-huit ans, figée à jamais dans cet âge. Close dans cet amour.

— Et il s'est marié avec cette fiancée dont il t'a parlé ?

— Je ne sais pas, je sais seulement que je l'ai laissé partir, que je l'ai vu monter jusqu'à la salle d'embarquement et que je ne l'ai pas suivi. Il m'avait proposé de rompre ses fiançailles, de m'épouser, il avait fait sa demande, à genoux sur le sable, à minuit, avec la mer Égée comme témoin. Et j'ai dit non. Je lui ai dit, il faut que tu prennes cet avion, que tu épouses cette femme…

— Mais pourquoi, pourquoi, puisque vous vous aimiez ?

Il n'y a pas de réponse, ou mille réponses.

— Parce qu'elle était enceinte, et je n'ai pas voulu être celle qui arrache le père à son enfant avant même sa naissance. C'est une excellente raison, je trouve. Une raison bien concrète.

Africa baisse les yeux. Elle pense à ce qui n'a pas eu lieu, cet avenir dont je me suis privée. Parce que je suis morale ? Parce que je n'ai pas voulu être la briseuse de ménage ? Parce que je n'aurais pas supporté le regard de cet enfant qui m'aurait demandé des comptes, un jour ou l'autre ?

— Et tu n'as jamais essayé de savoir ce qu'il est devenu ?

— Jamais. Souvent, j'ai eu le désir de le faire, mais j'ai résisté. À quoi bon. J'ai eu avec lui ce que peu de femmes connaissent, je m'estime comblée. Et maintenant il y a Camille et Samuel, et c'est très étrange, parfois j'ai l'impression que ce sont ses enfants… qu'il me les a envoyés pour me consoler. Je dois être un peu folle.

— Mais non, tu n'es pas folle. Tu as eu peur, c'est tout. Ça te paraissait trop. Trop beau pour être vrai. Alors tu n'as pas voulu que l'avenir brise ce bonheur. Et tu l'as laissé filer. C'était moins risqué. Et puis, tu as eu raison. Il avait fait un enfant à une femme, il devait assumer.

Le ventilateur s'est arrêté de vrombir. En panne. L'air, soudain, irrespirable. Déjà le concierge, qui voit tout derrière son comptoir lustré, intervient.

— Nous allons nous en occuper, dit-il à notre intention.

Africa répond, « rien de grave ».

Est-ce pour lui, ou pour moi, qu'elle prononce ces mots ?

— Tu as eu de la chance, malgré tout. C'est une belle histoire, une de celles qu'on a envie de vivre, une fois dans sa vie. Moi, mon plus grand remords, c'est de ne pas avoir pu dire à Aurélien que je l'aimais. Il est mort trop tôt.

Toutes ces amours, l'absence, la soif de son corps qui monte dans mon ventre, me presse la poitrine. Est-ce mon corps qui flanche ?

— Tu es toute pâle soudain, ma chérie, tu vas bien ?

Africa se penche sur moi, serre ma main, molle.

— Ce n'est pas grave, juste la chaleur. Je monte prendre une douche. Ensuite, nous irons dîner. Je prendrai une pizza et un verre de chianti. Et un tiramisu. J'estime que j'ai eu beaucoup de chance.

Je répète, « beaucoup de chance », comme un mantra. Mais mon corps, lui, crie, hurle, appelle, demande, réclame.

— Nous en reparlerons, si tu veux. Ça te fera du bien. Ça te délivrera. Allez, va prendre ta douche ! Je te rejoindrai plus tard…

Africa me suit du regard, je m'engouffre dans la cage d'ascenseur, un miroir, je me contemple, une femme dans la trentaine, peau blanche, yeux clairs, cheveux blonds, le parfait type nordique. Ou normand. Rien à signaler, ni belle ni moche, entre les deux, comme tout le monde. Visage un peu trop allongé, à mon goût, et lèvres un peu trop fines. Rien d'une top model ou d'une présentatrice télé. Banale. Et je n'aime pas le maquillage, eye-liner et fond de teint, qui pourraient m'arranger. À croire que je veux rester comme je suis, nature. « Tu es le charme, disait Camille. Tu es la vie, ma vie. »

Eau tiède. Mon corps se détend, l'oppression dans ma poitrine cède. Ne pas tomber malade. Vous ménager, disait la cardiologue. Pas de stress, pas d'émotion forte. Mais Berlin est un concentré d'émotions. Depuis mon arrivée, je suis assaillie, en état d'alerte maximum, l'Allemagne est mon champ de bataille personnel. Et cette obsession, pénétrante, qui me tenaille, trouver l'ogre, le trouver, rien d'autre. Je le dois à Mattie. Je me le dois comme journaliste. C'est mon boulot. Trouver les racines du mal. J'en ferai un livre, un jour. Après la mort de Mattie. Rien ne presse, laisser le temps au temps. Pour mes fils. Pour la génération après la mienne. Qu'ils sachent. Oui, un jour. Un livre. Un roman, j'aime ce mot, roman.

Raconter.

Ne pas laisser l'histoire se déliter dans l'ombre. La porter au grand jour. Comme un cormoran qui déploie ses ailes, prend son envol. La majesté d'une histoire.

Mais d'abord, Frau Ast. La faire parler pour permettre à l'histoire d'avancer.

Chapitre 34

Par la porte semi-ouverte qui sépare le petit salon de la chambre, me parvient le souffle régulier d'Africa. Dormir. Mais comment se laisser aller quand tant de pensées vous traversent l'esprit ?

Pourtant je sombre.

C'est l'odeur du café qui me réveille. Africa a posé le plateau à côté de moi. « J'ai pensé que tu aurais faim, tu n'as presque rien mangé hier soir. »

Elle prépare mes toasts. Une bonne couche de beurre, puis de la marmelade de fraises. Africa connaît mes goûts. Je suis sa fille de substitution, sa fille française. Un jour, j'hériterai de sa fortune américaine, elle voudra me la confier, comme Jeanne Bellanger, autrefois, lui avait légué sa première laverie en vue de la faire prospérer. Elle en a fait un empire. Dont je ne saurai que faire. Mais nous n'en sommes pas là. Pour l'instant, prendre des forces. Café carburant.

Affronter celle que je dois affronter.

— Tu veux que je t'accompagne ?

— Non, je te remercie, j'irai seule.

Créer une sorte d'intimité entre cette femme et moi. J'apporterai des croissants. Elle est gourmande, elle y sera sensible. Elle engouffrera le *Schocoladencroissant* en actionnant ses mâchoires puissantes de prédatrice. C'est ainsi que je la vois, une tigresse dangereuse, capable de déchiqueter une proie vivante. D'un seul coup de patte, la réduire à néant. Puis viendront les crocs, acérés, s'enfonçant dans la chair frissonnante.

Qui de nous deux aura raison de l'autre ? Le duel qui s'annonce me laisse mitigée, entre excitation et effroi ; suis-je de taille ? Comment lutter contre quelqu'un capable de tuer son petit frère, un garçonnet de deux ans, quelqu'un capable de tailler sa place dans l'univers concentrationnaire ?

Une adversaire redoutable.

Et moi, que vais-je lui opposer ?

— Tu dois avoir confiance en toi, ma petite Jeanne. Penser à ton but, la vérité. Elle n'a pas de prix. C'est cette soif de vérité qui doit te pousser à lui tenir tête, à lui faire cracher le morceau. Et elle finira par parler... Au fond, elle doit en avoir envie...

Ne pas avoir peur.

Je n'ai peur de rien.

Rien ne se passe jamais comme prévu.

Devant moi, dans l'embrasure de la porte, Frau Ast. En robe de chambre, cheveux épars, yeux hagards. Elle me reconnaît, murmure : « Je vous attendais. » Et me fait entrer.

Le duel peut commencer.

Elle dépose les *Schocoladencroissants* sur une assiette, le café est moulu, l'eau bouillonne, elle la verse dans le filtre, et nous sommes assises dans la cuisine, comme deux vieilles amies qui s'apprêtent à prendre leur petit déjeuner en bavardant gentiment de la pluie et du beau temps.

Mais soudain la situation se renverse. Frau Ast ramène ses cheveux en arrière, lisse le sommet de son crâne et déclare d'une voix dure :

— Je savais que vous reviendriez. Vous n'êtes pas du genre à abandonner. Mais je vous préviens, je ne sais rien de plus ; je peux juste vous conseiller aimablement de laisser tomber ces stupides recherches. Le passé est mort et bien mort, il ne ressuscitera pas.

— Comme Oskar ?

Le prénom agit. Une claque. Elle blêmit. Elle ne s'attendait pas à cela. Ce rappel. Ce qu'elle était, ce qu'elle a fait, pourquoi elle a été punie.

Toujours surprendre l'adversaire.

Frau Ast me contemple, un brin admirative. L'adversaire est à sa taille.

— Je ne vois pas de qui vous parlez.

Elle essaie de gagner du temps, pour se ressaisir. Redresser la tête. Elle se sert un café, m'en propose aimablement.

— C'était un accident, un stupide accident. Même si cette enquête bâclée a conclu à un meurtre. Ça a été un simulacre de procès, comme il y en a eu tant à cette époque, et mon sort était scellé avant même que je comparaisse devant les juges. Tout le monde était à cran. Alors, j'ai payé le prix fort.

— Je n'en crois pas un mot. Tina, c'est-à-dire vous, a volontairement tué son petit frère. Tina ne voulait personne entre ses parents et elle. Elle voulait être l'unique. Alors, vous avez supprimé celui qui gênait.

— Croyez ce que vous voulez ! De toute façon, j'ai été amnistiée après guerre. Et je m'en moque bien aujourd'hui, de cette histoire. Oskar était un sale gosse, teigneux, toujours à s'enfuir. Il s'est enfui ce jour-là, quand je l'ai rattrapé il était déjà dans l'eau depuis quelques minutes, je suis arrivée trop tard. Il n'a eu que ce qu'il méritait. Ça devait arriver, tôt ou tard.

— Et Mathilde Bellanger aussi a eu ce qu'elle méritait ? Elle a mérité qu'on lui vole son enfant ?

Elle hausse les épaules, sa robe de chambre tressaute. Frau Ast a le teint gris, les joues flasques, le double menton se dessine au-dessus du tissu.

— Elle a survécu, c'est ce qui compte. Et l'enfant aussi. Il a eu des parents qui l'aimaient, c'est l'essentiel, non ?

— Justement, c'est pour savoir qui sont ses parents que je suis là.

Elle soupire, lève les yeux au plafond ; un mince ruban collant serpente, englué de mouches. De la placette montent des rires d'enfants. Frau Ast mastique son croissant. Elle réfléchit. Ne rien donner. Garder. Encore aujourd'hui, elle hait cette Mathilde Bellanger qui a survécu.

— Vous étiez jalouse... et imbue de votre position dans ce camp. Comment avez-vous obtenu ce poste ? En vous mettant à genoux devant qui ?

Elle m'écoute. Je touche le point sensible. Reste à délivrer le coup de grâce.

— La *Hure*, c'était vous. Vous avez couché avec la surveillante en chef qui vous a prise sous son aile, si je puis dire. Vous étiez sa proie, une proie contente d'avoir réussi ce tour de force, d'attirer à elle la personne la plus influente du camp. Elle vous a donné ce petit boulot qui vous mettait à l'abri. Mais elle ne vous a pas emmenée quand elle est partie… Elle vous a plantée là, et vous aviez peur de tout perdre, alors vous vous êtes acharnée sur votre prisonnière. Vous avez même failli la tuer. En l'empoisonnant. Mathilde Bellanger se souvient très bien d'avoir eu une dysenterie qui a failli la tuer.

— Vous êtes folle… je n'ai jamais fait ça. Elle a été malade, mais pas par ma faute.

Sa voix tremble.

— Beaucoup de déportés sont morts de dysenterie.

Elle ricane. Une hyène. Mais mon argument a porté. J'achève :

— Ce sera sa parole contre la vôtre, qui ne pèsera pas lourd dans votre situation. Tentative d'empoisonnement. C'était trois semaines avant l'accouchement, et vous n'aviez plus rien à perdre, les Soviétiques avançaient vers Berlin… c'était le moment ou jamais de vous débarrasser de votre ennemie. À la libération ce serait trop tard, alors vous avez agi, comme avec Oskar. Vous tuez tous ceux qui ne vous plaisent pas. Votre mari aussi peut-être ? On pourrait demander une autopsie !

Elle s'écroule. Plus faible que je le soupçonnais.

— Je n'ai pas tué mon mari ! Je l'aimais.

Voix faible comme venue d'outre-tombe. Pas d'apitoiement, cette femme ne mérite aucune compassion.

— Vous me donnez un nom. Son nom, vous savez bien de qui je parle. Ensuite, je partirai, et vous n'entendrez plus jamais parler de moi. Vous pourrez vieillir tranquillement. Vous aurez au moins fait quelque chose de bien dans votre vie.

Elle hésite encore. Puis prononce, lentement, péniblement, extirpant chaque mot de sa bouche :

— Marché conclu. Il s'appelle Otto Eberhardt. Mais vous ne le retrouverez pas, il a dû se hâter de changer de patronyme, comme beaucoup. Autant chercher une aiguille dans une botte de foin.

Elle a redressé la tête, elle jubile.

— Vous aurez beau remuer ciel et terre, Otto Eberhardt n'existe plus. Il vit quelque part, sous un autre nom, dans un pays qui lui a donné asile. Ça se faisait beaucoup, à l'époque ! Je vous ai dit ce que je savais. Maintenant, laissez-moi tranquille !

Elle me fixe de son regard dur, impitoyable. Je suis celle qui vient déranger le bon ordonnancement de sa petite vie calme, si calme. Que fait-elle de ses journées ? Regarder par la fenêtre, surveiller les environs, jouer à la gardienne ?

— Dites-moi ce que vous savez sur lui. Puisque vous avez commencé à parler, vous pouvez aller jusqu'au bout. D'ailleurs, vous en crevez d'envie, de le faire revivre ! Vous étiez amoureuse de lui, mais il ne vous voyait même pas, tant il était obsédé par cette *Hure* que vous détestiez !

Elle réfléchit, rassemble ses souvenirs et se met à parler, d'une voix tendue par l'émotion :

— Un bel homme, grand, blond, athlétique ; il faisait beaucoup de gymnastique, de l'escrime aussi, et de l'équitation bien sûr. Il adorait les animaux, surtout les chevaux. Un homme accompli, et un gentleman. Oui, il y en avait parmi les SS, ne vous en déplaise, ma petite dame. Des types qui s'efforçaient de ne pas trop se salir les mains, tout en faisant leur boulot, ce qui n'était pas facile. Il occupait un poste un peu spécial, ingénieur, il venait superviser les installations. Il ne s'occupait pas des déportés. Il a croisé cette femme, Mathilde Bellanger, par hasard. Et il a jeté son dévolu sur elle. Mais je sais pourquoi, puisque j'ai vu son épouse le jour de l'accouchement, quand elle est venue chercher le bébé, une copie conforme de votre mère. C'était assez hallucinant, cette ressemblance. À croire qu'elles étaient jumelles. C'était si incroyable qu'il a dû croire à une apparition…

Son regard fixe la fenêtre, où des géraniums sont en train de brûler sur le rebord de pierre. Fleurs flapies. Elle a oublié de les arroser, hier soir, trop troublée par ma visite.

— Je vous jure, je ne sais rien de plus. J'espère vraiment que vous le retrouverez. Mon mari disait que les nazis devaient payer pour leurs crimes, alors… faites-le payer !

L'immeuble dans mon dos. Dedans, Frau Ast. Seule avec ses géraniums.

Je pense aux Genêts, à Mattie en train de mettre sur pied la dernière grande entreprise de sa vie, une maison dédiée aux femmes victimes de violences. L'ancienne victime qui se consacre à d'autres victimes, qui tente de réparer les injustices de la vie.

Si je me retournais, je verrais l'ex-kapo en train de soigner ses géraniums moribonds ; elle détache délicatement les fleurs fanées, les jette dans la petite poubelle prévue à cet effet. Poubelle de balcon pour femmes ordonnées qui ne laissent rien au hasard. Confite dans sa routine que j'ai, un court moment, bouleversée. Je suis celle qui a réveillé les fantômes.

Je me retourne.

Frau Ast est à sa fenêtre, accoudée, me suivant du regard. Elle me fait signe de la main. Comme une amie. Comme un ultime adieu. Puis elle s'écarte, ferme la fenêtre.

Les géraniums continuent à mourir.

Et je me retrouve devant la gare, station Zoo. Les filles et les garçons avachis sur le bitume. Les descendants des bourreaux nazis. Qui cherchent la vérité en se piquant jusqu'à la mort. La drogue qui efface tout, souvenirs et regrets, elle permet l'envol vers une autre réalité.

Mais toujours le bitume, au réveil.

De quelle douleur fantôme souffre l'Allemagne ?

Ces enfants, comme des spectres. Et, malgré moi, je vois la longue file d'autres enfants marchant vers la chambre à gaz, en rangs serrés, lèvres closes.

— Je suis content que tu te souviennes de mon existence, commence Éric, au bout du fil. Alors, comment se passent tes recherches ?

Et moi d'annoncer triomphalement que j'ai un nom, et un prénom. Il sourit, du moins je perçois ce sourire dans sa voix.

— Tu vois que ce n'était pas si sorcier !

Son rire éclate, m'inonde. Je donnerais n'importe quoi pour qu'il soit là, avec moi. Mais cela ne dure que quelques secondes. Je reviens sur terre, c'est-à-dire moi à Berlin, lui à Paris. Plus de mille kilomètres entre nos deux corps.

Il prend des notes. Et soudain l'ogre existe. Unique.

— Tu as fait l'essentiel, murmure-t-il. Bravo, Jeanne. Maintenant, je vais solliciter mes contacts, j'en ai gardé plusieurs dans les administrations. Ils le trouveront… il restera forcément une trace quelque part. Personne ne s'évanouit complètement. Mais ne dis rien à ta mère pour l'instant.

— Je me tairai. Je ne veux pas lui donner de faux espoirs. De toute façon, en ce moment, elle est très occupée par son nouveau projet... elle s'y donne corps et âme. Elle ne fait jamais rien à moitié... et elle ne parle plus de l'ogre.

— Et Berlin ? Tu me ramènes quelques scènes de vie, j'espère ?

— Évidemment. J'ai des yeux pour voir, et j'ai vu. Je suis venue, j'ai vu, et pour l'instant je ne suis pas vaincue.

Il rit.

— Alors, tu aimes Berlin ?

— Oui. Malgré ses gosses qui se shootent dans la rue, malgré la canicule qui m'oblige à me doucher trois fois par jour. À cause de ses *Schnitzels*, de ses *Bierstuben*, et d'un petit vin affreux qu'on ne trouve qu'ici, et que les Berlinois adorent. Mais ce mur... j'évite d'y aller. Je ne te ramènerai rien à ce sujet. Seul l'Ouest m'importe !

— Bien. Je te laisse, et te dis à bientôt, dans notre bon vieux Paris !

Chapitre 35

Paris, Montmartre. Les garçons sont toujours dans le Lot, à se baigner dans la piscine des Chênes verts, du nom de la propriété familiale. Une sorte de pendant à mes Genêts d'or. Les petits citadins apprennent les choses de la vie, les sauterelles et les chauves-souris qui volettent au-dessus de l'eau la nuit venue, et s'enthousiasment pour tout.

« On a vu une biche ce matin, elle était devant la maison, m'a dit Camille, au téléphone, tout excité par cette rencontre. Et aujourd'hui on ira faire un grand tour autour du pont, c'est le pont du diable, tu sais maman, je sais plus son nom mais il est très vieux. »

Moi je peaufine les deux articles. Dans l'un, Berlin comme je l'ai vue, son musée Die Brücke et Kirchner, Berlin et l'expressionisme. Dans l'autre j'évoque David Bowie, Berlinois de cœur, que j'ai voulu interviewer. Mais David Bowie était absent. J'ai réussi à faire parler sa concierge, ravie de papoter avec une journaliste française. Et j'ai appris qu'il partage avec moi ma passion pour Kirchner. « C'est sa sortie favorite, le musée Die Brücke, m'a dit Frau Baumgartner, ensuite il se rend au café d'à côté. »

Seule dans mon petit appartement, la chaleur est retombée, on respire mieux qu'à Berlin. Ava aussi est au loin, au Portugal avec ses parents, la loge est vide. Mes voisins sont en vacances, et l'immeuble me paraît comme un bateau ancré au port, dans l'attente. Aucun bruit ne filtre des appartements, un silence qui contraste avec la rumeur qui montait depuis le Kurfürstendamm.

J'écris dans ce silence d'août où Paris est plongé. Je m'y baigne. Sous mes doigts moites, les touches de la machine crépitent.

L'ogre a un nom. Que je n'ai pas révélé à Mattie. Elle a déjà une affaire d'importance à mener : le divorce d'Élodie, qui s'est décidée à affronter son ogre à elle. Elle l'a appelé, et, étrangement, il a dit oui, « mais tu n'auras rien de moi, pas un centime ». Elle a accepté les clauses du contrat. Elle ne veut rien de lui. Elle lui laisse l'appartement parisien, la villa normande, les comptes bancaires. « Je veux juste être libre », a-t-elle dit. Il a ricané : « Libre, quel grand mot, complètement stupide. Je ne t'imagine pas libre, ma pauvre petite, tu vas vite le comprendre. » Et il a raccroché sur ce qui ressemblait fort à des menaces. Mais Mattie n'est pas inquiète, depuis sa décision de rouvrir les Genêts, plus rien ne lui semble impossible.

« Élodie travaillera à mes côtés, m'a-t-elle déclaré. J'ai confiance en elle. Et comme Africa et toi serez loin… »

Je suis la fille qui a failli à son devoir, assurer la continuité de l'œuvre familiale. Pourquoi ai-je voulu établir cette distance entre elle et moi ? Pour vivre ma propre vie ? Pourtant, aujourd'hui, je marche sur les traces de Mathilde Bellanger, jeune femme, et de son passé.

Et il me semble que rien n'est plus important. Dénouer les fils, et retrouver le fils, né dans des circonstances si étranges – mais à l'époque, tout était étrange – pour permettre à notre histoire familiale de s'éclairer.

Une dizaine de journalistes, à vue d'œil. Éric a complété son équipe. Prêt à occuper le terrain, transmettre l'info, être le plus rapide, le meilleur. Il coordonne, félicite, jubile, se met en rogne, tout ça en quelques secondes d'intervalle. Éric Muller au faîte de sa forme, olympique, et nécessaire quand on gouverne une agence de presse, certes modeste – rien à voir avec l'AFP – mais efficace.

Éric m'entraîne dans son bureau, où la baie vitrée permet une plongée saisissante sur l'*open space*.

— Je n'ai rien de nouveau, à propos de ton ogre, tu devras être encore un peu patiente…

Il m'observe, hoche la tête.

— Berlin t'a réussi. Berlin a des vertus magiques… et tu m'as ramené quelque chose, je vois…

Il jette un œil rapide sur mes feuillets, les titres le font sourire, « Rendez-vous manqué avec David Bowie, mais je vous dirai tout… » et « L'ex-art dégénéré a son propre musée, courez-y vite ! ».

— Tu n'as pas perdu ta vivacité… et tu as développé un certain sens de l'humour. J'ai pu le constater en lisant tes papiers parus chez *Cosmo*, sous la plume de notre chère consœur. Elle te doit une fière chandelle d'avoir pris le relais pendant qu'elle déprimait. Généreuse Jeanne !

Il me propose un café. Et comme tout bon mâle qui se respecte, c'est à la petite stagiaire qu'il s'adresse pour aller le chercher en face, au bistrot. Ils sont deux stagiaires, une fille et un garçon. Mais c'est la fille qui s'y colle. Son rôle, depuis la nuit des temps.

Surprend-il mon petit rire muet, en tout cas il déclare :

— C'est elle que j'envoie pour ce genre de mission à haut risque, car la dernière fois, Victor, l'autre stagiaire, s'est cassé la figure avec le plateau dans les bras. Les filles sont moins maladroites… et puis quelle honte y a-t-il à faire une petite course ? Le vrai féminisme, c'est de payer les femmes autant que les hommes, à boulot égal, et de considérer leur travail avec le même regard, quel que soit leur sexe. Le reste…

Il lève les bras au ciel.

Les tasses arrivent. Nous buvons notre expresso. Éric prend son temps, lui qui en a si peu, me pose mille questions sur mon séjour à Berlin, mes rencontres, Frau Ast qui le fascine. « Une vraie nazie, déclare-t-il, une coriace mais tu l'as eue, bravo, je te félicite. »

Il m'écoute, et je me sens bien dans ce bureau d'où nous parviennent les bruits d'à côté, le bruissement de la vie en train de s'écrire. Et ceux du dehors, aussi, cris d'enfants, claquements de talons sur le trottoir, chants d'oiseaux essayant de couvrir la rumeur.

Soudain, Merlin.

Il chante. Pour moi seule, car Éric n'a pas l'air de l'entendre. Merlin est revenu. Il darde sur moi ses petits yeux pointus, si noirs. Et sa voix m'illumine.

— Tu es très belle, Jeanne, cet été te réussit.

Est-ce la voix d'Éric ou ai-je entendu des mots qui n'existent nulle part, sauf dans ma tête ? Suis-je en train de sombrer dans le délire ?

— Je sais que ce n'est pas le moment, dans ce bureau, mais il n'y a pas de moment idéal ; alors, je l'avoue, humblement, fièrement, je suis amoureux de toi, Jeanne. Qu'en dis-tu ?

Août s'achève, déjà les rues sont pleines de gens de retour de vacances, dorés par le soleil, bras nus, tout juste sortis de la plage, appétissants comme des petits pains au chocolat. La rentrée s'approche, pour les garçons ce sera la première année de maternelle. Ils quittent la crèche pour entrer dans le monde de l'école, qui rythmera leur quotidien pendant deux décennies, au moins. Quelle voie choisiront-ils ? Différentes, je pense, tant ils sont différents. Ce qui n'empêche pas la tendresse, la complicité, les rires et les disputes aussi. Les coups, parfois, quand ils jouent à se battre, pour voir qui est le plus fort. C'est moi, non c'est moi. Maman, hein que c'est moi le plus fort ?

Ils me manquent.

« Qu'en dis-tu, Jeanne ? » a demandé Éric.

Je n'ai répondu que par le silence.

Il a hoché la tête. Une lueur d'accablement est passée dans son regard mais il s'est ressaisi tout de suite.

Je suis partie.

Que se passe-t-il quand vous êtes allongée dans la mousse tiède de votre baignoire, en train de savourer, en solo, une soirée douce, la dernière avant le retour des monstres ?

Ça sonne. À la porte.

Non, je ne quitterai pas cette baignoire.

La porte s'ouvre. Ça ne peut être qu'Ava qui détient le double des clés. Elle appelle :

— Jeanne, tu es là ?

— Tu peux entrer, je suis dans mon bain, à poil, mais avec la mousse, tu ne verras rien.

Ava est terriblement pudique. La nudité la dérange.

— Comment vont les garçons ? Ils rentrent quand ? Ça fait si longtemps que je ne les ai pas vus !

Elle est toujours aussi belle, davantage même en cette fin d'été. Une splendeur. Il faudrait la modeler dans le marbre, pour en garder une trace, et que dans cent ans on puisse encore être ébloui.

Quand je lui annonce leur retour pour le lendemain, son visage se transfigure. Ses mistigris. Ses chouchous. Ses poupous. Les diminutifs et surnoms ne manquent pas. Puis son visage se rembrunit, devient grave.

— Mon père est devenu fou… ça lui a repris de plus belle, de vouloir me marier, de force. Il s'est mis en tête, cet été, au Portugal, de me faire épouser un cousin… Un vieux qui a quinze ans de plus que moi mais qui possède des biens, un petit patron de pêche, de quoi éblouir mon père. Comme j'ai dit non, il a riposté que c'est lui qui choisit, et que je n'ai pas mon mot à dire, qu'à obéir. Et ma mère, bien sûr, n'ose pas prendre mon parti. Elle a trop peur de lui.

— Tu es majeure, Ava, et on est en France. Les mariages arrangés, ça date du siècle dernier.

— Alors, parle-lui ! Toi, il t'écoutera ! Il t'admire, parce que tu es journaliste et qu'il respecte tout ce qui est écrit.

Elle s'assied sur le rebord de la baignoire, machinalement trempe sa main dans l'eau, touche ma cuisse. Et sursaute.

— Pardon, dit-elle en reprenant sa main comme si elle avait été brûlée.

Elle rougit, violemment.

— Je reviens demain soir embrasser les petits. Si tu as besoin, appelle-moi ! Je rentre, mon père ne va pas tarder, et s'il ne me voit pas, il va encore hurler et demander où je traîne… Je crois que je vais tout simplement m'enfuir, comme une voleuse, alors que je n'ai rien volé… C'est notre sort, à nous les filles, de nous plier, de céder, et moi je ne veux pas, je ne veux plus, je veux être libre.

— C'est bien, Ava, de vouloir être libre ! C'est un sentiment qui m'a toujours guidée… Quitte à m'éloigner de ceux que j'aimais… et je ne regrette rien.

Je lui parle d'Élodie qui a trouvé refuge aux Genêts, loin de la violence de son mari. Elle soupire :

— Je te le disais bien, nous les femmes on est toutes des victimes. De nos pères, de nos frères, de nos maris, des hommes en général qui ne voient en nous que des objets destinés à leur bon plaisir. Et moi je dis non. Marre.

Nous parlons, ça fait un bien fou. Je me dis que c'est ça, la sororité, l'entraide généreuse, la solidarité entre femmes. Se soutenir.

— C'est triste quand même que nous devions considérer les hommes comme des ennemis…

Elle soupire encore.

— Pas tous, Ava, pas tous. Il y en a des respectueux, qui nous considèrent comme leurs égales, et nous traitent en êtres humains et non en marchandise.

L'eau du bain se refroidit lentement et nous sommes encore là à discuter, des hommes, des enfants, de la volonté de certains à s'approprier l'autre.

Elle ouvre la porte, prend congé sur un « à bientôt, je file ».

Elle a déjà disparu.

De peur de provoquer le courroux de son père. Oserait-il lever la main sur elle, et pire encore, tuer la désobéissante ?

Cette pensée me fait frémir. Élodie, Ava… Des proies, si faibles, si démunies. Crimes passionnels, plaident les assassins devant les juges. Les jurés s'apitoient. Les peines sont faibles. Circonstances atténuantes.

Et les femmes, elles, sont mortes.

Chapitre 36

Les jumeaux sont de retour.

Peau couleur de pain d'épices, rires aux lèvres, et plein d'histoires à raconter. Hérissons, chauves-souris, papillons, biches, sangliers…

— Quand est-ce qu'on va chez Mattie ? demande Camille.

— Le week-end prochain. Elle nous attend, avec Élodie.

Je dois leur expliquer qui est Élodie. Qu'elle va vivre aux Genêts, désormais, car elle n'a plus de chez-soi.

— C'est triste, déclare Samuel. C'est si bien d'avoir une maison à soi. Moi, j'en ai plusieurs : ici, et il ouvre les bras pour englober notre petit appartement, chez Mattie, chez papa, chez papi et mamie.

Il est content. D'avoir une maison au moins ça rassure.

— Elle est pauvre alors si elle n'a pas de maison ! s'exclame Camille.

— Mais maintenant elle en aura une ! Et une chouette, non ? Une maison et un parc…

— Oui, c'est chouette.

Et je pense aux enfants de Berlin, de la station Zoo, vautrés sur le bitume, s'échangeant leurs seringues. Des sans-maison.

Dans quelle maison vit l'enfant de Mattie, né dans un camp de concentration ? En a-t-il une, seulement, ou a-t-il, lui aussi, sombré dans la drogue ? Quel genre d'homme est-il devenu ? Élevé par un ogre, est-il devenu un ogre ? Qui vais-je rencontrer, si mes recherches aboutissent ?

— On va chez Mattie avec papa ?

— Non, on y va tous les trois. Votre papa est occupé. Et puis vous étiez avec lui pendant trois semaines, jour et nuit !

Ils ne répondent pas. Et soudain Camille lance :

— Pourquoi papa vit pas ici avec nous, dans notre maison ?

C'est la première fois que la question est posée. Je m'y attendais, et la redoutais depuis le jour de leur naissance et, voilà, je ne peux plus reculer.

— Parce que nous l'avons décidé ainsi. Et papa vivait avec Matthieu… c'était son amoureux.

— Mais plus maintenant, décrète Samuel, papa nous l'a dit. Alors, maintenant, il peut venir ici. Il est tout seul. Parfois il est triste.

Ses yeux se remplissent de larmes. Camille complète :

— Papa veut bien vivre ici, il nous l'a dit. Ou alors dans une maison, une autre, qui serait pour nous tous.

Silence. Ainsi, Jo a pris les enfants à partie, les a ralliés à lui. Pour me pousser, me forcer, à accepter son choix.

— Mais je ne suis pas d'accord. C'est comme ça. Je ne suis pas amoureuse de votre papa.

— Alors de qui ?

— D'Éric ? demande Samuel.

J'en reste sans voix. Qu'a-t-il compris, ce petit bonhomme, de ce qui nous lie, Éric et moi ?

— Il faut dormir maintenant, demain vous devez vous lever tôt. Premier jour d'école. C'est un grand jour.

Heureusement aucun des deux ne réclame une réponse à la question posée par Samuel.

Qu'aurais-je pu répondre ?

L'été, toujours, aux Genêts. C'est une sensation très étrange, tous mes souvenirs, à part ceux de Noël, se déroulent en été. Un moment privilégié, qui durait deux mois, où le domaine, du matin au soir, m'appartenait. Enfant, j'étais la petite fille du château. Adolescente, je suis devenue la jeune fille du château. Comme si, dans la tête des autres autant que dans la mienne, nous étions indissociables.

En arrivant à la grille, les jumeaux ont crié de joie et bondi hors de la voiture. Éric a plissé les yeux à cause de la lumière, très franche en ce premier samedi de septembre. À Paris, le ciel est toujours obscurci par des nuages, une grisaille en apesanteur au-dessus de la capitale, comme une sorte de couvercle que même le soleil n'arrive pas à percer.

Ici, c'est la grâce.

C'est ce que ressent Éric qui murmure :

— Je comprends que ta mère ait voulu garder ce lieu. Il est unique. On s'y sent bien d'emblée, rien qu'en le regardant à travers des grilles.

Mattie se précipite vers nous.

— Oh comme je suis contente, mes chéris !

Elle a son visage des jours heureux. Derrière elle, cachée dans son dos, Élodie. Je reconnais la silhouette gracile entraperçue dans le parc. La femme qui se cache.

Je fais les présentations, et Mattie darde son œil vif sur Éric, que j'ai invité, sans même lui demander sa permission.

— Nous travaillons ensemble, dis-je sobrement.

Mattie hoche la tête sans poser davantage de questions.

— Bienvenue, ravie de faire votre connaissance.

Mattie s'écarte et Élodie apparaît. Je la vois pour la première fois, de face. Timide, et terriblement jolie avec ses yeux clairs, bleu de mer par temps calme, et son visage aux traits fins. Elle sourit, un sourire d'une extrême douceur. On dirait un petit lapin effrayé qui n'ose pas encore savourer sa chance d'être à l'abri de son prédateur.

— Mattie m'a beaucoup parlé de vous, Élodie. Je sais combien elle apprécie votre présence…

Le visage s'illumine.

— Oh merci. J'aime tellement être ici. (Elle désigne la propriété dans un grand mouvement de bras, puis ramène sa main sur sa poitrine, comme pour se protéger.) En fait, j'adore les Genêts et votre maman m'a fait le grand honneur de m'accueillir.

Nous entrons. Mattie déclare, presque cérémonieusement :

— À votre prochaine visite, la Maison sera rouverte. Nous sommes en train de la nettoyer de fond en comble, Élodie et moi. Bientôt il ne restera plus une seule toile d'araignée ! Les ouvriers viendront d'ici à une quinzaine de jours pour commencer les travaux.

Elle explique, d'une voix redevenue vibrante :

— En fait, il n'y a pas tellement à faire, moins que ce que j'imaginais. La Maison des femmes est en bon état, nous l'avions entretenue soigneusement pendant toutes ces années où elle était habitée. Un coup de peinture et une réfection des sanitaires sont nécessaires, mais les fondations sont solides, le gros œuvre en parfait état, m'a assuré le maçon. Nous irons voir tout ça, tout à l'heure, quand vous serez installés.

— Éric dormira sur le canapé du salon, pour le reste on fait comme d'habitude.

— Bien, se contente de répondre Mattie qui déjà se dirige vers la cuisine pour mettre la dernière touche au déjeuner.

— Ce sera léger, annonce-t-elle, j'ai prévu une grosse salade, et des fruits. Je n'ai pas beaucoup le temps de cuisiner en ce moment. Heureusement, Élodie me seconde efficacement en tout, seule je n'y arriverais pas !

Élodie rougit. Leur complicité éclate au grand jour. Ces deux femmes se ressemblent ; des battantes, qui ne se résignent jamais. Qui ne rendront les armes qu'au dernier souffle, et encore.

— Tu es la copine de Mattie ? demande Camille.

Élodie rit, elle a un joli rire qui tinte comme une cascade.

— Nous nous entendons bien, ta Mattie et moi, déclare-t-elle.

— Alors vous êtes copines, décrète Samuel. Pour la vie.

Il a prononcé ces mots d'une voix grave, intense ; petit bonhomme, que connais-tu de la vie et du vent qu'amis emporte, comme disait le célèbre poète ?

La journée passe comme un rêve. Nous avons visité la nouvelle Maison des femmes, qui sera rebaptisée.

— La cabane ? propose Samuel, jamais à court d'idées.

— Mais ce n'est pas une cabane, rétorque Mattie, un peu vexée.

— Cabane à cause des arbres, répond Camille, on dirait que les arbres protègent la maison, comme s'ils ouvraient leurs bras.

Nous observons tous la maison blottie dans les bras des arbres. Et c'est comme si je la voyais pour la première fois. Cette maison où tant de femmes ont trouvé refuge pendant des décennies, venant accoucher, donner naissance et retrouver le goût de vivre.

— Ce n'est pas si mal, la cabane.

— La cabane dans les arbres, complète Samuel. C'est son nom. C'est comme ça qu'elle s'appelle.

Élodie est la première à applaudir.

— Très bien vu, dit-elle. Une cabane dans les arbres, l'endroit où on va trouver la paix, loin du tumulte d'en bas. Tout près des oiseaux.

Soudain, le chant. Un chant de merle. La Maison des femmes devenue la cabane dans les arbres peut revivre. Prospérer. Rendre courage et dignité à celles qui viennent y vivre. Loin du tumulte du monde, de sa brutalité, de sa violence. Ici, tout n'est que douceur. Pas de luxe, mais une simplicité douce et confiante.

— OK, dit Mattie.

La cause est entendue. La cabane dans les arbres va naître, elle vit déjà, dans son écrin végétal, avec ses chambres claires, sa grande salle à manger, son salon cosy où les femmes venaient regarder la télévision, le soir. Il m'arrivait de les rejoindre, et elles m'accueillaient gentiment, se poussaient pour me laisser de la place sur le canapé de velours vert. Elles ne me disaient pas, « c'est l'heure d'aller au lit, ma petite Jeanne », elles me permettaient de regarder le film avec elles, ensuite elles éteignaient le poste et me renvoyaient doucement dans ma chambre, dans le manoir d'à côté. Jamais mes parents n'ont soupçonné que je passais certaines de mes soirées avec elles, au lieu de dormir sagement dans mon lit.

Mattie contemple son œuvre à venir, la dernière de sa vie, sans doute. Pense-t-elle à son mari qui n'est plus là pour la soutenir, l'encourager, la féliciter aussi ? Sans doute car son regard s'embrume. « Samuel n'est jamais loin de moi, m'a-t-elle dit un jour. Parfois il me semble sentir sa main sur mon bras, et je frémis, comme autrefois. Nous deux, ça a été ça, des frémissements, depuis le début. Comme si nos corps s'attiraient. Comme si nos corps savaient. Et qu'ils disaient, allez-y, aimez-vous, il n'y a aucun danger, vous êtes faits l'un pour l'autre. »

La main d'Éric vient de prendre la mienne. Il la presse doucement. Sans me regarder. Nous fixons la cabane dans les arbres, main dans la main.

Et tout me semble à sa place.

Nous sommes tous les deux dans le petit salon. Les jumeaux dorment déjà, vaincus par leur journée au grand air. Élodie, tout de suite après dîner, a regagné son petit logis improvisé qu'elle a aménagé avec goût, bien que ce soit provisoire. Mattie vient de monter dans sa chambre. Discrète, comme toujours. Elle ne m'a pas posé de questions sur ma relation avec Éric, n'a pas parlé de Jo. Il faut dire qu'elle a d'autres idées en tête que mon avenir sentimental. Et j'en suis ravie.

J'ai mis Mozart, la *Petite Musique de nuit*, sur le gramophone. La télé est éteinte et brille dans l'obscurité. Je n'ai allumé que la lampe sur le guéridon. Ambiance cosy. Éric semble s'y plaire. Il écoute Mozart, paupières mi-closes. Il a l'air d'un homme qui a trouvé un havre. Loin de la vie trépidante qui est la sienne, à Paris. Loin des bouleversements du monde en perpétuel mouvement. Une guerre chasse l'autre, dit-il souvent avec un soupir.

Et c'est dans cette ambiance cosy, où nous baignons tous deux, dans le silence de la musique de Mozart, que soudain, ces mots :

— Je voulais te le dire ici. Je ne pensais pas que ça irait aussi vite, mais finalement ça n'a pas été aussi difficile que je le craignais. Voilà, je sais comment s'appelle l'ogre. Et où il habite. Enfin, sa femme et leur fils.

Il prend ma main, ajoute :

— Tu devras aller à Francfort. Cette femme s'appelle Ida Wagner. Et son fils, Miguel Wagner. Wagner est le nom de jeune fille de l'épouse, et Francfort son lieu de naissance. Leur mariage avait été célébré à Francfort, ce qui a facilité les recherches. Par miracle, les archives municipales n'ont pas été détruites. Il est mort, ajoute-t-il, depuis une quinzaine d'années. Il est inhumé dans le cimetière de la ville, sous le nom d'Otto Wagner.

— Et Miguel ?

— Je ne sais rien sur lui, à part son âge. Il est officiellement né en Argentine, à Buenos Aires, en 1945. Sans doute a-t-il été enregistré ainsi à leur arrivée sur leur terre d'accueil. Ils y ont séjourné une dizaine d'années, puis ils sont rentrés en Allemagne, dans la ville où Ida est née et a grandi. Et Otto Wagner a occupé jusqu'à sa mort un emploi dans les assurances, un bon emploi qui leur a permis de vivre confortablement. L'épouse s'est occupée de leur enfant.

Devant mon regard étonné, il sourit.

— J'ai des espions partout ! Disons, des contacts efficaces. Être journaliste et avoir des ascendants allemands, ça aide ! Il faut que tu y ailles, Jeanne. Que tu rencontres cette Ida. Elle t'en dira davantage.

— Parce que tu crois qu'elle va cracher le morceau ? Elle n'y a aucun intérêt ! Pourquoi voudrait-elle que la vérité éclate ? Elle a tout à y perdre, et surtout son fils.

— Tu as bien réussi à faire parler cette Christine Ast, alors tout est possible. Tu es journaliste. Tu sauras comment faire pour la mettre en confiance. La confiance, n'oublie pas, c'est la règle numéro un. Il faut que les autres croient que tu travailles pour leur bien. Et c'est le cas, souvent. Nous ne sommes ni des imposteurs ni des bourreaux.

Ida Wagner. Miguel Wagner. Et Mattie qui ignore tout. Qui ignore que son fils est vivant, quelque part dans le monde, en Allemagne sans doute. Dans cette ville qui s'appelle Francfort.

— C'est une ville de banques et d'affaires, précise Éric. Intéressante en ce sens. Mais elle n'est pas animée par ce tourbillon frénétique qui s'est emparé de Berlin ces dernières années. C'est une ville calme. Tu pourras y goûter la gastronomie locale, la Grüne Sosse. On aime ou on déteste, tu me diras ce que tu en penses !

Je suis comme hébétée. L'ogre est mort. Et enterré. Dans la ville natale de sa femme. Jamais nous ne pourrons le confronter à ses actes, lui demander des explications. Jamais il n'aura l'occasion de demander pardon.

— Et que sais-tu de lui, de l'ogre, de cet Otto ?

— Qu'il a été un citoyen irréprochable, faisant partie des notables de la ville. Jolie villa, jolie famille, revenus confortables. Un homme apprécié de tous. Un bel enterrement, de première classe, avec un monde fou venu lui rendre un dernier hommage, selon la formule consacrée. Il a laissé son passé de SS dans les limbes.

— Il est mort de quoi ?

— D'un cancer du poumon qui s'est généralisé. À l'hôpital de Francfort, après une longue maladie, comme on dit. On a trouvé l'annonce dans le *Frankfurter Allgemeine Zeitung*. Il est mentionné : « Mon bien-aimé et inoubliable époux, mon papa chéri, notre collègue et ami estimé… Ni fleurs ni couronnes, mais des dons pour la recherche contre le cancer. »

La nuit est tombée sur les Genêts. Les oiseaux se sont tus mais Merlin me parle doucement, de sa voix unique. « Voilà, ma Jeanne, tu sais tout, enfin presque tout ; il te suffit de pénétrer à présent dans le cœur de l'histoire, là où ça palpite. Comme un cœur d'oiseau. Je serai avec toi, où que tu ailles. »

— Ne dis rien à ta mère pour l'instant. Inutile de la perturber. Un choc pourrait la faire replonger dans son délire.

Je réalise soudain que la scène qu'elle a imaginée, dans le parc, cette nuit-là, a dû avoir lieu au moment du décès de l'ogre, à plus de mille kilomètres de la Normandie. Comme si elle avait pressenti sa disparition… Hasard troublant. Sans doute que leur relation, dans cette chambre, en pleine guerre, avait dû être… intense. Elle était le repos du guerrier, sa chose, ou plus… lui était le protecteur en même temps que le bourreau. L'ambiguïté était totale.

— Ne t'inquiète pas, Jeanne, tout ira bien. Ça me paraît bien parti. Et tu es assez forte pour affronter ce qu'il y a à affronter. Si tu veux bien, j'aimerais dormir, maintenant. La semaine a été chargée, j'ai besoin de repos… On reprendra cette discussion plus tard.

Il me congédie, le sourire aux lèvres. Et moi qui ai envie de me glisser contre lui, d'être dans ses bras, et plus.

Je l'aide à déplier le convertible, draps, couverture, oreiller. Le lit est prêt.

— Merci. J'irai à Francfort dès lundi.

— Si tu as besoin de quelqu'un pour Samuel et Camille, je peux me libérer le soir… M'en occuper sera un plaisir dans ma vie de vieux garçon !

Il éclate d'un rire un peu forcé.

— Pourquoi pas, mais ils ont un père et une baby-sitter très dévouée.

— À demain, alors. Je me réveillerai tôt, j'irai faire un petit jogging… Si tu ne me vois pas, ne t'inquiète pas !

Chapitre 37

Francfort. La ville sur le Main ondule, comme un serpent un peu maléfique. Du moins est-ce ainsi que je la perçois à mon arrivée à l'aéroport, et surtout sur le trajet en taxi qui m'emmène dans le centre. J'ai réservé un hôtel moins luxueux que le Mariano, mais je n'ai pas des ressources illimitées, comme Africa.

Ville froide, sèche ; je n'éprouve rien d'autre que l'envie de m'enfuir. Est-ce la perspective de la visite que je vais faire demain matin ? De cette rencontre avec Frau Wagner ? Un patronyme on ne peut plus banal en Allemagne, qui lui a permis de se fondre dans la masse. Je vais rencontrer la femme qui a volé l'enfant de Mattie, qui m'a privée d'un frère. Qui a fait de moi l'enfant unique.

Comment a-t-elle osé soutenir son mari dans ce projet, accepté d'endosser le rôle de la mère ? De voler, mentir, tricher impunément.

Mais l'heure de la punition approche.

Ne pas trembler.

Ne pas avoir peur. Que peut elle contre moi ?

Elle peut nier, s'obstiner dans le mensonge, m'opposer un certificat de naissance officiel qui la désigne comme mère légitime. Et je n'aurai qu'à m'incliner, partir bredouille. Ida Wagner est une femme forte, elle l'a prouvé. Soutien indéfectible de son mari, aussi nazie que lui. Fuyant ses responsabilités dès que le vent a tourné. Affichant une apparence insoupçonnable de bonne épouse, de mère parfaite.

Mais il y a le témoignage de Frau Ast, celui de Mattie. Je pourrais alerter les médias. Cette histoire aurait de fortes chances de plaire, j'imagine la une des journaux : « Où est le bébé de Ravensbrück ? »

Cette aide pourrait mener à celui que je cherche. Peut-être même lirait-il l'article et réaliserait-il qu'il s'agit de sa propre personne… Mais il est fort probable qu'il ne sache rien de sa filiation que ce que ses parents ont bien voulu lui dire. Il est pratiquement certain qu'ils ne sont pas vantés de leur acte.

L'hôtel est modeste, mais propre, bien tenu. Chambre spacieuse ouvrant sur une ruelle de la vieille ville. Je ne m'y attarderai pas ; il y a de fortes chances que l'entrevue de demain ne mène à rien. Dans ce cas, je monterai dans le premier avion en partance pour Paris.

Et si j'allais repérer l'endroit au lieu de tourner en rond dans cette chambre ?

La maison, de type bourgeois, arbore sa façade couverte de lierre. C'est une construction début de siècle qui ne diffère pas beaucoup de ses voisines. Quartier chic du West End, où viennent habiter les notables de la ville désireux de ne pas trop s'éloigner du centre. J'imagine bien l'ogre quittant chaque matin sa demeure après avoir embrassé épouse et enfant pour s'en aller au travail, l'attaché-case à bout de bras.

La maison est plongée dans le silence. Rue vide, fenêtres closes. Seuls quelques oiseaux sifflent, invisibles dans les branches des arbres.

Le cœur battant, je vérifie le nom sur la boîte aux lettres accrochée sur le grillage qui clôture la propriété. Je suis à la bonne adresse.

Pourquoi attendre demain ? Il suffit d'appuyer sur la sonnette, et la porte s'ouvrira. Ou pas. Mais j'aurai tenté ma chance…

Un chien me frôle, « *Entschuldigung* », entends-je.

Une femme se tient au bout de la laisse. La soixantaine, bien mise, impeccablement chapeautée. Sac à main en croco enroulé autour de son bras libre. L'allure d'une dame tranquille qui rentre chez elle. Le caniche royal en impose autant que sa maîtresse. La même allure hautaine.

C'est elle.

Elle ressemble à Mattie, mais leur allure diffère tant que la ressemblance en est moins frappante ; pourtant, ce sont des traits quasiment identiques, pommettes hautes, nez droit, lèvres charnues. On pourrait penser à deux sœurs que la vie aurait séparées. L'une se conformant à un idéal classique de femme dévouée à son foyer, parfaite maîtresse de maison, l'autre se consacrant à moins favorisés qu'elle.

Je reste plantée à quelques pas, n'osant bouger. Respiration courte, cœur battant trop vite. Non, ne pas m'effondrer.

Je m'éloigne lentement, en attendant que mon cœur reprenne un rythme normal.

Et je reviens sur mes pas. Ne jamais remettre au lendemain…

Elle est encore dans le jardinet qui mène à la maison. Elle me voit derrière le portillon, et vient vers moi.

— *Was möchten Sie?*

La question est difficile ; que voulez-vous ?

Je pourrais répondre que je veux la vérité. Mais évidemment je louvoie, comme il sied en société. Ne pas la brusquer. J'ai longuement réfléchi aux premiers mots que je lui dirais. Je les ai soupesés, triturés, prononcés à voix haute pour m'en imprégner. Et pourtant je reste muette, comme pétrifiée.

— *Wie heissen Sie? Sind Sie französich? Verstehen Sie mir?*[1]

Le chien immobile se demande visiblement lui aussi qui je suis.

— Je m'appelle Jeanne Bellanger. Je suis journaliste et française, dis-je en allemand.

Connaît-elle ce patronyme ? L'a-t-elle déjà entendu ? Son air ne trahit rien, nulle émotion, juste un faible étonnement, puis brusquement, d'un ton vif, presque violent, elle lance :

— Journaliste… Vous vous intéressez à la Fraction armée rouge et vous venez m'interroger sur Miguel. Mais mon fils n'est pas un terroriste… Je sais qu'il a eu des ennuis à cause de ses idées, mais jamais la police n'a rien pu retenir contre lui, alors je ne veux pas que vous veniez remuer je ne sais quoi. Je vous demanderai de partir, je n'ai rien à

1. Comment vous appelez-vous, êtes-vous française, me comprenez-vous ?

vous dire. De toute façon, mon fils n'habite plus ici depuis longtemps…

Elle me scrute encore, de son air hautain qui est censé m'impressionner. Une autre dame que je viens déranger dans le petit confort de sa routine.

— Je hais les journalistes, des fouille-merde, tous, sans exception. Mon mari aussi les détestait, et il se trompait rarement. Allez-vous-en, ou j'appelle la police pour violation de domicile !

— Je ne suis pas chez vous, chère madame, mais à l'extérieur, sur le trottoir.

Elle ne daigne pas répondre, me tourne le dos, s'éloigne, déverrouille la porte de la maison, s'engouffre à l'intérieur.

Quelques secondes plus tard, je vois un rideau bouger. Elle me surveille. Elle attend que je parte pour s'affaler dans un fauteuil et reprendre son souffle.

Et de quel droit pourrais-je forcer sa porte ?

De retour à l'hôtel. Et à la réception, le concierge me tend un pli.

— On a téléphoné pour vous. J'ai noté le nom et le numéro que vous devez rappeler.

Africa. Elle m'appelle de Paris, l'hôtel Lepic où elle descend habituellement.

Je vais la rappeler et lui annoncer mon échec. Je n'ai rien à attendre de cette Frau Wagner. Elle ne consentira jamais à me parler. Raide et autoritaire, décidée à protéger son fils des méchants journalistes qui pourraient lui nuire.

Une idée pointe, interroger les voisins, ils doivent savoir où est le fils de la maison voisine. Me donner des pistes.

Je suis si accablée que je n'ai pas la force de composer le numéro d'Africa. Et voilà que le téléphone sonne.

— C'est moi, annonce Africa. Comme tu ne réponds pas, je viens aux nouvelles. Que fais-tu à Francfort ? Ava m'a dit que tu es en Allemagne...

— J'ai voulu rencontrer la femme de l'ogre... J'ai son nom, son adresse, mais elle m'a opposé un non catégorique et n'est pas susceptible de revenir sur sa décision. Elle n'a pas l'air commode...

— Évidemment, elle n'allait pas t'accueillir les bras ouverts ! Que lui as-tu dit ?

— Pas grand-chose, je n'ai pas eu le temps de parler de Mathilde... Elle a cru que je venais enquêter sur son fils...

— Pourquoi ?

— Il aurait des idées proches de celles de la Fraction armée rouge... Il s'appelle Miguel.

— Tu as son nom de famille ?

— Oui, c'est celui de sa mère, son nom de jeune fille, Wagner.

Silence. Soupir. Et Africa dit :

— Je peux sans doute t'aider...

Chapitre 38

Nous marchons.

Le Tiergarten est un parc immense, en plein cœur de Berlin-Ouest. Il mène, me dit mon guide, jusqu'au Kurfürstendamm. Pelouses soigneusement ratissées, arbres innombrables, il constitue un véritable poumon vert. Rien à voir avec le Luxembourg, ce mouchoir de poche.

Mon guide semble bien connaître ce parc très fréquenté par les Berlinois. Il est lui-même berlinois même s'il n'est pas né ici. Enfin, si, il est né tout près de Berlin, à Ravensbrück.

Je marche à côté de Miguel, le fils de Mattie.

Miguel ne soupçonne rien de ce que je vais bientôt lui annoncer. Encore innocent des crimes perpétrés par son père. Il est le fils légitime de cette dame chapeautée, arrogante, qui m'a refoulée sans même vouloir m'écouter.

Lui, il m'écoutera. Il est du genre à savoir écouter. À aimer apprendre. Il me désigne le mémorial en face de nous, dédié aux soldats de l'Armée rouge.

— 80 000 mille soldats de l'Armée rouge sont tombés pendant la bataille de Berlin, dans les dernières semaines de la guerre. Encore aujourd'hui et malgré le mur et la guerre froide, des soldats soviétiques viennent se recueillir ici…

Une manière de rendre hommage à leurs compagnons… Tu veux savoir ce qui est écrit ?

— Oui, mais je ne lis pas le russe !

Il rit. Et me traduit :

— « Gloire éternelle aux héros tombés dans la bataille contre les occupants fascistes allemands pour la liberté et l'indépendance de l'union soviétique. » J'ai appris le russe, en dilettante. Je ne le parle pas véritablement mais je le lis plutôt bien. Ça me permet de lire les poèmes de Pouchkine en langue originale. Et puis la Russie me fascine…

— D'où ta sympathie pour la Fraction armée rouge…

— Oui, avoue-t-il, mais je n'ai jamais participé à aucune action violente. J'ai les mains propres…

Il rit encore en secouant ses mains, larges, aux ongles soigneusement taillés.

Miguel est un bel homme. Comment n'avais-je pas remarqué, à notre première rencontre, sa ressemblance avec Mattie ? Il est vrai qu'alors j'étais loin de soupçonner cette filiation ! Il n'était qu'un Allemand parmi d'autres.

À présent, il est devenu unique.

Mon frère.

Aucun lien de sang, mais déjà une proximité. Miguel aussi semble à l'aise en ma compagnie, bien qu'il ne se doute de rien. Assez étrange.

— Tant de souffrances, murmure-t-il. Et maintenant cette Allemagne divisée en deux par un mur, et partout en Europe la violence qui se lève à nouveau, qui gangrène la société. Comme si la guerre était inscrite dans le cœur de l'homme. C'est Thanatos à l'œuvre… L'instinct de mort inscrit dans l'âme du capitalisme.

Il a une voix à la fois douce et ferme, vibrante par moments.

Nous contemplons le monument dédié aux héros soviétiques. Les victimes du nazisme. Miguel aussi fait partie de ces victimes, même s'il l'ignore encore. Dans quelques secondes, minutes, il saura qui il est.

Trouver les mots pour le dire.

Il se tourne vers moi, sourit.

— Je suis content que tu sois revenue à Berlin... Tu as un article en vue ? Car je suppose que c'est la journaliste qui est revenue... Il y a beaucoup à dire sur la ville...

— Pas exactement, bien qu'un jour ça puisse devenir une histoire ; une histoire très... particulière.

Il m'observe avec curiosité.

— Une histoire ?

— Oui, et tu en fais partie. C'est pour toi que je suis revenue, Miguel.

Ma voix se brise. Mais je poursuis :

— Je ne suis pas amoureuse de toi. Ce serait l'hypothèse la plus évidente, et aussi la plus simple, mais l'histoire que je vais te raconter est complexe.

Et je parle. Il m'écoute. Il a l'air d'un homme dont la vie a éclaté en mille morceaux. Il s'écroule sur le banc. Je m'assieds à ses côtés, je parle, rien ne peut m'arrêter.

— Tu es le fils de Mathilde Bellanger, déportée pour actes de résistance au camp de Ravensbrück. Un officier a jeté son dévolu sur elle pour l'engrosser et offrir le bébé, en l'occurrence toi, à sa femme qui était stérile. Celle que tu prenais pour ta mère biologique. Mathilde a survécu grâce à un médecin, et aussi, je dois le préciser, grâce à ton père qui lui a fourni des sulfamides qui l'ont sauvée après l'accouchement. Puis elle est rentrée en France, en Normandie, et a repris le fil de sa vie.

Il ne dit rien. Il a pris sa tête entre ses mains. Puis brusquement la relève, me fixe, et articule :

— J'ignorais tout, et pourtant… pourtant, je ne suis pas réellement étonné. Comme si j'avais toujours su que quelque chose clochait, mais j'étais incapable de deviner quoi. C'était tellement impensable ! Ma mère… Dès l'adolescence je me suis éloignée d'elle. Trop dure, trop pleine de certitudes, trop autoritaire. Mon père lui était soumis. Il est mort il y a quinze ans. C'est le seul moment où je l'ai vue avec une larme dans les yeux, qu'elle a vite essuyée.

— Ils ont été heureux ?

Il hausse les épaules.

— Qui peut le dire ? J'aimais mon père, mais j'ai vite compris aussi qu'il traînait un passé assez lourd ; j'ai grandi en Argentine, j'avais dix ans quand nous sommes rentrés en Allemagne. Je me souviens que là-bas nous ne fréquentions que d'anciens fonctionnaires du Reich… Mais jamais il n'avait voulu m'expliquer quoi que ce soit. Complètement mutique. Et je n'ai jamais osé insister. Puis il est mort, d'un cancer, deux ans de maladie, je n'allais pas en plus le fatiguer avec des questions auxquelles il ne voulait pas répondre ; alors je me suis tu. Et lui aussi.

Les oiseaux pépient, invisibles. Et soudain, devant nous, un merle, son plumage noir, si noir. Son air moqueur.

— J'aime les oiseaux, murmure Miguel. C'est pour eux que je viens ici presque tous les jours. Pour les voir. Leur parler. Les merles surtout. Ils sont si… vifs, si intelligents, si sensibles. Ils ne se font aucune illusion sur les pauvres humains que nous sommes. Mais j'espère leur indulgence.

Et il prend ma main, doucement, la serre dans la sienne.

— J'ai beaucoup regretté d'être enfant unique. Je rêvais d'un frère. Mais c'est toi qui es venue… merci.

Et tout est dit. Merci.

Je parle de Mattie, de son mari, de Samuel et Camille, mes enfants. D'Éric qui a permis cette rencontre. De Jo, le père des jumeaux.

— Quelle famille ! Elle me plaît beaucoup.

Il rit, doucement, à sa manière discrète. Miguel est un homme discret. Professeur de philosophie, écrivain aussi, et poète. Il a écrit un essai sur Heidegger, et publié des poèmes dans une revue ouest-allemande.

— Bien sûr je souhaite rencontrer Mattie le plus vite possible… mais comment faire ? Tu as une idée ?

— On fera simplement. Ne t'inquiète pas. Elle t'attend depuis si longtemps… Elle ne t'a jamais oublié. Même si elle ne savait strictement rien de toi, tu l'as accompagnée pendant toutes ces années.

Il ne répond pas.

Et, autour de nous, invisibles, les oiseaux.

Le soir même, pour fêter ça, comme a dit Miguel, il m'a emmenée dans un lieu alternatif. « Une scène unique, a-t-il ajouté, tu ne verras et entendras ça nulle part ailleurs. » Berlin est truffé d'endroits comme celui-là, où se déversent toutes les musiques nouvelles et à venir. Un véritable terrain pour toutes sortes de talents.

Nous sommes dans le quartier underground de Kreuzberg. Les loyers, m'apprend Miguel, y sont dérisoires. Berlin est une grande ville où l'on peut loger pour pratiquement rien. Ce qui attire beaucoup d'artistes fauchés.

Miguel aime cette ville qu'il a choisie.

— C'était, au départ, pour m'enfuir de chez moi. Francfort me paraissait si petite, si étriquée. Alors je suis allé faire mes études à Berlin et je ne l'ai plus quittée. Je ne pourrais vivre nulle part ailleurs, enfin je crois, mais je n'ai jamais essayé !

— Tu n'es jamais retourné en Argentine ?

— Non, et je n'en ai pas envie. En fait, je me sens berlinois. *Ich bin ein Berliner !*

Il rit.

— Et puis un jour le mur tombera... et le monde entier se ruera à Berlin... qui reprendra sa place de capitale. De lieu incontournable. Chacun pourra se sentir berlinois !

Pour l'instant, nous sommes dans cette immense salle, un ancien entrepôt d'une manufacture d'armes, qui accueille ce soir un groupe pop. L'ambiance y est... intense, punk à gogo, couleurs et cuir foisonnants. Gays et lesbiennes s'y affichent ouvertement, s'embrassent à pleine bouche, sans craindre de représailles.

— C'est le temple de la liberté, me souffle Miguel, si tant est que la liberté puisse avoir un temple ! Figure-toi que nos chers politiques prétendent que ce sont des lieux antiberlinois ! Ça te prouve combien ils ne comprennent rien à ce qui se passe ici, à ce bouillon de culture ! Tout à l'heure, je te présenterai à des amis...

Miguel est un solitaire entouré d'amis. Mais qui revendique son indépendance. Un esprit libre. Et ouvert au monde. Je me demande quelle sera la réaction de Mattie en découvrant son fils. Elle ne l'a pas élevé, ne l'a pas vu grandir, et pourtant elle pourra en être fière. Il s'est construit en contre-modèle, n'a pas voulu faire d'école de commerce comme son père le souhaitait ardemment, a opté pour des études universitaires classiques, latin, grec, russe, philosophie. Étude des penseurs. Miguel est un homme qui pense. À la rigidité de sa mère adoptive il a opposé la bienveillance, la tolérance, l'envie de comprendre le monde.

— Ça t'a plu ? demande-t-il à la fin de la nuit, quand il me raccompagne en taxi à mon hôtel.

Je ne sais pas trop. C'était si… incroyablement nouveau. Un chaos d'images, de sons, de clameurs, une exaltation un peu confuse, comme quelque chose qui va dans tous les sens.

— Je n'ai pas l'habitude… À Paris, je sors peu. Et c'est plutôt cabaret, piano-bar, des lieux plus discrets, plus doux.

Nous prenons congé. Il nous reste demain. Je reprends l'avion pour Paris le jour d'après. Un jour ensemble. Ensuite, je ne pourrai plus m'abstenir d'appeler Mattie, mieux encore d'aller en Normandie. Mattie verra son fils sur les photos que je prendrai demain. Ce sera une entrée en matière douce. La rencontre physique sera plus bouleversante. Nous n'avons pas encore évoqué ce moment, Miguel et moi. Il doit le craindre autant que l'espérer. Et si le déclic ne se faisait pas ?

— Quoi qu'il arrive, me dit Miguel, je l'accepterai. J'ai pour modèle Épictète, un ancien esclave, et je me répète ses paroles chaque matin. « Les choses qui dépendent de nous sont par nature libres, sans empêchement, sans entraves.

Les choses qui ne dépendent pas de nous sont dans un état d'impuissance, de servitude, d'empêchement, et nous sont étrangères. »

Il me serre doucement contre lui, dans une accolade toute fraternelle.

J'entre dans mon hôtel avec l'impression que tout va commencer. Quoi, je ne saurai le dire. Une vie nouvelle, avec un élément nouveau dans l'organisation de notre famille. Un membre qui avait été amputé, et qui tout à coup revient dans le cercle. Prendra sa place, même si j'ignore laquelle.

Et les jumeaux auront un oncle. Tonton Miguel. Il y a fort à parier que ce sera tonton Mi.

Dans mon lit, couchée dans l'obscurité de la chambre que viennent éclairer, par intermittence, des rais sur le plafond, je songe à l'étrangeté du destin de Miguel, et de celle de notre rencontre. Si Africa n'avait pas sympathisé avec ce groupe, dans ce café berlinois, rien ne serait arrivé. Ou alors il aurait fallu encore des mois, voire des années pour le retrouver. Le destin… Africa, de par ses racines africaines sans doute, y croit dur comme fer. « Le grand livre est déjà écrit, quelque part dans l'immensité de l'Univers, dit-elle, et nous ne faisons que nous y soumettre. » Une hypothèse qui ne conviendrait pas à Miguel, qui croit au libre arbitre.

Serions-nous de simples pantins ?

Dormir. Demain, j'en parlerai avec Miguel.

Chapitre 39

Rien n'arrive comme on l'a imaginé. On passe des heures, des journées entières, parfois des nuits, à cogiter sur la suite des événements, à édifier des hypothèses, à vouloir planifier l'avenir. Et puis, tout est différent.

Mattie contemple la photo où Miguel, devant un arbre, sourit, à sa manière douce, timide.

Mattie a les yeux secs. Son visage vide ne trahit aucune émotion.

Elle regarde son fils qu'elle voit pour la première fois. Son fils qui a une identité, un visage, un corps, une vie dans laquelle elle est pour l'instant absente.

— Miguel est prêt à te rencontrer. Ici, aux Genêts, ou à Paris, chez moi, comme tu veux, comme tu le sens. Il sera d'accord.

Elle ne répond pas. Son visage n'exprime toujours rien. Elle me tend la photo, prononce :

— Je ne suis pas prête. C'est sans doute horrible, ce que je vais te dire, mais je n'éprouve rien, aucune joie, rien. Et je m'en veux, de ne rien ressentir. Surtout après tout le mal que tu t'es donné pour le retrouver.

Heureusement, les jumeaux pénètrent dans le salon en chahutant, ce qui me donne une contenance. Et laisse à Mattie le temps de reprendre ses esprits. Car c'est l'émotion qu'elle refoule qui la fait parler ainsi. Elle a peur.

— Tu n'as rien à craindre de Miguel. Par miracle, c'est un homme bien. Il ne te fera aucun mal. Il ne demande rien, d'ailleurs. Il accepte ce qui a été. Il connaît bien l'histoire nazie, et sait de quoi étaient capables ces gens-là, dont son père faisait partie. Il sait que tu as été une victime.

Elle se tait. Elle semble plongée dans un abîme de réflexions douloureuses, car son visage à présent se plisse, son regard se perd dans le lointain, un endroit où je ne peux la suivre, là-bas, dans ce camp.

Elle est seule. Comme elle l'a été dans cette chambre, coupée du monde. Avec pour toute présence celle de sa kapo, Frau Ast, et les visites de l'ogre.

Elle pleure. Ça coule le long de ses joues. Elle se détourne. Pudique Mattie. Éponge son visage. Se retourne.

— Je te dirai quand ce sera possible. Tu sais, je crois que j'avais fait une croix sur lui. Je m'étais résignée. Je n'y croyais plus. Et puis tu t'es obstinée, et voilà, c'est arrivé. Ton père aurait été content. Il souhaitait ardemment savoir ce qu'était devenu ce bébé. Il l'aurait adopté avec bonheur. Mais nous n'avons pas eu cette chance. Et maintenant je crains que ce ne soit trop tard. Trop tard, répète-t-elle d'une voix lente, fatiguée.

— Je ne veux pas te forcer, Mattie. Rien ne presse. Tu me diras quand tu seras prête…

Elle acquiesce d'un mouvement de tête.

— Les travaux avancent bien, dit-elle d'une voix vibrante. J'ai contacté qui de droit pour les autorisations, et ils me donneront bientôt le feu vert. Ce sera une sorte de pension provisoire pour femmes victimes de violences conjugales. Je serai secondée par une assistante sociale, une infirmière, et le médecin du bourg qui consent à nous aider. Bref, toute l'infrastructure nécessaire.

Je reconnais là l'efficacité de Mathilde. Une femme que rien ne peut briser. Qui renaît de ses cendres, comme un phénix. Indomptable.

— Papa serait heureux.

Elle sourit. Ça fait comme un arc-en-ciel sur ses joues. Soleil et larmes. Douleur et joie.

— Oui, j'en suis certaine, et c'est aussi pour lui que je fais tout ça. Élodie m'a ouvert les yeux… D'ailleurs, elle sera ma plus proche collaboratrice. Elle m'a dit, hier soir, que pour elle les hommes, c'était fini, elle ne supporte même plus de les approcher tant ils la dégoûtent. Je sais que le temps apaise tout, alors elle me quittera sans doute pour un homme, quand elle sera prête… mais ce ne sera pas demain…

Il y a comme un soulagement dans sa voix. Elle a besoin d'Élodie. La fille remplaçante de celle qui a pris le large, moi.

Elle murmure :

— Dans mon cœur, en secret, et seul ton père était au courant, je l'avais appelé David. Mais il lui a donné le nom de Miguel… peut-être à cause de ce poète, Miguel de Unamuno, qu'il appréciait… Il aimait la poésie, l'art en général… et même Picasso que les nazis traitaient de dégénéré !

— Donc, vous discutiez… il te parlait…

Elle hésite, et chuchote, comme un aveu :

— Oui, de plus en plus au fur et à mesure que le terme de ma grossesse approchait. Mais jamais de la guerre. En fait, il haïssait la guerre, même s'il vouait au Führer une admiration sans bornes. Contradictoire, n'est-ce pas ? Mais il était pétri de contradictions. Il adorait sa femme qu'il avait rencontrée très jeune. Elle a été la seule femme de sa vie, sans aucun doute…

— Avec toi.

Elle tressaille. Son corps tout entier tremble.

— Je ne sais pas si on peut dire ça… Il s'est servi de moi. Ce n'est pas de l'amour.

Elle a déjà repris sa maîtrise habituelle.

— J'ai beaucoup appris sur moi-même, chez ce psy, à Deauville. Alors, oui, moi j'ai sans doute été amoureuse dans cette chambre. Je n'avais que lui. Je l'attendais. Il a toujours été doux avec moi, amical, dirons-nous. Il ne voulait pas ma mort, même après la naissance de… Miguel. Il aurait très bien pu me laisser mourir. Il repose au cimetière de Francfort, tu m'as dit ?… Ne te méprends pas, je n'irai pas me recueillir sur sa tombe. Mais je lui souhaite d'avoir trouvé la paix. Et si on allait faire un tour ? Les petits ont besoin de courir, sinon, ce soir, ils seront intenables !

Le parc a pris ses teintes rouge et or en cette fin de septembre, des couleurs qui lui vont bien. Qui font roussir la vigne vierge, à l'angle du manoir.

— Nous allons nous réinstaller ici, déclare Mattie. Comme cela, les jumeaux auront une double chambre rien que pour eux. Toi tu retrouveras la chambre de ton enfance. Et moi, celle où je dormais avec ton père. Mais je vais changer l'ameublement et la décoration, pour donner un coup de frais à l'ensemble. Et, en été, je louerai une partie à des familles de la ville qui cherchent un peu de calme dans la campagne normande... afin d'entretenir la propriété. La maison de Gustave sera occupée par de nouveaux concierges, un couple.

Nous marchons vers le fond du parc dont une porte ouvre sur la forêt alentour. C'est là que je venais me réfugier, enfant. Mes années tendres. Mes lectures enfantines. Des contes et des légendes, des histoires de princesses du Moyen Âge. Des folles équipées. Des bals somptueux de la Renaissance. Et puis le Roi-Soleil en son château.

Merlin m'accompagnait dans mes rêves.

— Il y a un oiseau noir qui nous regarde, de là-haut, me dit Camille en désignant le ginkgo. Mais il se cache, il est timide.

— C'est un merle, reprend Samuel. J'aime les merles.

L'automne qui commence nous prend dans ses bras ouverts. Tant de beauté. Tant d'espoir. La chute des feuilles, le repos de l'hiver et tout recommence. Un miracle. Les arbres y croient, ne désespèrent jamais. Nous devrions prendre exemple sur eux. Cette persévérance.

— Pour Miguel, murmure Mattie, je vais commencer par lui écrire... J'espère trouver les mots.

— Il te lira avec attention, et te répondra très certainement. Il aime les mots.

— Berlin, murmure encore Mattie. Il a trouvé sa place là-bas. Toi à Paris. Et moi ici, en Normandie. De l'est à l'ouest. Deux pays. Deux langues. Et tant de guerres qui nous ont déchirés…

— Mais nous avons réussi à construire l'Europe. Nous aurons un destin commun.

— Espérons-le ! J'ai toujours peur qu'un démon surgisse, comme un diable de sa boîte, et que ça recommence. Mais tu as raison, l'Europe nous protège. Ça a été une belle idée ! Ton père l'a appelée de tous ses vœux.

Chapitre 40

Éric Muller, ce célibataire endurci, comme l'appelaient ses collègues, est un véritable romantique. C'est le genou à terre qu'il m'a demandé de devenir sa femme. « À la mairie, a-t-il précisé, parce que la cérémonie à l'église, j'aimerais éviter… »

Nous éviterons le sacrement du mariage tel que le conçoit l'Église.

« La mairie, ça suffira », ai-je dit.

Il a pris cette réponse pour un oui. Et nous avons vécu notre nuit de noces, un peu en avance. Je la garderai sous silence, elle ne concerne que lui et moi. Mais je peux dire que c'était bien. Et que je recommencerai encore et encore jusqu'à la fin des temps.

Mattie a tenu à organiser une fête aux Genêts, en ce printemps nouveau qui fait reverdir les arbres. Chapiteau sur l'herbe, traiteur et champagne. Nous échangerons nos alliances sous le ginkgo. Dans le chant des oiseaux. Ils seront de la fête.

Mes scènes de la vie allemande ont connu un certain succès auprès du grand public. On s'intéresse donc à ce qui se passe outre-Rhin. Je suis devenue la journaliste qui décrit un pays que nul n'avait envie de connaître jusqu'ici. Et que l'on découvre avec stupéfaction. Les grands concerts de Berlin, sa pop, ses extravagances, toute cette création qui explose, sur scène, sur les graffitis des murs. La drogue, et la prostitution qui permet d'acheter la drogue. Cette ville sombre que vient embraser une jeunesse qui éclate, transgresse les interdits et s'impose, impose son mode de vie alternatif.

Une phrase surtout a provoqué une vague de réactions de la part des lecteurs : « Nos parents, s'ils le pouvaient, nous jetteraient dans les camps de concentration, histoire de nous mater. »

Je ne l'ai pas inventée, seulement rapportée. C'est une jeune fille de quinze ans qui l'a prononcée, en grimaçant. Et qui a ajouté : « Dites-leur que ce sont eux qui les ont voulus, ces camps, et que nous, on veut juste être libres. »

Tout est blanc, en ce jour de fête. Le chapiteau, les ballons accrochés un peu partout, les nappes sur les tables, les fleurs des arbres, jusqu'aux gravillons de l'allée.

Un tourbillon de pétales et des grains de riz.

Nous sommes mariés, Éric et moi. Les jumeaux nous contemplent, un peu abasourdis de me voir dans cette robe longue blanche, avec ce voile en dentelle. Mais Mattie y tenait, à cette robe. C'était celle que portait ma grand-mère, Jeanne Bellanger, le jour de son mariage avec Hector. Un mariage de raison qui lui permettait de donner un nom à l'enfant qu'elle portait. Un nom et une maison.

— Personne ne l'a mise depuis, mais ta grand-mère serait heureuse de voir qu'elle te va si bien. Je l'ai gardée pendant tout ce temps, et aujourd'hui tu la portes…

Elle a l'air si émue que des larmes me montent aux yeux. Pleurer un jour de noces, mais de joie. Je suis heureuse. Éric, mon mari, m'entoure de son bras. Solide.

Ses parents ont fait le voyage jusqu'en Normandie. Un couple qui semble uni, père en costume sombre comme le veut la tradition, mère en robe de tulle et chapeau. Mattie les a accueillis chaleureusement. Elle a préparé à leur intention une belle chambre aux Genêts, avec vue plongeante sur le parc. Ils ont été sensibles à cette attention. La réconciliation franco-allemande s'accomplit aussi à travers des gestes simples.

— Je t'aime, murmure Éric à mon oreille, tellement que je voudrais le crier à la face de la Terre!

— Mais c'est ce que tu viens de faire en m'épousant!

Nous rions, complices.

Pas de passion, en ce qui me concerne. Je n'éprouve pas pour Éric cette attirance irrésistible, cet élan fou qui me poussait vers Camille. Entre nous, il s'agit davantage de tendresse, d'amitié amoureuse, d'entente intellectuelle. « Ce n'est pas rien, m'a dit Africa, et c'est même l'essentiel. »

Il y a donc différentes sortes d'amour… Le passionnel, qui est figé dans la durée, courte, et l'autre plus doux, plus calme, qui s'étire avec bonheur sur un temps indéfini.

Mon père me manque en ce jour. Plus que jamais. Surtout lorsque je vois mes nouveaux beaux-parents se tenant par le bras, appuyés l'un sur l'autre. Mattie n'aura pas cette chance. Elle vieillira seule. Au milieu des femmes qui auront besoin d'elle, de son aide, de son courage. Elle n'en manque pas, elle l'a prouvé au fil des ans.

Du courage, il lui en a fallu, l'hiver dernier, quand on a retrouvé le corps d'Élodie, poignardée sur une plage de Deauville. Tuée par son mari qui attend son jugement en prison. Et qui clame par la voix de son avocat qu'il a agi par amour ; par amour fou. Par passion incontrôlable.

Mattie s'en est beaucoup voulu de ne pas avoir assuré la protection d'Élodie, mais comment aurait-elle pu le faire ? Élodie était condamnée. Son mari en avait décidé ainsi.

Un seul courage lui a fait défaut, jusqu'à ce jour. Celui de rencontrer son fils. Mais il n'est pas trop tard… Miguel est là, dans l'assemblée, parmi nos amis. Mattie ne l'a pas encore remarqué. Ou n'a pas voulu le remarquer. Lui non plus n'a fait aucun geste vers elle. Il l'observe en silence, le visage grave. Je le connais suffisamment pour savoir qu'il note tout, le moindre de ses sourires, sa façon de marcher, de parler, de s'adresser aux autres, de boire aussi, la tête légèrement penchée en arrière.

Ils se sont beaucoup écrit pendant l'hiver. Ils se sont raconté leur vie. Miguel, son enfance dans la pampa argentine, au milieu des chevaux, puis son retour en Allemagne. Il a écrit qu'il adorait son père, un homme bon et intègre, très apprécié dans sa profession d'expert des assurances. Mais incapable de tenir tête à son épouse, une furie au regard froid, comme il la qualifie, avec qui il a pris ses distances. Il est persuadé que c'est elle qui a eu l'idée, celle de la mère porteuse, d'employer à titre gratuit une détenue qui lui ferait un enfant, cet enfant qu'elle était incapable de concevoir. Elle était stérile, née sans ovaires et sans utérus. Une honte sans doute pour une si parfaite nazie dont le devoir était de procréer pour la plus grande gloire du Reich.

Alors, il lui fallait un enfant, coûte que coûte, et si possible un fils. Son mari a obéi, trouvé une femme parmi les centaines qui débarquaient ce jour-là. Mattie. Puis, tout s'est accéléré, l'Armée rouge qui s'approchait de Berlin, la fuite. Ils avaient tout organisé, une fois encore. Papiers, bijoux, argent, contacts.

Mattie lui a longuement parlé des Genêts. Pas un mot, m'a-t-elle dit, sur la période du camp. Hors champ. « Comment raconter l'incompréhensible ? Comment retrouver celle que j'étais, alors ? Tout ce que je dirais serait approximatif. D'ailleurs, certains jours, tout m'apparaît dans une brume ouatée où je m'enfonce délicieusement, comme si cela faisait partie d'un rêve. »

Alors, longuement, au fil des lettres, elle a parlé de ce qu'elle aime le plus, cette propriété où tant de femmes sont passées, à un moment douloureux de leur vie. La pouponnière où les bébés ont vu le jour. Le grand amour qui l'a liée à son mari pendant des décennies. Et sa volonté de faire renaître le domaine, pour qu'il puisse « encore faire du bien ».

Son obsession. Faire du bien. Parce qu'on lui a fait du mal ? En guise de réparations, de consolation ? Miguel pense qu'elle a voulu construire un royaume sur des ruines. Ces conversations écrites sur papier, il les conserve précieusement, les relit de temps en temps, s'imprègne de celle qui est sa mère. Et lentement au fil des mots, il a la conviction d'avoir enfin une mère.

« Presque comme je l'ai imaginée, quand j'étais petit, et que ma mère me punissait, sévèrement, à son habitude, pour n'importe quelle petite faute que j'aurais commise. » Privation de goûter, enfermement dans le paddock parce qu'il avait une peur bleue des chevaux. Les bains d'eau froide. Les injures. Et la crainte des représailles s'il osait avertir son père. Alors, il s'est muré dans le silence. Il s'est enfui, un soir, dans la pampa, mais on l'a retrouvé le lendemain, presque mort de déshydratation. « Je voulais lui échapper, mais elle m'a rattrapé. Elle ne voulait pas perdre sa chose. »

Un jour, elle lui a lancé, froidement : « Tu ressembles à l'autre, la salope, la Putain. »

Il n'avait pas compris. De qui parlait-elle ?

Il se taisait. Complice, en quelque sorte, de cette mère maltraitante. « Nous étions liés par ce silence, a-t-il écrit. Jamais je n'aurais osé la trahir. »

Mais à dix-huit ans, il s'en est allé, tout simplement, pour faire ses études. Il revenait à Francfort une fois l'an, à la Toussaint, pour se recueillir sur la tombe de son père. Elle ne l'accompagnait jamais. Puis il rentrait à Berlin, après avoir échangé quelques paroles de circonstance, un *Kaffeekuchen* qu'il avalait, la gorge serrée.

« Elle m'est toujours apparue comme une ogresse. Une sorcière, comme celle de Hansel et Gretel, dans le conte. Qui vous veut pour vous bouffer. C'est sans doute en réaction à cette éducation rigide que je me suis tourné vers la Fraction armée rouge, a-t-il expliqué. Je savais combien elle détestait les communistes… Ils me sont donc apparus comme des sauveurs… Bien entendu, elle a eu vent de cette sympathie – elle a toujours été douée pour la surveillance – et elle m'a traité de raclure de chien rouge. Je crois que ça a été les derniers mots qu'elle m'a adressés. Depuis ce jour, je ne l'ai pas revue. »

Pas de larme. Miguel se souvient, en parle, mais sans haine, sans esprit de vengeance. La vie nous venge, alors pourquoi s'en charger ? Elle vieillit seule dans sa grande maison vide, sans famille. Avec son caniche royal qui la mène par le bout du nez et dont elle est devenue l'esclave. Ironie du sort.

Les jumeaux, en costume marin – une concession que j'ai faite à Mattie qui trouve cet accoutrement très joli –, courent sur la pelouse. Une sorte de joie monte dans l'air tiède de ce printemps. Une douceur joyeuse, qui vibre comme un instrument de musique. Les invités vont et viennent, se parlent, rient. Boivent et dégustent les petits-fours et les canapés. Tout le monde attend le discours que doit prononcer la mère de la mariée. Je me doute de ce que Mattie dira. Elle parlera de paix et d'avenir, de l'Europe en train de se construire, et du bonheur qu'elle éprouve en ce jour de mariage. Un moment qu'elle a tant espéré ! Mais jamais elle n'avouera qu'elle ne s'attendait pas à avoir pour gendre un fils de soldat de la Wehrmacht. Rien n'obscurcira la clarté de ce jour de printemps.

Et puis soudain cette scène que certains qualifieront de surréaliste. Moi-même j'en reste sidérée, absolument pétrifiée devant cette vision incroyable.

Une dizaine de merles se sont attroupés sur la pelouse. Juste en face du chapiteau où nous nous tenons, nos flûtes de champagne à la main.

Immobiles, ils regardent dans notre direction. Un attroupement noir qui contraste avec la blancheur alentour. Quelques secondes d'éternité. Silence. Sidération. Les oiseaux forment un cercle parfait. Ils chantent. Mélodie originale qui monte dans l'air, nous enveloppe tous, nous remplissant de joie.

Ils s'envolent, traversent les airs et disparaissent dans les arbres, dans un accord total.

— J'ai jamais vu ça ! s'exclame un invité. Ils sont venus vous féliciter, ajoute-t-il en souriant. Vous aimez donc les oiseaux à ce point ?

— Et plus encore, répond Éric en serrant ma main. Plus encore. Tu ne peux pas imaginer combien !

Miguel s'est avancé vers moi. Son regard me dit, c'est le moment. Les merles ont parlé. Il faut savoir les écouter.

Il marche vers Mattie.

Elle le regarde avancer vers elle. Qui voit-elle, à ce moment précis ? Le nouveau-né qu'on lui a arraché du ventre pour l'emporter loin d'elle ? Le petit garçon qui a grandi en Argentine, innocent des crimes perpétrés par son père ? L'adulte qu'il est devenu, cet homme grand, mince, qui porte sur ses traits quelque chose qui lui appartient, à elle sa mère ?

« Un enfant n'appartient à personne, pas plus à ses parents qu'à des étrangers, à personne », m'a-t-elle dit, un jour.

Son visage s'étire dans un sourire encore timide. Elle ressemble à la Mattie qui m'accueillait quand je rentrais de l'école. Elle a brusquement rajeuni. Elle est si belle dans cette lumière de printemps. Ouvrant les bras sur son fils.

Et je me dis que c'est vraiment une belle journée.

Collection

TERRITOIRES

JEAN ANGLADE
Une vie en rouge et bleu
Le Dernier de la paroisse
Le Choix d'Auguste
Le Sculpteur de nuages
Les Cousins Belloc
Le Grand Dérangement

SYLVIE ANNE
Le Gantier de Jourgnac
La Maison du feuillardier

SYLVIE BARON
Un été à Rochegonde
Les Ruchers de la colère
L'Auberge du pont de Tréboul
L'Héritière des Fajoux
Rendez-vous à Belinay
Terminus Garabit
Un coin de parapluie
Une Miss pas comme les autres
Des noces en or

JEAN-FRANÇOIS BAZIN
Les Raisins bleus
Le Clos des Monts-Luisants
Le Vin de Bonne-Espérance
Les Compagnons du grand flot
Le Maître de la lumière
Le Dernier Tonnelier

SARAH BELL
Le Chant des reines

HENRIETTE BERNIER
Le Baron des champs

JEAN-BAPTISTE BESTER
L'Homme de la Clarée
Plus près des anges
Les Amants de Sainte-Catherine
Meurtre au pont du Diable

FRANÇOISE BOURDON
Le Moulin des Sources
Le Mas des Tilleuls
La Grange de Rochebrune
Retour au pays bleu
Le Fils maudit
Les Sentiers de l'exil
Les roses sont éternelles
Le Maître du Castellar
Le Secret de Belle Épine
Pour oublier la nuit

ÉDOUARD BRASEY
Les Lavandières de Brocéliande
Les Pardons de Locronan
La Sirène d'Ouessant
L'Affaire Cabre d'or
Le Domaine des oliviers
Les Fils du patriarche

Patrick Breuzé
Les Remèdes de nos campagnes
La Valse des nuages
L'Étoile immobile
Mon fils va venir me chercher
La Montagne pour refuge
Versant secret
Les Buveurs de ciel

Nathalie de Broc
La Vallée des ambitions
La Robe pourpre

Michel Caffier
Corne de brume
La Paille et l'Osier
Les Étincelles de l'espoir

Anne Courtillé
La Tentation d'Isabeau
Le Gaucher du diable
Les Damoiselles de Clermont

Annie Degroote
Les Racines du temps
D'infinies promesses

Jérôme Deliry
Une rivière trop tranquille
L'Héritage de Terrefondrée
La Maraude

Raphaël Delpard
L'Enfant sans étoile
Pour l'amour de ma terre
L'Enfant qui parlait avec les nuages
Le Courage de Louise

Alain Dubos
La Mémoire du vent
La Corne de Dieu
Le Dernier Combat du
Dr Cassagne

Élise Fischer
Les Noces de Marie-Victoire
Je jouerai encore pour nous
Villa Sourire
L'Étrange Destin de Marie
Le Jardin de Pétronille
Aux Deux Hirondelles
Les Femmes des terres salées
La Promesse du sel
Le Vin de Pâques
Marionnettes d'amour
Là où renaît l'espoir
Tous au théâtre
Les Silences de Jeannette

Emmanuelle Friedmann
Le Rêveur des Halles
La Dynastie des Chevallier
L'Orphelinat
La Faute des autres

Alain Gandy
Les Cousins de Saintonge

Gérard Georges
Une terre pour demain
Le Destin des Renardias
Le Bal des conscrits
Mademoiselle Clarisse
Anatole, fils de personne
La Mésangère

Georges-Patrick Gleize
La Fille de la fabrique
Pas plus tard que l'aurore
Le Serment des oliviers
Le Vent de la jeunesse
Quelques pas dans la neige
Les Noisetiers du bout du monde
Le Crépuscule des Justes
Même les pierres ont une histoire
La Montagne des autres
Coupe rase
La Dernière Traque
Comme une odeur de gentiane
Quand fleurissent les magnolias

Yves Hughes
Et meurent les marionnettes

Yves Jacob
Sous l'ombre des pommiers
Le Silence de Justine

Corinne Javelaud
L'Ombre de Rose-May
Les Petits-Papiers de Marie-Lou
L'Odyssée de Clarence
Les Fantômes de Marianne
Les Carnets de Laurel
Rosetta et Anaé

Guillemette de La Borie
La Dernière Héritière
Le Portrait disparu

Hélène Legrais
L'Ermitage du soleil
Les Héros perdus de Gabrielle
Les Ailes de la tramontane
La Guerre des cousins Buscail
Les montagnes chantaient la liberté
Ceux du Château, ceux du Moulin
Trois Gouttes de sang grenat
Les Anges de Beau-Rivage
Le Bal des poupées
Le Front dans l'azur
Nous étions trois
Le Cabanon à l'étoile
L'Alchimiste de Sant-Vicens
La Ballade d'Amélie
D'une rive à l'autre

Philippe Lemaire
Rue de la Côte-Chaude
L'Enfant des silences
L'Oiseau de passage
La Mélancolie du renard

Alfred Lenglet
Du poison dans les veines
Jeux mortels en hiver
Temps de haine
Cœurs de glace

Éric Le Nabour
Retour à Tinténiac
La Louve de Lorient
À l'ombre de nos larmes
La Frondeuse
Cécile et les Beaujour
Comme une aube fragile
La Ferveur

Jean-Paul Malaval
L'Or des Borderies
Soleil d'octobre
Les Noces de soie
La Villa des térébinthes
Rendez-vous à Fontbelair
La Folie des Bassompierre
Chronique des Strenquel
La Bastide aux chagrins
Les Sœurs Querelle
Les Larmes de la pinède
La Belle Étrangère
Adélaïde au bord de la falaise
Les Gens de Combeval
La Souveraine en son domaine
Un si joli mariage
Rue de la Fontaine-Bleue
Un cœur solitaire dans une maison trop grande
Un été sous les tilleuls
La Vallée des eaux amères
L'Héritière des sables fauves
Par un étrange été à Marteline
Sous une mauvaise étoile

Antonin Malroux
La Promesse des lilas
La Cascade des loups
La Pierre marquée
L'Homme aux ciseaux d'argent
Les prés refleuriront
Fenêtre sur village
Marie des Adrets
L'Espoir de belles aurores
Le Pain de paille
Le Cœur de mon père
Le Charpentier du paradis
Un soleil pour chaque jour
L'Académicien de juillet
Juste en dessous du ciel
Viens, le bonheur c'est par là

Charlotte Monégier
Ne t'inquiète pas des tempêtes

Jean-Luc Mousset
L'Enfant des labours
Le Secret de Neige

Sophie Muffat-Méridol
L'Homme au bouquet
La Vérité qu'elle mérite

Sylvie Perenne
Âge d'orage
Rouge tendresse

Michel Peyramaure
La Terrasse

Brigite Piedfert
Deux Grains de sucre, un soupçon de secret
Tu seras princesse de Tarragone
La Dame d'Alvimare
Camille ou la vraie vie

Frédéric Pons
Les Pèlerins du diable

Agathe Portail
L'Année du gel

Piqûres de rappel
De la même veine

NICOLE PROVENCE
Le Secret d'Aiglantine

JOËL RAGUÉNÈS
La Maîtresse de Ker-Huella
La Dame de Roz Avel
La Sirène du port
Les Trois Saisons de la vie
L'Or du lin
Les Vies de Jeanne
Pêcheurs du bout du monde
Les Derniers Seigneurs de la mer
La Salamandre de Trévarez
Yann, saint-bernard de la mer
Lady Mond

FLORENCE ROCHE
La Terre des Falgères
L'École du lac
La Réfugiée du domaine

ÉLISABETH SEGARD
Une certaine idée du paradis
Un futur presque parfait
Chou fatal

GENEVIÈVE SENGER
La Maison Vogel
L'Enfant de la Cerisaie
La Dynastie des Weber
Les Jumeaux du val d'amour
La Promesse de Rose
Les Bellanger
La Dame des Genêts
L'Or de Salomé
La Terre originelle
Le bonheur est au fond des vallées
La terre était si bleue
Une maison à elles

JEAN SICCARDI
La Source de saint Germain
Le Maître du diamant noir
L'Ivresse des anges
L'Auberge du gué
Gaston des vignes
La Chapelle des Templiers
Le Dernier Faiseur d'or
Le Carnet Gris

BERNARD SIMONAY
L'Or du Solognot
Le Marais des ombres
Meurtres d'outre-tombe

VALÉRIANE TARONT
Fenêtre sur jardin
L'arbre aux chiffons

JEAN-MICHEL THIBAUX
L'Olivier du diable
Le Maître des bastides
Le Rappel du tambour

KATIA VALÈRE
Après la nuit vient l'aube

BRIGITTE VAREL
Le Secret des pierres

Louis-Olivier Vitté
La Guérisseuse de Peyreforte
Là où coule une rivière
Le Secret de Tire-Lune
La Statue engloutie
La Dame des vignes hautes
La Femme qui voulait voir la mer
Petit Jean

Colette Vlérick
L'Enfant sur le pont
Un air de liberté
La Nacre des abers
Dans la lumière de Pont-Aven
Rêves d'indiennes

Composition et mise en pages Soft Office

Achevé d'imprimer en septembre 2025
par CPI BUSSIÈRE (18200 Saint-Amand-Montrond)
pour le compte des Éditions Calmann-Lévy
21, rue du Montparnasse, 75006 Paris
commercial@calmann-levy.fr

PAPIER CERTIFIÉ

CALMANN LÉVY s'engage
pour l'environnement en réduisant
l'empreinte carbone de ses livres.
Celle de cet exemplaire est de :
800 g éq. CO_2
Rendez-vous sur
www.calmann-levy-durable.fr

N° d'éditeur : 7102787/01
N° d'imprimeur : 2084550
Dépôt légal : septembre 2025
Imprimé en France.